文艺批评新视野丛书

丛书主编　黄继刚　胡友峰

中古诗歌用典美学研究

李鹏飞　著

武汉大学出版社
WUHAN UNIVERSITY PRESS

图书在版编目(CIP)数据

中古诗歌用典美学研究/李鹏飞著. —武汉：武汉大学出版社，2016.9
文艺批评新视野丛书/黄继刚，胡友峰主编
ISBN 978-7-307-18529-6

Ⅰ.中… Ⅱ.李… Ⅲ.古典诗歌—诗歌美学—研究—中国
Ⅳ.I207.22

中国版本图书馆 CIP 数据核字(2016)第 193702 号

责任编辑：李 琼　　责任校对：汪欣怡　　版式设计：马 佳

出版发行：**武汉大学出版社**　(430072 武昌 珞珈山)
(电子邮件：cbs22@whu.edu.cn 网址：www.wdp.com.cn)
印刷：武汉中远印务有限公司
开本：720×1000 1/16　印张：15　字数：217 千字　插页：1
版次：2016 年 9 月第 1 版　2016 年 9 月第 1 次印刷
ISBN 978-7-307-18529-6　定价：58.00 元

总　　序

黄继刚、胡友峰两位博士主编了一套书系，让我为之写一个总序，我欣然从命，其原因有二：首先是对于该书系的内容比较感兴趣；其次是觉得该套书系的作者视角比较有特点。

现分别来说：其一，该套书系的内容是“文艺批评新视野”，这个视角符合我们文艺发展的时代性。众所周知，文学艺术作为意识形态之一，是特定经济社会之反映。当前时代已经进入到后现代社会，是对于现代之反思与超越。我们可以用不同的名称来形容这个后现代社会，可以称之为“共生的时代”，以之与传统的各种“中心论”相对；可以称之为“生态文明时代”，以之与传统的工业文明时代相对；可以称之为“网络时代”，以之与传统的纸质文化时代相对；可以称之为“东方文化复兴时代”，以之与传统的“西方文明中心论”相对，还可以称之为“跨文化研究时代”，以之与传统界限明晰的研究相对，如此等等，不一而足。该套书系几乎包括了上述各个方面的内容，黄继刚的《空间的现代性想象》以文学中的景观书写为研究对象，可谓是一种典型的跨文化研究；胡友峰的《媒介生态与当代文学》是对于电子媒介时代的文学研究对象和审美属性的探讨；戴孝军的《和谐与超越：中西传统建筑审美文化比较》与何飞雁的《彩调的审美文化研究》也是一种跨文化多元性研究；康毅的《露西·伊丽格瑞近期思想研究》与何书岚的《中国诗学中的人权思想研究》都是对于人之生存状态的一种开放式研讨；而李鹏飞的《中古诗歌用典美学研究》则是对于中国古代诗学的全新探赜。总之该套书系给我们展示的是一个全新视角，也给当下的文艺理论研究带来了清新的学术气息，这无疑是值得鼓励和倡导的。

其二，是该套书系的作者都是“75后”、“80后”的年轻博士，这一代学者是将来我国文艺理论研究的生力军，也是文艺理论研究的未来。而我们都已经进入21世纪第二个十年的后半期，真的是喟叹日月如梭，时光荏苒，像我这样毕业于20世纪60年代初期的学人都早已经步入老年，更遑论我们的师辈。因此，新的一代与一代新人的崭露头角已经是时代精神与学科发展的必然要求，本丛书的作者们就属于这样的新一代，他们在本套书系中表现出来的锐气才力与研究实力正是这些新人们发展前景的美好表征。我期待并盼望着这些年轻的朋友们能够快速成长，飞得更高，取得更多更好的学术成就。这也是我在济南三伏天的炎热之中写了如上寄语的真实用意所在。

曾繁仁 *

2016年7月18日

* 曾繁仁，山东大学前校长，终身教授，现任国务院学位委员会文学、艺术学评议组召集人，长期以来担任国家社科基金评审专家，教育部“长江学者”评审组中国语言文学、新闻学、艺术学组组长。

写在前面的话

我们当下已经身处一个科学主义盛行的时代，科技似乎从未停止过大规模前进的步伐，而文艺的地盘逐渐被蚕食并日益边缘，科学实用的意向将人文虚致的精神挤到了墙角，“爱因斯坦遭遇马格利特”①的强弱悬殊已经越来越不成比例。如今我们将文学的中心/边缘、实用/无用等问题拿来讨论，这本身业已昭示出现代文化的基本困境：它时时处在工具理性和实用精神的压迫之中，所为甚微。这一情形也正是目前文艺研究者不得不面对的逼仄现实。文艺研究活动作为一门“学问”和一种特殊的审美情感，可能并不创造直接的经济价值，也无法参与到社会形态的具体建构过程当中，它更多的是提供了关于人之存在的不同价值观念。所以，尽管粗粝的生存需求和社会压力时常将文艺研究者从思想的高峰拽下，抛入到现实环境的无尽撕扯当中，但是“学问”本身自有其意义。胡塞尔现象学曾经帮助我们区分界定了两个概念：指明和证明，就文艺研究活动而言，其并不证明什么，但是它时时在向我们指明，这些为它看见和指明的东西，就是可能性，即人生、世界何以展开、如何展开的可能性，这一可能性并非要将自己的观念视为唯一原则而强加于人，而是提供一种内省的思想方法来帮助我们破除灵魂的栅栏，并使得自我呈现出应然的状态。借此，我们保持一份“未敢翻身已碰头”的谦逊和惶恐，在自己营造的精神天地和思想涟漪中自得其乐，在书斋当中的“玄思妙想”、“坐而论道”都可谓是对当下

---

① “爱因斯坦遭遇马格利特”(Einstein Meets Magritte)是1995年在布鲁塞尔召开的跨学科学术研讨会，其旨在探究不同学科的边界以及对话交流的可能性。

甚嚣尘上之功利关怀的最好回应，毕竟审慎执着的学术追寻仍然要比琐碎无序的日常生活荣耀得多，正如尼采在《快乐的智慧》中所言，假若能参悟读懂自己的灵魂，自身那种须臾不可或离的意义将徐徐呈现，而“生命之于我们，意味着不断将自身以及所遭遇的一切转化为光和火”①。就此而言，文艺研究也许不会使我们富有，但却会使我们终得自由。

文艺研究者素以学术研究中的“思”、“史”、“诗”视为自身的存在方式，并在一种不知足的引颈前瞻氛围中昭示出应对未来的能力。而学术研究上的承传有自、薪火绵延更是需要吁请青年文脉的加入，尤其是需要聆听“75”后、“80”后学者所发出的声音。就此，编者虽不敢妄言此丛书会“雏凤清于老凤声”，但是年轻学者们不囿于陈说、溯迎而上的努力还是应该值得肯定和鼓励的。就这套《文艺批评新视野丛书》而言，语境化的分析和历史性的考察是我们甄选文丛时的唯一判断标准。所谓“求理于问答之外”，作者们大多能够透过浓重的历史烟雾来重新论证理论之自明性，其论著或者是隐含着一种新的提问方式，或者是用新方法来开启新视野，或者是以新角度来探讨新问题，整体上兼具学术差异性和理论互文性之特征，而作者们许多篇章的文本分析巨细靡遗、秘响旁通，也堪称精彩。编者希冀本套丛书能够抛砖引玉，在学界产生更多有价值的理论思考和学术回应，当然也因编者缺乏经验，谬误在所难免，还请业内方家批评指正。

最后，非常感谢康毅、李鹏飞、何书岚、何飞雁、戴孝军、潘国好、白宪娟等好友的信任，诸君大多师出名门，受过严格而系统的学术训练，他们勤勉刻苦，笔健如犁，耕耘不缀，在各自的研究领域拓荒不止，开垦出一片片长满创意的新田地。当编者发出邀请，各位作者欣然将各自的博士论文纳入到我和友峰兄策划主编的这套丛书当中，孔子云“以文会友，以友辅仁”；少陵云“文章有神交有道”，此谓也。

---

① ［德］尼采著，王雨译：《快乐的智慧》，中国社会科学出版社 1997 年版，第 4 页。

我想接下来应该是编者宣读完开场白之后，默默退下，而诸位优秀的思想演员将在这之后陆续登场亮相——

黄继刚　胡友峰

2016 年 4 月

目　　录

绪　论

第一节　研究缘起与研究意义

中古，作为一个中国历史断代的概念使用时，主要指我国魏晋六朝时期，学者在使用这一术语时也表现出一定的弹性①，本书之中古指魏晋六朝隋唐时期。中古时代，文人五言诗的诞生与勃兴是重要的文学现象，诗人辈出、佳作云集。百多年来，学者对中古文学的研究取得很大成绩，其视角包括作家、文体、主题、流派、地域文化等，除单个作家、作品的研究，整体性的历史梳理也颇有建

---

① 刘师培《中古文学史讲义》、王瑶《中古文学史论集》中认为中古指魏晋六朝。此类视角多受前代“八代”(汉、魏、晋、宋、齐、梁、陈、隋)文学观的影响，苏轼《韩文公庙碑》说韩愈“文起八代之衰”，清代涌现一批以八代命名之著作，如刘逢禄《八代文苑》、陈崇哲《八代文粹》、陆奎勋《八代诗揆》、张守有《八代诗淘》、王闿运《八代诗选》。刘跃进总结说：“所谓中古文学，约定俗成，一般指魏晋南北朝文学。也有不少研究者上挂下连，东汉以迄隋代，亦多有论列者。”刘跃进：《归于平淡后的思考》，见刘跃进：《六朝作家年谱辑要》，黑龙江教育出版社 1999 年版，第 1 页。上古、中古、近古的历史分期源于西方史学理论，是一个相对中性的概念，而中国史研究者多从自身视角出发灵活地用来界定中国古代的社会形态。如日本内藤湖南将中古后汉中期以前定为“上古”，五胡十六国至唐中期定为“中世”，宋元为“近世”前期，明清为“近世”后期，目的是为借鉴西方近代化视角整理中国历史发展线索。[日]宇都宫清吉：《东洋中世史的领域》，见刘俊文编：《日本学者研究中国史论著选译》卷 1，中华书局 1993 年版，第 126 页。本书中古概念包括隋唐，是因为六朝至隋唐的五言诗发展具有高度的历史相关性，必须建立整体性视角。

树。还原中国文学审美变迁过程，探究其发展规律，成为学者们孜孜以求的目标。文学史之类的当代古代文学研究著作，已经摆脱了汇合社会背景、作家生平、思想内容与艺术形式的陈旧模式，走向多元，通史、断代、分体、专题等体式兴旺，既以作家作品为本，又兼顾文体发展、时代思潮、地域文化等要素。不过，由于研究范围的宏大，研究者多偏于全面覆盖，而其规律、线索却往往未能充分凸显，就中古五言诗研究而论，各个时段的诗人、作品、诗派、诗风的研究成果数量庞大，而其发展规律的探求却仍未能提出影响力较大而被广泛接受的核心观点。古代文论、古代美学的研究，在民族性特色的总结与现代性转化的学术视野下，依托《文心雕龙》、《诗品》等理论著作，着力于文论、诗论之理论形态文本的整理，哲学影响的分析，中西比较的展开，范畴、体系的梳理与整合，却较少注意五言诗诗歌文本的分析与最基础之审美经验的还原，造成了于哲学角度展开的五言诗美学研究的冷落。

在前人丰硕的研究基础上，本书着眼于中古五言诗以用典为主的形式美学演进。中古诗歌一个重要的创造即近体律诗的诞生、成熟，自《古诗十九首》开始至初唐的五百年诗歌，有着一个目标一致、前后相续的形式美学运动，唐代律诗的极大繁荣与璀璨成就所凭借的律诗形式，奠基于历代诗人的审美经验与形式创造。朱光潜《中国诗何以走上“律”的路(上)：赋对于诗的影响》一文立论高远，他将六朝与唐代并入一条历史线来审视，辨出六朝诗与唐诗的历史连续性，并指出其主要发展线索：

文学史本来不可强分时期，如果一定要分，中国诗的转变只有两个大关键。第一个是乐府五言诗的兴盛，从十九首到陶潜止。它的最大的特征是把《诗经》的变化多端的章法、句法和韵法变成整齐一律，把《诗经》的低徊往复一唱三叹的音节变成直率平坦。

……这个大转变是由于诗与乐歌的分离。《诗经》是大半伴乐可歌的；汉魏以后，诗逐渐不伴乐，不可歌。

第二个转变的大关键就是律诗的兴起，从谢灵运和“永明诗人”起，一直到明清止，词曲只是律诗的余波。它的最大的特征是丢开汉魏诗的浑厚古拙而趋向精研新巧。这种精研新巧在两方面见出，一是字句间的意义的排偶；一是字句间的对仗。①

朱光潜《中国诗何以走上"律"的路(下)：声律的研究何以特盛于齐梁之后》，更从音与义的关系入手来梳理中古诗的发展规律，他结合诗歌音义离合的一般规律，指出诗歌的进化史一般可以分为四个时期：

> 一、有音无义时期。这是诗的原始时期。……
>
> 二、音重于义时期。……
>
> 三、音义分化时期。这就是"民间诗"演化为"艺术诗"的时期。诗歌的作者由全民众变为自成一种特殊阶级的文人。……文人诗起初大半可以歌唱，但是着重点既渐由歌调转到歌词，到后来就不免专讲究歌词而不复注意歌调，于是依调填词的时期便转入有词无调的时期。到这个时期，诗就不可歌唱了。
>
> 四、音义合一时期。词与调既分立，诗就不复有文字以外的音乐。但是诗本出于音乐，无论变到怎样程度，总不能与音乐完全绝缘。……文人诗既然离开乐调，而却仍有节奏音调的需要，所以不得不在歌词的文字本身上做音乐的功夫。诗的声律研究虽不必从此时起(因为词调未分时，词已不免有迁就调的必要)，却从此时才盛行。②

汉末魏晋时期，文人所写新乐府虽然仍继承乐府古调的名称，而实际上已经步入音义分化时期，其中部分作品已经属于有词无调的文学作品了，而《古诗十九首》则更为彻底，连古调之名也不用，成为完全无外在乐调可依的古诗。但是，音乐性是诗的根本属性之一，外在音乐性的丧失自然促成了内在音乐性的寻觅，"音乐是诗

---

① 朱光潜：《诗论》，上海古籍出版社 2005 年版，第 153～154 页。

② 朱光潜：《诗论》，上海古籍出版社 2005 年版，第 171～172 页。

的生命，从前外在的乐调既然丢失，诗人不得不在文字本身做音乐的功夫，这是声律运动的主因之一”①。朱光潜在中西比较的学术视野下，以音乐性为视角切入、以文人五言诗为主体的格律运动，实际上就是将之视为一场有着统一美学目标(内在音乐性)的诗歌运动，使我们颇受启发。

朱光潜将“意义的排偶”与“声音的对仗”当作律诗的两大基本特征。朱光潜称排偶、对仗源于自然事物成双成对所带来的秩序感，当诗人发现对偶造成的美感，就尽量地发展、使用它，对偶便包含有审美游戏的浓厚意味。同时，“诗为有音律的纯文学”，“用美学术语来说，音律是一章制造‘距离’的工具，把平凡粗陋的东西提高到理想世界”，“音律的最大的价值自然在它的音乐性”②，而其音乐性主要体现为对比、整齐、回旋、和谐的节奏感，但这种节奏又要受到文字意义的支配。在审视五言诗的格律化运动时，朱光潜以审美游戏与音乐性作为理论支点，铸就一家之论，但是仍有许多问题有待深入地探索：律诗的审美境界是否就只限于音律造成的距离感与音、韵的节奏感？意义对偶的审美游戏是凭借何种形式质料得以展开的？在“音义分化时期”诗人如何建构五言诗的形式规则，实现诗歌的审美性？时间、空间、自然、历史这些要素又是如何在律化运动中被审美化、形式化，参与律诗美学的构成的？

业师张节末先生高屋建瓴，从美学史的整体视角审读中古诗歌文本，提出了“中古诗歌运动”的命题，对我们以上问题的思考开辟了一条坦途：

> 中古诗歌运动，是指汉魏至盛唐年间，中国诗歌脱离民间歌诗的形式，走向高度文人化的过程。在此过程中，文人趣味导致诗歌功能发生了重大变化，逐渐消除了诗歌当中的政教、抒情与说理成分，而臻于纯粹审美的境地。这种发展主要是通过境化和律化两条路线来实现的。

① 朱光潜：《诗论》，上海古籍出版社 2005 年版，第 175 页。

② 朱光潜：《诗论》，上海古籍出版社 2005 年版，第 81、88 页。

> 其中，境化运动是指，诗歌中的山水意象逐步凸显，由最初寄寓着志向、情感、玄理的依附地位，上升为独立的审美对象，诗人在道家自然主义和佛教现象主义的熏染下，形成纯粹看与纯粹听的感性经验。诗人对自然之观法的不断改变是推动着境化运动不断发展的主要动力。境化运动中诗歌审美经验的性质是“感知优先抒情”。
>
> 律化运动是指，诗歌在文人化的过程中不断探索新的结构组织原则，先是将民谣的复沓转变为细密的勾连技术，又曾借用赋体的铺排手法，后来在佛经转读的激发下发明声律，通过平仄交错的节奏形式组织诗歌，辅以各种时空对比的技术，最终形成一种高度形式化的艺术。形式冲动是律化运动的主要动力。律化运动中诗歌审美经验的性质是“形式范导抒情”。①

境化运动与律化运动两条路线的并行、交错式的发展，是中古诗歌运动的主要内容，而律化运动以《古诗十九首》为起点，经六朝至隋唐，至杜甫的夔州七律而达至顶点：

> 七言律诗发展至杜甫，出现了新的美学品格。通过历史性的回顾，可以发现，形式化冲动主导着中古诗歌律化运动，而杜甫的夔州七律标志着形式化冲动（亦即游戏冲动）达到了顶峰。夔州七律不仅保留了形式化传统对自然物象的对比联想，更创造性地将历史事象引入此种形式游戏，使自然与历史即空间与时间两个维度双双融入符合阴阳宇宙论思维的诗体形式，真正在诗歌经验中实现了与宇宙大化同体的第二时空，从而摆脱和超越抒情主义的比兴经验和现实主义的“诗史”经验，造就一种富于宇宙感的审美织体，达臻中古诗歌运动在律化路线上的最终突破。②

---

① 这是笔者记录的张先生授课时提出的观点。

② 张节末：《作为审美游戏的杜甫夔州七律——以中古诗歌律化运动为背景》，《学术月刊》2009年第9期。

当五言诗外在音乐性失去后，中古诗人在强烈形式冲动的推动下，以勾连、铺排、音义对比、时空对比等为结构组织原则，逐渐澄汰诗中政教、抒情与说理成分，并发展用典、对偶、调声等诗学技术，创造了一种新的审美织体与审美境界。张先生提出的律化运动视角，打破了通常将律化运动限制于诗体格律运动的一般视角，亦超越了以寻求内在音乐性为中古诗歌发展主要动力的美学论点，将之视为中古诗歌音义分离后探索新结构组织原则的诗学运动，并借之描述新审美经验的生成历史。这一思路，为中古诗学、美学的研究开拓出创新性的理论生长点，为中国美学以总结民族美学经验为基础的新突破提供了可能。

本书即依托张先生中古律化运动视角，选取五言诗发展中的代表性文本，主要以用典为切入点，展开文本细读与美学分析。张先生曾在分析杜甫诗作时提出："杜甫在宫廷诗的训练下，熟练掌握了用典的技术，在他的夔州七律中几经试验，典故的形式意义终于得以凸显，乃能引史入诗，打开诗歌的时空内涵，并赋之于阴阳对举的宇宙形式。所以说，杜甫以沉郁顿挫的个人风格熔炼宫廷七律，既将自然景物描写中的比兴义逐出表演舞台，又把历史想象按对等原则组织进景句转为审美意象，其成果便是一种奇特的形式游戏。"①本书的用典视角即是要探究其引史入诗的形式功能发生史，因此溯源至《古诗十九首》及左思《咏史》，并深入永明诗、唐代律诗研究其用典技术。

第二节　研究对象与研究方法

一、研究对象

本书以中古美学形式美学演进为研究对象，以用典视角为切入点。

① 张节末：《中国美学史写法之我见》，《首都师范大学学报》（社会科学版）2003 年第 6 期。

《古诗十九首》开创了我国文人五言诗传统，也是文人徒诗离乐的早期形式，因此是研究音义分离阶段文人诗形式美学的绝佳文本。左思《咏史》不仅对后世“咏史”诗体产生了极大影响，而且这组诗创造了引史入诗——运用对比技巧将历史典故形式化地引入诗歌结构的美学技术，成为后世近体诗用典结构的先驱。初唐宫体诗继承南齐永明以来的诗人调声、对偶、用典等诗歌经验，创生新式近体诗律，为盛唐诗歌的辉煌建立了美学技术之基石。因此，我们选择《古诗十九首》、左思《咏史》、初唐近体诗歌三个诗歌史的关键发展时段为具体研究对象。

用典、声律、对偶多属中国古代诗论“诗法”论的讨论范畴，如皎然《诗式》将诗法分为“体势”、“作用”、“声对”、“事类”四种，初唐此类著作还有李峤《评诗格》、旧题王昌龄《诗格》、上官仪《笔札华梁》、元兢《诗脑髓》等。这些著作虽然不能与《文心雕龙》的体大思精相媲美，主要集中于诗歌的创作技巧层面问题之讨论，但却最贴近唐诗鲜活生动的诗歌经验，亦曾对唐诗的繁荣作出贡献。本书从此角度切入中古诗歌的研究，是为更真切地还原诗歌审美经验的生成，进而为分析、提炼形式美学要旨建立坚实基础。此外，本书研究的展开充分借鉴了国外中古诗歌与美学研究的成果，但也对诸如新批评、结构主义诗学的研究方法与学术话语保持必要的清醒与反思，避免因生硬的西方理论套用造成审美经验的肢解与学术话语的失语，用典等研究视角的切入，有意识地以中国话语发明中国问题，进而重建中国美学的话语权。

二、研究方法

张先生曾提出：

> 中国美学史的研究，我的理论进路是：以发明中国人的审美经验为旨趣，依托纯粹认识论，运用连续的个案研究和中西比较方法，从断片式微观研究渐进于历史线索的宏观展开。我以为，看似渐进发展的美学历史，其真实的情况是在平缓的堆

> 积中埋藏着奇峻的断层以及凌利的突进。这才是历史的真相。①

张先生的美学研究方法论，以对中国人审美经验的发明为要旨，注重对美学史变迁时段的开掘，在中西比较的现代学科视野下，运用个案研究与美学分析相结合的具体方法，以小见大、由微知著，提炼中国美学史的发展线索与内在逻辑。张先生的美学史研究理念是本书研究展开的方法论基础，具体衍生出以下三种方法：

首先，个案分析与文本细读，以此来描述与还原五言诗的审美经验。将较大的研究课题落实于具体的个案研究之上，是西方现代学术研究的流行体例，也是一种客观可行的研究方法。本书以诗歌文本为主要研究对象，也旁及一些诗法、诗格类著作的相关内容，但与以《文心雕龙》、《诗品》等理论文本为研究对象的美学史研究取向不同，是为发掘中古诗人五言诗体审美经验的生成与变迁的历史，因此，个案研究的建立、相关材料的搜集与诗歌文本的细读是本研究的首要工作。国内外关于中古诗歌作品的注释、赏析尽管如星河浩瀚，但对于某个案来说，真正美学意义上的细读仍是不全面的，足见其作为研究基础的必要性。

其次，对古人审美经验的美学分析。当我们通过个案分析与文本细读的方法，发掘与还原出古人积淀于诗歌文本中的审美经验之后，就需要对审美经验生成所依靠的诗歌形式——结构、主题、用典、格律、意象等，进行美学分析，研究其诗歌形式要素的美学意义。作为“潜在的美学”，这种分析是使其理论话语化的必要步骤。

最后，美学理论的归纳。诗歌诗人利用形式、结构创造的审美经验凝结于作品中，经由具体个案的研究，细致地发掘、还原、梳理诗歌经验，抽绎、提炼形式美学，最终要与诗歌美学演进的宏观视角与理论思辨结合起来，方能实现研究的最终目的与价值。

我们对《古诗十九首》中用典的细读，发现了其转调与复调的

---

① 张节末：《中国美学史写法之我见》，《首都师范大学学报》(社会科学版)2003 年第 6 期。

结构，对左思《咏史》八首用典的细读，发现了其用典的整体架构与形式特点。通过分析我们发现，诗人都使用了对比结构作为诗歌结撰技术的核心，来统一诸形式成分而成一整体结构，由此发现了诗歌外在音乐性失去后诗人重建诗歌完整性的某些美学技术。借助对永明声律论、初唐声律论及其创作实践的分析，我们发现虽然两者有着调声规则的不同，但在美学理想上，两者都是借由对比结构追求和谐性听觉效应。而且，近体诗形式整合的诸形式要素，大多以对比结构在诗歌中发挥着创造审美经验的作用。由此，我们已经可以对音义分离以后的中古五言诗的形式美学做出初步的观点提炼。

第三节 研究综述

一、文论、美学研究

用典领域。南朝刘勰《文心雕龙·事类》篇是中国文论最早研究用典问题的论文，他将事类定义为“据事以类义，援古以证今”①，事类偏重于引事性用典，援引古语近于引语性用典。在《丽辞》篇中，所论之“事对”即用事与对偶结合的诸种形式与技巧问题，体现了将诗歌结构和形式与用典结合考察的学术视野。钟嵘《诗品序》提出“观古今胜语，多非补假，皆由直寻”②，从“直寻”的美学观出发，他极力反对用典，作为对“大明、泰始中，文章殆同书抄”用典泛滥诗风的批评。此论影响深远，后世论家论诗中用典，多少都要参考“直寻”的美学标准。宋代江西诗派大量使事用典的诗风，招致长期批评，严羽以禅喻诗说之“别材别趣”说，否定了过度用典的诗论与钟嵘一脉相承。唐皎然《诗式》用典论，是

① （南朝梁）刘勰著，黄叔琳注，李详补注，杨明照校注拾遗：《增订文心雕龙校注》卷8，中华书局2000年版，第472页。

② （南朝梁）钟嵘撰，陈廷杰注：《诗品注》，人民文学出版社1961年版，第4页。

唐诗用典经验的总结，他虽然表面以“不用事”即不用典为第一，却在技术层面上赞成“作用事”而否定“直用事”，高度讲究用典的技巧。清代的用典论在诗歌技巧与美学标准层面，对唐宋以来诗歌中用典归纳总结，亦有不少创见。

五四新文化运动兴起，用典又因胡适等新文化运动人士的关注，成为文论讨论的中心问题之一。胡适于 1917 年发表于《新青年》的《文学改良刍议》，正式提出文学改良的“八事”：“一曰，须言之有物。二曰，不模仿古人。三曰，须讲求文法。四曰，不作无病之呻吟。五曰，务去烂调套语。六曰，不用典。七曰，不讲对仗。八曰，不避俗字俗语。”①其中，某些用典被视为旧文学之糟粕，急需抛弃。他解释说，他所反对之典故非广义之典，“古人所设譬喻”、“成语”、“引史事”、“引古人作比”、“引古人之语”，而是狭义之典：“谓文人词客不能自己铸词造句，以写眼前之景、胸中之意，故借用或不全切，或全不切之故事陈言以代之，以图含混过去，是谓‘用典’。”②胡适允许以用典作为譬喻、比方的技巧，但反对以用典拼凑形式的用典法，尤其否定“拙典”的用法：“比例泛而不切，可作几种解释，无确定之根据”、“僻典使人不解”、“刻削古典成语，不合文法”、“用典而失其原意”、“古事之实有所指，不可移用者，今往乱用作普通事实”。③ 胡适的反用典论并非对用典的全盘否定，对能在诗歌中承担起意义、抒情功能的典故，并不反对，他所反对的是为用典而用典、炫耀学力、拼凑字句、滥用僻典、用典不当等现象，所论并未出于清代诗歌用典论的范围，然而其反用典论仍对中国现代文学创作与理论造成了较大影响。

当代国内外文学领域关于用典的研究进展表现为：有关古代文学作家、作品中用典的研究成果较多，在对各类诗人作品的校注中，典故注解是一个基本内容，对于各个时段、流派与诗人用典所

① 胡适：《文学改良刍议》，《新青年》1917 年 1 月 1 日第二卷第五号。
② 胡适：《文学改良刍议》，《新青年》1917 年 1 月 1 日第二卷第五号。
③ 胡适：《文学改良刍议》，《新青年》1917 年 1 月 1 日第二卷第五号。

做的疏释、考证、溯源、分类、风格考察等也非常丰富。这为本研究的开展建立了坚实的基础，但此类研究大多将用典局限为一种诗歌技巧，或以用典为“比兴”、“寄托”、“抒情”的工具，或以追溯典源的儒、释、道等原典来解释作品风格，或以“化用”典故的水平高低判断诗作美学成就，整体面貌较为平面化，但仍有部分学者别开蹊径，或借用西方理论，或细读诗歌文本，深究用典所造成的诗篇审美经验之新变，与用典所推动诗歌组织原则的重大突破，并取得一些成果。

葛兆光在《汉字的魔力——中国古典诗歌语言学札记》第五章“论典故——中国古典诗歌特殊语辞的分析之一”中，引入西方语言论美学，将典故视为诗语中的一种艺术符号，经由作者的运思、读者的阐释与解读作意义的传达，肯定了诗学用典的美学价值。① 曾小月《中国古代诗歌用典的符号学分析》，同样借用西方符号学理论，将典故视为含义丰富的艺术符号来考察诗歌作品。②

江弱水的《互文性理论鉴照下的中国诗学用典问题》，借鉴西方现代美学互文性理论，观照以《文心雕龙》与《诗品》为代表的用典理论，并分析诗歌文本，进而总结用典的美学机制，探寻其现代性价值，对现代诗学片面否定用典的倾向提出质疑，颇有新意。③ 葛红的《互文性与用典之辩》，将西方诗学的互文性理论与用典进行对比，提出用典与互文性的运作机制类似，“互文性的运作机制主要在于文本之间的拼凑、吸收和转化；用典的运作机制体现了对于‘去边界’的追求，它借助于互文性的‘吸收和转化’来实现的”④。

① 参见葛兆光：《汉字的魔力——中国古典诗歌语言学札记》，辽宁教育出版社 1999 年版，第 128~155 页。

② 参见曾小月：《中国古代诗歌用典的符号学分析》，《重庆大学学报》(社会科学版)2010 年第 3 期。

③ 参见江弱水：《互文性理论鉴照下的中国诗学用典问题》，《外国文学评论》2009 年第 1 期。

④ 葛红：《互文性与用典之辩》，《求索》2009 年第 9 期。

徐复观的《环绕李义山(商隐)〈锦瑟〉诗的诸问题》曾论及诗歌用典的一般问题，他说用典的作用可有四个方面，第一是为了选词，即文辞修饰；第二是为了搪塞，即装点门面；第三是为了比喻，达至精约、婉曲、暗示、含蓄雅丽等美学目的；第四是为了象征。第三与第四的区别是，“用作比喻的典故和被比喻的感情，两方的‘对值性’较为明显，而用作象征的典故，其‘对值性’反较为朦胧。用作比喻的典故是比较真实的，因之，每缺乏普涵性，其形象也比较凝定，比喻者与被比喻者之间距离也比较大。用作象征的典故常是化实为虚，所以是比较空灵，因之多具有普涵性，其形象也比较飘荡，象征者与被象征者之间的距离也比较小，乃至没有距离”①，因此，徐复观反对诗歌注释站在比喻的观点上，对诗中用典一件件去证实的读诗法。这对我们从结构与形式入手而不是纠缠于比兴、寄托的内容考证，是有指导意义的。

马茂元的《玉谿生诗中的用典》在讨论李商隐诗用典技巧时，谈及用典的一般美学问题，提出诗歌中用典本是文人诗特色，同时是适应于唐律形式而发展起来的重要技巧，能成为典故的社会历史现象都有其典型性，用典是将繁复的现实生活“纳入于精粹的语言中，安置在固定的短短篇幅之内，使之平匀妥帖，内容和形式统一起来，用典是重要的技巧和手段之一”②，马氏观点已经触及典故在近体诗中结构与功能上的两种美学价值。

林庚的《唐诗的语言》提出，自建安至初唐的四百年间，诗人于语言的诗化、形象化上用力，“诗文中的用典，原是为了精炼概括，借古喻今，把复杂的涵义通过简单的典故表达出来”，“典故中的形象主要靠故事中原有的人物形象，如果典故中原来没有故事性鲜明的人物形象，也便只好没有形象而容易流于枯燥、堆砌。山水诗发达以来，典故中的形象便开始不完全依靠原有的故事性，而

---

① 徐复观：《环绕李义山(商隐)〈锦瑟〉诗的诸问题》，见徐复观：《中国文学精神》，上海书店出版社 2006 年版，第 346 页。

② 马茂元：《玉谿生诗中的用典》，见马茂元：《晚照楼论文集》，上海古籍出版社 1981 年版，第 177 页。

能直接取之于生活环境中一切自然界的色相，这在用典上就开辟了新的领域”①。林庚发见南朝诗歌用典美学的重大革新，此时用典叙事性削弱而形象性大增，意味着典故被意象化、形式化，转化为诗歌结构中的灵活形式要素。

英国瑞恰慈《文学批评原理》专设“现代诗的用典特性”一章，提出：“运用典故是诗歌把经验的要素和形式加以利用的最突出的方式，这些要素和形式不是与生俱来的，而是需要专门途径才能获得。”②他注意到典故作为一种语言形式在传递诗歌经验、主题中的价值，其理论对象虽然是西方现代诗歌，但对中国古诗也有借鉴意义。

刘若愚的《中国诗学》在论用典时指出：“有时，用典可以不再通过往事的叙述就可以与现状形成比照。依据其具体情况其结果可以表现为悲剧性的、喜剧性的，或带有某些滑稽的色彩。”③他还举杜甫“牛女漫愁思，秋朝犹渡河”句，说明诗人如何通过牛女相会的典故与自己夫妻分离处境的对比，表现内心的思念与绝望。这是对用典形式特征的一种解读。

美国学者戴维德(David Lattimore)《用典与唐诗》对李颀《琴歌》与白居易《长恨歌》中的典故进行了分析与比较，指出两人的用典都有一致性：通过诗中典故的前后连接，“汇合”于一个更遥远的时空并与当下的诗歌所写对象进行类比。李颀指向魏晋嵇康与阮籍的时代，写个人某种独善其身的隐逸情怀；白居易指向汉代，以武帝故事代指唐玄宗与杨贵妃的爱情故事。他说中国诗避免简单而直接的隐喻技巧，“在大多数情况下，用内比的方式作类比——就是把同一首诗中按顺序在不同地方的确说了的东西没直接言明的互相比较。在中国诗中，内比的综合方法大体取代了隐喻的选

---

① 林庚：《唐诗的语言》，见林庚：《唐诗综论》，人民文学出版社 1987 年版，第 88 页。

② [英]艾·阿·瑞恰慈著，杨自伍译：《文学批评原理》，百花洲文艺出版社 1992 年版，第 198 页。

③ [美]刘若愚，赵帆声等译：《中国诗学》，河南人民出版社 1990 年版，第 179 页。

择方法”①。他注意到唐诗用典在诗歌结构中自洽性与整体性功能特点。

高友工、梅祖麟在《唐诗的魅力》中提出，用典的结构包括两个极点，一极是历史事件所代表的历史原型，另一极则是诗人源于现实世界的感受，用典造成了现实与历史、具体与永恒之间连接关系的建立，从而使现实人事可以依托无尽的意义源泉。② 高、梅二人的研究，为用典与诗歌意义的产生，以及历史性维度的建立与空间性维度的开掘，提供了崭新的视角。他们从结构入手，对使事用典诗学功能的把握较为准确。

另外，当代学者也有将用典与律化运动结合，以及将用典诗风置入时代语境的研究视角。谌东飚的《颜诗用典与诗的律化》将用典放入律化进程来考察，发现颜延之以前的诗歌用典较忠实于原文，而颜延之则创造了集锦、截取、改变典面结构的用典新技巧，并为后世诗人继承，这些用典技术“有利于近体诗短小篇制的形成”、“有利于制造对偶句”、“有利于声律说引进诗歌，容易协调平仄”③。陈祥谦的《南朝文人“诗以用事为博”的文化考察》结合社会文化背景，对南朝时期出现的用典繁博新密诗风作了考察，并提出此时用典美学重视技巧、富有游戏意味、增加了诗歌创作与欣赏难度的表征，是文人在贵族身份危机下，维护士庶之别的一种文化手段。④

在文论方面，学者对中国古代诗学用典论作了初步的梳理。易闻晓的《用事辨略》力图将引语式用典与引事式用典厘清，专以后者为用事，前者定为引语与托化，并力证用事侧重于引意义而非比

① ［美］David Lattimore 著，陈次云译：《用典与唐诗》，见侯健编：《国外学者看中国文学》，“中央”文物供应社 1982 年版，第 64 页。

② 参见［美］高友工、梅祖麟著，李世耀译：《唐诗的魅力》，上海古籍出版社 1989 年版。

③ 谌东飚：《颜诗用典与诗的律化》，《求索》1994 年第 6 期。

④ 参见陈祥谦：《南朝文人“诗以用事为博”的文化考察》，《武汉科技大学学报》（社会科学版）2007 年第 6 期。

兴，可谓一家之言。① 祁志祥在《中国古代文论中的"用事"说》中提出"纵观中国古代诗歌(包括词、曲)批评中的'用事'理论，我们发现它们可划分为四个阶段"②——晋至中唐、晚唐至金元、明代、清代，还对中国古文论总结的用典技巧与用典产生的文化背景，进行了分析。

对偶研究方面，学者对中国自先秦以来文献中的对偶句的文献整理、类型归类、技巧分析、法则归纳等研究非常丰富。

日本古田敬一《中国文学的对句艺术》一书，对中国文学中诗、散文、骈文中的对偶句进行了考察，对对句的类别、美学价值、评价标准、哲学内涵等进行了精辟的分析，是对中国文学、文论的对句艺术与理论的系统考察，作者也从节奏、对称、平衡、象征性等角度对对偶的美学意义作了现代疏释。③ 邓程《试论对偶对古代诗歌语言的解放——兼与伍铁平先生商榷》提出，对偶在诗句中起动词的平衡作用，削弱了动词的地位，使名词摆脱动词乃至动词完全消失而形成名词句，因此，古诗的对偶形式加大了诗句的松散性，增大了诗歌语言的自由度。④

日本松浦友久在《"七言排律"不盛行的原因——从对偶表现的本质说起》中谈及对偶表现的本质即在诗歌结构中的美学功能时说：

> 对偶表现的本质是通过"表现 A"对"表现 B"以同位、同格的形式和具有对比的、整合的状态被提出，其表现范围就只能被限定在 A 和 B 所共有的部分之中。据此，这种表现也就是完成自我的"作为表现的自我完结机能"，换言之，即"文意

① 参见易闻晓：《用事辨略》，《修辞学习》2004 年第 2 期。

② 祁志祥：《中国古代文论中的"用事"说》，《浙江社会科学》2004 年第 6 期。

③ 参见[日]古田敬一著，李淼译：《中国文学的对句艺术》，吉林文史出版社 1989 年版。

④ 参见邓程：《试论对偶对古代诗歌语言的解放——兼与伍铁平先生商榷》，《河南社会科学》2003 年第 1 期。

> 明确化的机能”。
>
> 一般来说，对偶表现容易被认为是“新的东西的产出”，其原因是由这个“自我完成机能”而使迄今为止潜在的东西显在化。认为“主题被说服、被强调”的原因，也是由这个“自我完成机能”而带来的文意的明确化，使之更加有力地说服读者。①

据此，他提出七言排律不盛行的原因在于“对偶性的过剩化”所导致的“整合性的弛缓化”与“自我完结性的反复化”两种弊病。

美国孙康宜在《抒情与描写：六朝诗歌概论》中提出，谢灵运山水诗在从以情节为主的叙述转变为以对象为主的描写过程中，对仗承担了重要的形式功能。谢灵运以对句描写山水核心是“平列比较的艺术手法”、“同时的描写”，凭借平行并置的诗歌技巧，谢灵运成功地将一种哲学观念转变为诗歌中的审美经验。② 她对谢诗对偶的美学意义的分析值得注意。

美国高友工提出，律诗运用对仗等形式的形成，将“时间性节奏转化为空间性图案，把时间性的语言所代表的现实世界提升为空间性的图案，把时间性的语言所代表的现实世界提升为空间性的文字所象征的形象世界”③，也是对律诗对仗美学功能的准确美学描述。

中古五言诗美学研究方面。

高友工之“中国抒情传统”研究，其中《中国语言文字对诗歌的影响》、《律诗的美学》④等，涉及律诗美学的形式分析。他运用结

① ［日］松浦友久著，黄仁生译：《“七言排律”不盛行的原因——从对偶表现的本质说起》，《中国文学研究》2002年第4期。

② 参见［美］孙康宜著，钟振振译：《抒情与描写：六朝诗歌概论》，上海三联书店2006年版，第69~70页。

③ ［美］高友工：《中国语言文字对诗歌的影响》，见［美］高友工：《美典：中国文学研究论集》，生活·读书·新知三联书店2008年版，第206页。

④ ［美］高友工著，黄宝华译：《律诗的美学》，见［美］高友工：《美典：中国文学研究论集》，生活·读书·新知三联书店2008年版，第206页。

构主义诗学二元对立的方法论，考察了五言诗起源至盛唐律诗的诗歌史，去发掘诗歌形式选择中“潜在的美学”（阐释性法则），研究五言诗结构方式的技术性因素、哲理思辨的模式、诗人利用形式与主题抒发情感和创造意境的方式，同时还用二元对立的模式来阐释律诗对偶、对仗的美学功能。

萧驰《论中国古典诗歌律化过程的概念背景》中，以指出律诗的声律和句法—语义结构中，存在着同一模式为出发点，进而论证：

> 中国古典律诗形成中有一超越技术和汉语本体决定性的历史观念背景。在魏晋时代音乐观念之渗入文学的条件下，诗歌被认为如音乐那样以其抽象的语言形式体象宇宙；同时，以王弼易学为代表的新宇宙观念则不再强调以“同类相从”的原则，体象出宇宙的包罗万有的感性形象，而强调拟范出“异类具存”宇宙的变化影迹。“命吕者律”，“命宫而商应”乃此变化中之基本法则，也理所当然地成为声律结构中“宫羽相变”和对仗的语义结构中“反对”法则的依据。上述概念背景使律诗的形式体认出古代中国人心目中平衡、和谐、沉稳，回宛的世界秩序。其与音乐观念的渊源关系则解释了其美学意味中的超越参指性层次的存在。由此，中国古典律诗即表现为一种浑涵阔大与精微谨细结合之美学境界。①

他从中国哲学观的考察，亦得出了与高友工律诗美学象征观近似的观点，指出律诗形式的美学意义。

美国学者宇文所安在《初唐诗》中，运用言语/语言理论模型，把初唐宫廷诗的形式美学法则概括为一套从六朝沿袭而来的文学符号系统，涵括了多种惯例、标准及法则，主要体现为以下几项：“主题、描写式展开和反应”三部式的程式结构，追求语言的精炼、

① 萧驰：《论中国古典诗歌律化过程的概念背景》，《中国文哲研究集刊》1996 年第 9 期。

表现的新奇与声律的讲究，华丽典雅的诗歌词汇，特定的典故系统等，较为准确地把握了初唐诗的形式特征与美学技巧。①

二、文学作品研究

首先，《古诗十九首》研究领域，《古诗十九首》的作者、写作年代的考证、辩疑及作品笺注、解说是20世纪该领域研究的重点，早期研究有徐中舒《〈古诗十九首〉考》②、贺扬灵《古诗十九首研究》③等，后期有张清钟《古诗十九首汇说赏析与研究》④、木斋《古诗十九首与建安诗歌研究》⑤，隋树森《古诗十九首集释》⑥是此类研究集大成之作。朱自清发表于1941—1942年间的《古诗十九首释》⑦，超越了庸俗的"比兴"、"寄托"的解诗模式，在考证、辩疑基础上，疏通诗中典故探寻诗人用心，并发现了《古诗十九首》"复沓"等形式原则，从方法论与美学观两方面为后世学者的研究拓展出方向。马茂元于20世纪50年代继承朱自清体例，发表系列文章（主要内容收入《古诗十九首初探》⑧），进一步拓展《古诗十九首》的研究，内容更为充实。

20世纪后半叶以来的《古诗十九首》研究，除仍延续年代考证等方向外，学者对其诗歌主题、艺术特征、美学成就有了更深入的探索，如叶幼明《〈古诗十九首〉在我国诗歌史上的地位》⑨提出，

---

① ［美］宇文所安著，贾晋华译：《初唐诗》，生活·读书·新知三联书店2004年版，第7页。

② 徐中舒：《〈古诗十九首〉考》，《立达》1925年创刊号。

③ 贺扬灵：《古诗十九首研究》，大光书局1935年版。

④ 张清钟：《古诗十九首汇说赏析与研究》，台湾"商务印书馆"1988年版。

⑤ 木斋：《古诗十九首与建安诗歌研究》，人民出版社2009年版。

⑥ 隋树森：《古诗十九首集释》，中华书局1955年版。

⑦ 朱自清：《古诗十九首释》，见朱自清：《古诗歌笺释三种》，上海古籍出版社1981年版。

⑧ 马茂元：《古诗十九首初探》，陕西人民出版社1981年版。

⑨ 叶幼明：《〈古诗十九首〉在我国诗歌史上的地位》，《中国文学研究》1987年第1期。

该诗是我国诗歌由“言志”向“缘情”、“叙事”向“抒情”演变的开始，开辟了个人抒情的领域。而张节末《古诗十九首的美学技术》提出：

> 《古诗十九首》的作者群已经基本放弃以“比兴”作为诗歌的核心组织技术，而形成了新的美学组织原则，它就是“物感”，其核心为“时序感”。《古诗十九首》从《楚辞》获得了诗歌主人公及其“时序感”，从汉乐府民谣获得了“缘事而发”的现实关怀及其复沓手法，从汉赋获得了对自然景物的切近观察及其纵横铺排、细密组织的手法。为要“婉转附物，怊怅切情”和“指事造形，穷情写物”，将情、事、景诸要素细密地加以编织，追求“一时一事一意”的集中主题，技术上可以表述为时空勾连与情感渲染的结合。勾连表现为节奏联绵的、可以正接或反接的、有时是大跨度的主客换位式主题重复；渲染则将勾连的间架、筋骨着色，将来自民谣的复沓深埋而转换为针线，形成极其细腻微妙的情感节奏，以臻浑雅之体。两者之成功结合，打开了五言诗的发展空间。①

此论超越了一般从思想内容、作者背景入手的研究思路，以文本细读基础上的文本分析为基本方法，概括出《古诗十九首》的核心组织原则——“时序感”，以及技术表现——时空勾连与情感渲染，学术眼光独特而深刻，为解决《古诗十九首》的创作年代、合乐与否、诗学价值等若干悬而未决的重大课题，提供了崭新的方法论。基于此，赵琼琼的《〈古诗十九首〉非乐府论》进一步提出：《古诗十九首》并非乐府歌辞，而是文人徒诗，《古诗十九首》借由勾连、用韵、对偶等技术手段，建立内在的抒情节奏，弥补、强化了诗歌的内在音乐性。②

---

① 张节末：《古诗十九首的美学技术》，《中外文化与文论》2010 年第 1 期。

② 赵琼琼：《〈古诗十九首〉非乐府论》，《浙江学刊》2011 年第 5 期。

其次，左思《咏史》诗研究领域，多数受钟嵘《诗品》“晋记室左思其源出于公干，文典以怨，颇为精切，得讽喻之致”、“左思风力”①之语的影响，重视其豪放刚健之诗歌风格及咏怀性特点，而缺乏对左思《咏史》文本的细读与分析。

徐傅武的《左思左棻研究》②是有关左思、左棻研究的论文集，是有关二人生年、作品的考证与研究，郑训佐、张晨的《左思与左棻》③为二人评传兼及作品研究，两本著作均有部分内容涉及《咏史》。叶日光的《左思生平及其诗之析论》也考证了左思的生平、作品年代、思想人格、个性，并讨论了内容、文辞、风格、影响等。对《咏史》，他延续前人视为咏怀诗的传统，并说“其所引述的史实和人物虽然很多，但其内容情感却始终都指向一个相同的主题，那就是对现实政治和门阀社会的一种抗议和诅咒”④，这其实仍是以内容为重的研究方法。而程千帆的《左太冲咏史诗三论》则独具慧眼，提出左思使用不同典故的内在连接作为寄情的载体，用典有其内在的序列与结构，这对辨析《咏史》用典之整体结构有很大启发。

另一些学者则注意到了《咏史》的对比结构，如葛晓音《八代诗史》分析《咏史》时指出其四、其五用对比手法，其五为“效仿阮籍好用对比而不点主旨的手法”⑤。余冠英的《汉魏六朝诗选》在分析《咏史》时实际上也发现了其常用的对比结构。⑥ 叶嘉莹的《汉魏六朝诗讲录》，从中国文学仕与隐的基本主题来分析《咏史》，比之视为简单的反抗门阀政治更加高明，而且在具体的文本细读中，作者还发现左思《咏史》的气势是因为使用了对举的结构技巧，“对举能

① （南朝梁）钟嵘撰，陈廷杰注：《诗品注》，人民文学出版社 1961 年版，第 4 页。

② 徐傅武：《左思左棻研究》，中国文联出版社 1999 年版。

③ 郑训佐、张晨：《左思与左棻》，山东文艺出版社 2004 年版。

④ 叶日光：《左思生平及其诗之析论》，文史哲出版社 1979 年版，第 76 页。

⑤ 葛晓音：《八代诗史》(修订本)，中华书局 2007 年版，第 100 页。

⑥ 参见余冠英：《汉魏六朝诗选》，人民文学出版社 1978 年版，第 155～162 页。

产生一种张力，而这张力就能造成声势”①，精彩地分析了对比结构造成的审美经验。

最后，初盛唐诗研究领域。

历史梳理的方面，有何伟棠《永明体到近体》②、杜晓勤《从永明体到沈宋体——五言律体形成过程之考察》③、杜晓勤《齐梁诗歌向盛唐诗歌的嬗变》④、杨文惠《五言律诗声律的形成》⑤、陈静《唐宋律诗诗体流变的审美研究》⑥、邝健行《初唐五言律体律调完成过程之观察》⑦等，倚重现代研究方法，来考察永明至初唐沈、宋时期诗人新体诗作品的律化过程，分析、比较五言新体诗律句、诗联模式，总结不同时代诗人格律理论与技术，探索诗歌格律化的发展动力，客观地还原了格律化的诗歌进程，对诗人的律化成就给予了真实评价。在此基础上，也有学者试图对诗歌律化运动进行美学分析与理论提炼，如陈静《唐宋律诗诗体流变的审美研究》⑧提出了“形式先于内容”、“诗体形式是汉语言精华与民族审美心理的集中体现”、“诗体形式演变中遵循格式塔原理”、“‘陌生化’是诗体流变的内在动力”、“形式新变是否成功取决于是否有新的审美标准与之相适应”等观点，尝试运用俄国形式主义、格式塔心理学等形式美学方法，对律诗的审美规律进行总结，但在运用西方理论

① 叶嘉莹：《汉魏六朝诗讲录》，河北教育出版社 1997 年版，第 351 页。

② 何伟棠：《永明体到近体》，广东教育出版社 2005 年版。

③ 杜晓勤：《从永明体到沈宋体——五言律体形成过程之考察》，见荣新江主编：《唐研究》第 2 卷，北京大学出版社 1996 年版。

④ 杜晓勤：《齐梁诗歌向盛唐诗歌的嬗变》，东方出版社 1997 年版。

⑤ 杨文惠：《五言律诗声律的形成》，台湾“清华大学”2005 年中国文学系博士学位论文。

⑥ 陈静：《唐宋律诗诗体流变的审美研究》，山东大学 2006 年文艺学博士学位论文。

⑦ 邝健行：《初唐五言律体律调完成过程之观察》，《唐代文学研究》1992 年第 3 辑。

⑧ 陈静：《唐宋律诗诗体流变的审美研究》，山东大学 2006 年文艺学博士学位论文。

阐释中国文学时部分内容仍不免有削足适履之感，主要结论还需更多的理论打磨方能被学界接受。

闻一多于20世纪三四十年代之交曾说：“自建安到晋宋是自下向上的发展(按指诗歌成长的上升时期)，齐梁到唐高宗一段是由上而下(按指贵族诗风堕落的时期)，高宗以后，才又上升，臻于极盛。”①基于以上对南朝及初唐文学的否定性判断，在《类书与诗》中，闻一多提出，初唐时期唐太宗使一流学者编纂类书为诗人采掇典故之用，导致文学学术化，造成文辞的“浮肿病”，至“上官仪‘六对’、‘八对’弊端达至顶点，几乎有危害到诗的生命的可能”②。《宫体诗的自赎》提出，初唐宫体诗是“堆砌式文体”，到了“四杰”就起来变革，刘希夷则越过齐梁诗人直接向汉晋诗人借取灵感，直到张若虚《春江花月夜》的出现，才是“替宫体诗赎清了百年的罪”，“向后也就和另一个顶峰陈子昂分工合作，清除了盛唐的路”③。从这种观点出发，闻一多对初唐宫体诗持否定态度，并将“四杰”视为反齐梁文风的先锋，这对20世纪中叶古代文学研究的取向产生了极大影响，造成对上官体等诗体成就与四杰律化成绩的忽视与误判。

而郑振铎则提出：“王、杨、卢、骆诸人，与其说是改变了六朝的风尚，还不如说更进展地把六朝的风格更深刻化，更精密化，更普及化了。他们不是六朝文学的改革者，而是变本加厉地把六朝文学的势力与影响更加扩大化了的。他们承袭了六朝文学的一切，咀嚼了之后更精练地吐了出来。他们引导了、开始了‘律诗的时代’。”④陆侃如也以四杰、沈宋、杜审言为继承齐梁诗风的代表，

---

① 郑临川整理：《闻一多论古典文学》，重庆出版社1984年版，第90页。

② 闻一多：《类书与诗》，见闻一多：《唐诗杂论》，上海古籍出版社1998年版，第9页。

③ 闻一多：《宫体诗的自赎》，见闻一多：《唐诗杂论》，上海古籍出版社1998年版，第19页。

④ 郑振铎：《插图本中国文学史》，人民文学出版社1957年版，第273页

他们诗作中“音节的婉媚”，“字句的秀丽”，“对齐、梁诗可说青胜于蓝”①。这又是对四杰继承的六朝律化成就之肯定性评价。

美国学者宇文所安的《初唐诗》②于20世纪80年代引入中国，以宫廷诗为贯穿全书的论述主体，铺展对初唐诗歌从宫廷诗的美学趣味与艺术规范中发展进程的历史描述，并提出宫廷诗对六朝诗歌“惯例”(形式技巧)的继承与发展，准确地描述和概括了宫廷诗的结构和语言程式。宇文所安的研究成果在观点与方法论两点上都使国内学界受到震动，学者们开始重视初唐宫体诗的审美经验，并上溯六朝下及唐代中后期的诗歌史，探索其在近体诗形成中的贡献。

以《新唐书·文艺传》、《新唐书·宋之问传》、元稹《唐故工部员外郎杜君墓系铭》、皎然《诗式》、严羽《沧浪诗话·诗体》、王世贞《艺苑卮言》等为代表的古代学者著作中，多将律诗的定型归功于沈佺期、宋之问两人，现代学者中，刘大杰说：“律诗到他们的手里，是完全成熟，后人再无需修改了。”③

20世纪末以来，律诗定型的传统观点受到强烈地质疑。邝健行提出，“沈宋”作品的合律并非极为突出，元兢《诗髓脑》提出的换头术，是律诗粘对法则成熟与建立的标志，因此律诗的成熟应当在唐高宗后期。④ 郑振铎提出，“五言律”在“四杰”的时代已经流行，而“沈宋”最大的成就是促进了七言律的成立，并且“他们的倡始号召之功，似较他们的创作为更重要”⑤。马茂元提出，“沈宋”在高宗之末至中宗景龙年间格律诗风行的背景下，总结前代诗歌经

① 陆侃如、冯沅君：《中国诗史》，百花文艺出版社1999年版，第337页。

② ［美］宇文所安著，贾晋华译：《初唐诗》，生活·读书·新知三联书店2004年版。

③ 参见刘大杰：《中国文学发展史》，百花文艺出版社1999年版，第27~32页。

④ 邝健行：《初唐五言律体律调完成过程之观察》，《唐代文学研究》1992年第3辑。

⑤ 郑振铎：《插图本中国文学史》，人民文学出版社1957年版，第297页。

验与时人创作成果，创作出经典律诗作品，故为世人推重，但“非谓沈、宋之外，同时诗人遂无律体之佳构也”①，“沈宋”是律化潮流的重要推动者，但亦不可忽视其他诗人的贡献。

此后有学者对王绩、上官仪、“初唐四杰”、“文章四友”对促进律诗定型的贡献给予了客观的评价。徐青将五律的形成提前至南朝时期②。王志华高度评价了王绩定型律体的奠基之功③，杜晓勤也提出“王绩完全可以称得上是唐初律化意识最强烈的诗人”④。葛晓音则肯定了李峤的《李峤百咏》在确立与普及律诗的形式范式上的意义⑤。韩成武、陈菁怡在统计了初唐时期19位诗人作品声律情况后，发现在初唐后期的诗人中，杜审言的五律、五排作品合律水平最高，据此提出“他的创作实践是五律、五排声律定型的重要标志”⑥。刘宝和提出，“律诗不完成于沈佺期和宋之问，而是完成于杨炯、骆宾王、杜审言与李峤，尤其以杜审言、李峤更大”⑦。

律诗定型研究其中部分是关于七言诗的讨论。学者多同意七言律诗发生于五言律定型之后，格律化运动主要以五言诗为研究主体，旁及七言诗的律化问题。七言诗研究的热点是七言诗起源问

① 马茂元：《读两〈唐书·文艺(苑)传〉札记》，见马茂元：《晚照楼论文集》，上海古籍出版社1981年版，第105~106页。

② 参见徐青：《南北朝律诗和诗律概要》，《湖州师专学报》1993年第2期。

③ 参见王志华：《五言律奠基者旧说应予推翻——重评王绩在诗歌史上的地位》，《晋阳学刊》1990年第3期。

④ 杜晓勤：《从永明体到沈宋体——五言律体形成过程之考察》，见荣新江主编：《唐研究》第2卷，北京大学出版社1996年版，第131页。

⑤ 葛晓音：《创作范式的提倡和初盛唐诗的普及——从〈李峤百咏〉谈起》，《文学遗产》1995年第6期。

⑥ 韩成武、陈菁怡：《杜审言与五律、五排声律的定型——兼述初唐五律、五排声律的定型过程》，《深圳大学学报》(人文社会科学版)2003年第1期。

⑦ 刘宝和：《律诗不完成于沈宋》，《中州学刊》1984年第3期。

题，胡应麟将七言诗溯源于古歌行体、古乐府与楚辞体①，顾炎武亦云："七言之兴，在汉之前。"②余冠英提出七言源于"委巷中歌谣"③。不过，王力却从诗歌格律形式入手，指出直至鲍照《拟行路难》的隔句押韵七言诗的出现，才有了真正类似近体诗七言体式的作品④。

此外，张志群《谢灵运与诗体的律化》从声律的讲究、对偶的严密、篇制的缩小三个方面讨论了谢灵运对于五言诗律化的贡献。⑤ 程建虎《应制诗对五言诗律化的影响——以平仄和句数为观照中心》，以"永明体"诗人沈约、谢朓和王融，梁庾肩吾及初唐上官仪、杜审言、"沈宋"的五言应制诗为考查对象，发现"五言四韵诗的比例在不断提高，其中应制诗中四韵诗的比例要高于普通五言诗中四韵句式的比例，这表明应制诗在四韵句式凝定为五律正格过程中所起的作用"⑥。黄亚卓的《南朝公宴诗与五言诗的律化》考察了南朝公宴诗的集体创作方式、竞赛氛围和特殊的游戏性创作规则(限韵、联句、分题等)，提出南朝公宴诗已经在诗作的诗型和格律上接近五言律诗，进而肯定南朝公宴诗创作对促进五言诗格律化的重要诗学意义。⑦ 石观海在《宫体诗派与古诗的律化》中提出南朝宫体诗构建了五言诗中的"新绝句"、"准五律"和七言诗的"隔句韵式"，因此是近体诗律化进程中的重要

---

① 胡应麟：《诗薮》内篇卷3，上海古籍出版社1958年版，第41页。

② (清)顾炎武著，黄汝成集释，秦克诚点校：《日知录》卷21，岳麓书社1994年版，第743页。

③ 余冠英：《七言诗起源新论》，见余冠英：《汉魏六朝诗论丛》，上海古籍出版社1956年版，第141页。

④ 王力：《汉语诗律学》，上海教育出版社2005年版，第17页。

⑤ 参见张志群：《谢灵运与诗体的律化》，湘潭大学2007年中国古代文学硕士学位论文。

⑥ 程建虎：《应制诗对五言诗律化的影响——以平仄和句数为观照中心》，《绍兴文理学院学报》(哲学社会科学版)2009年第6期。

⑦ 参见黄亚卓：《南朝公宴诗与五言诗的律化》，《中国韵文学刊》2005年第1期。

中间环节。①

三、相关学科研究

语言学、汉语言文字学方面，研究者多将用典等同于修辞学中的引用辞格，但也有从更多角度展开的探索。郭蓉《古代汉语用典理论研究》②侧重于理论层面对用典运作的思维机制、结构规律与功能意义做了一些考察，体现了建构现代修辞学用典理论的学术意识。亓文香《汉语典故词语研究》③对汉语典故词语进行形式分析、结构分析、语义分析和语用分析，其对典故词汇化过程中，“比喻成词”、“借代成词”、“反用成词”的动机与“截取”、“提取”、“改造”的手法的分析，以及语用功效上连接语言与意象的分析，对研究诗中用典的形式化技巧有一定借鉴意义。罗积勇《用典研究》④，弃用传统文论之“用事”与前代修辞学“引用”两种术语，恢复用典的原称，对用典的语言结构、分类、语用关系作了细致梳理，是代表学科进展的重要成果，为当代用典美学研究建立了基本的术语框架，但该著与同类研究多视用典为一种修辞方法或语用策略，罕有注意用典的美学效应。

语言学的研究多从修辞学角度着眼，将对偶视为一种辞格，如傅佩韩《中国古典文学的对偶艺术》⑤侧重辞格角度对对偶的法则与分类展开研究。朱承平《对偶辞格》⑥将搜集到的374个传统对偶辞格，依现代修辞学理论归纳为99种，并从音、字、词、句、章、

① 参见石观海：《宫体诗派与古诗的律化》，《社会科学研究》2006年第2期。

② 郭蓉：《古代汉语用典理论研究》，河北大学2004年汉语言文字学硕士学位论文。

③ 亓文香：《汉语典故词语研究》，山东大学2008年汉语言文字学博士学位论文。

④ 罗积勇：《用典研究》，武汉大学出版社2005年版。

⑤ 傅佩韩：《中国古典文学的对偶艺术》，光明日报出版社1986年版。

⑥ 朱承平：《对偶辞格》，岳麓书社2003年版。

意境等维度，细述对偶的类别、弊病。

以上各研究领域学术研究进展，所拓展的学术视野，取得的丰硕成果，积累的丰富经验，是本书研究展开的必要基础。

第一章　模件化：古诗的文本生产技术

第一节　《古诗十九首》的文本生产技术

《古诗十九首》(简称《十九首》)从魏晋时期开始影响日增，西晋陆机曾作仿作一组，这不仅是对《十九首》艺术成就的致敬，更彰显作为五言诗初盛时期的经典，其主题、结构、意象、语言具有重要典范性意义，如明王世懋云："故余谓《十九首》，五言之《诗经》也。"①《十九首》得到诗人的崇尚，究其原因，个体意识的觉醒，普世化"死生新故之感"表达的情感深度，辞浅意深的语言美，温柔敦厚的美学风格，当然是重要的，此外，《十九首》对五言诗体乃至文人徒诗奠定与创作技术的范型意义，更不容忽视。明陆时雍《古诗镜总论》云："《十九首》谓之风余，谓之诗母。"②《十九首》是五言诗早期开创性典范之一，又被认为是《诗》、《骚》以来的文人正统，探究《十九首》文本生产的方式因而具有必要的价值与意义，而这又常被忽视。《十九首》文本的显著特征，就是大量袭用乐府、《诗经》与《楚辞》诗中的套句，整诗却气象浑融、真情动人，《十九首》的作者必然在高度纯熟地编织诗语、安排结构，从此入手探索其内部结构、结撰技术以及生成历史是一可行性路径。

---

① (明)王世懋：《艺圃撷余》，见(清)丁福保辑：《历代诗话》，中华书局1981年版，第774页。

② 隋树森：《古诗十九首集释》卷4，中华书局1955年版，第5页。

一、《十九首》中的套语、用典与主题单元

《十九首》的部分诗语，常被认为是用典。用典即引用典故①，古称用事，“用”指引用，“事”指“事类”、“故实”、“典故”等，如钟嵘《诗品序》云：“至乎吟咏情性，亦何贵于用事……羌无故实……讵出经史。”②《文心雕龙·事类》云：“事类者，盖文章之外，据事以类义，援古以证今者也。”③看钟嵘所谓“用事”与刘勰所谓“事类”，实有引古事与引成辞两种方式。《十九首》中涉及事典凡三例：“杞梁妻”、“王子乔”、“知音”(钟子期与俞伯牙故事)。此外，《迢迢牵牛星》以牛郎织女故事为题材，不属严格意义上的用典。然而，《十九首》却存在着类似今天引语式用典的文本现象，其量大面广，蔚为壮观，尽管把这些词句确定为“有来历”并回溯其原典并非难事，但是否即可定为用典，我们尚需进一步判定其在《十九首》中的美学功能，毕竟用典之“用”是最重要的。

用典依所引内容不同可分为引事与引语两类，《十九首》用典以引语式为主，引事式为辅。其中引语式用典量大面广，来源包括《诗经》、《楚辞》、《周易》、《老子》、《庄子》、《荀子》、《淮南子》、《尸子》、《吕氏春秋》、《吴越春秋》、《韩诗外传》、《说苑》，以及乐府、歌谣、谚语等，分析详下。引事式用典四例：

其一，牛郎织女。《迢迢牵牛星》以牛郎织女故事为题材。

---

① 《辞海》释“典故”：“诗文中引用的古代故事和有来历出处的词语。”释“引用”：“修辞学上辞格之一。话语文章中运用现成的语句或典故来达意。”辞海编辑委员会：《辞海(1999年版缩印本)》，上海辞书出版社2000年版，第831、3068页。罗积勇《用典研究》弃“引用”而称“用典”，定义是“为了一定的修辞目的，在自己的言语作品中明引或暗引古代故事或有来历的现成话，这种修辞手法就是用典。”罗积勇：《用典研究》，武汉大学出版社2005年版，第2页。以上两书可以代表今日学界对用典定义的一般理解。

② (南朝梁)钟嵘著，陈廷杰注：《诗品注》，人民文学出版社1961年版，第4页。

③ (南朝梁)刘勰著，黄叔琳注，李详补注，杨明照校注拾遗：《增订文心雕龙校注》卷8，中华书局2000年版，第472页。

其二，杞梁妻。《西北有高楼》有“谁能为此曲，无乃杞梁妻”。《左传·襄公二十三年》载杞梁为齐国将领，在与莒国的战斗中丧生，其妻拒绝齐庄公在郊外吊唁。① 杞梁妻传说善哭，《孟子·告子下》：“华周、杞梁之妻善哭其夫。”②《说苑·善说篇》：“昔华舟、杞梁战而死，其妻悲之，向城而哭，隅为之崩，城为之阤。”③后世依此形成孟姜女哭长城的故事。

其三，王子乔。《生年不满百》中“仙人王子乔，难可与等期”引王子乔成仙传说。《战国策》云“有乔、松之寿”④，以赤松子、王子乔代指仙人。《列仙传》载：“王子乔者，周灵王太子晋也。好吹笙，作凤凰鸣。游伊洛之间，道士浮丘公接以上嵩高山三十余年，后求之于山上。见柏良曰：‘告我家：七月七日待我于缑氏山巅。’至时，果乘白鹤驻山头，望之不得到，举手谢时人，数日而去。”⑤

其四，钟子期与俞伯牙。《西北有高楼》有“不惜歌者苦，但伤知音稀”。“知音”在秦汉文献中指通晓音律，如《礼记·乐记》“是故知声而不知音者，禽兽是也”⑥。《西北有高楼》中的“知音”与“歌者”相对，应指“知音者”，即通晓音乐能领会歌者心意感情的人。最著名的是钟子期与俞伯牙故事。《吕氏春秋·本味》所载最为详细：

> 伯牙鼓琴，钟子期听之，方鼓琴而志在太山，钟子期曰：

---

① 参见(周)左丘明传，(晋)杜预注，(唐)孔颖达正义：《春秋左传正义》卷35，北京大学出版社1999年版，第998~999页。

② (汉)赵岐注，(宋)孙奭疏：《孟子注疏》卷12上，北京大学出版社1999年版，第329页。

③ (汉)刘向撰，向宗鲁校证：《说苑校证》卷11，中华书局1987年版，第272页。

④ (汉)刘向集录：《战国策》卷5，上海古籍出版社1985年版，第216页。

⑤ (汉)刘向撰，钱卫语释：《列仙传》卷上，学苑出版社1998年版，第41~42页。

⑥ (汉)郑玄注，(唐)孔颖达疏：《礼记正义》卷37，北京大学出版社1999年版，第1081页。

"善哉乎鼓琴，巍巍乎若太山。"少选之间，而志在流水，钟子期又曰："善哉乎鼓琴，汤汤乎若流水。"钟子期死，伯牙破琴绝弦，终身不复鼓琴，以为世无足复为鼓琴者。①

故事中，俞伯牙因知音者钟子期死而不复鼓琴是惜于知音难遇，即"知音稀"的意义。

作者引用典故，有言简意赅的表达效果。《十九首》三个事典在诗中的内涵或曰与诗学主题的连接是明确的，"杞梁妻"与男女生死两隔的极度悲情、"王子乔"与成仙得道的逍遥生活、"知音"与士人的精神友谊有着稳定的联系。读者看到这三个典故，就能迅速生成与之相关的情感意涵。同样，《十九首》的大量化用成辞也不为炫耀学力，而为追求类似的美学效果。在此，我们可以引入诗学"套语"理论，代替修辞学中的用典更恰当地解释类似引语式用典的文本功能。

套语，在诗歌中主要指那些被大量重复使用的短语、句子或结构，"同时它还是一种固定的，以不变形式重复使用的表达方法"②。陈陈相因的套语与俗套常是文学创造力的敌人，但是在某一文体的初创阶段、在年轻诗人学习写作的开始时期，却是他们集腋成裘与登堂入室的工具和阶梯。20世纪30年代，美国米尔曼·帕里创立口述文学研究的套语理论，王靖献对其适度修正与扩充后，率先用来研究《诗经》中的套语与主题的创作技巧。套语，"即由不少于三个字的一组文字所形成的一组表达清楚的语义单元，这组语义单元在相同的韵律条件下，重复出现于一首诗或数首诗中，以表达某一给定的基本意念"③。若干套语又常常构成一个套语群，在诗篇中反复出现。王靖献对《诗经》的套语做了大量统计与分类，

① （汉）高诱注：《吕氏春秋》卷14，上海书店出版社1986年版，第140页。

② ［法］阿莫西、［法］皮埃罗著，丁小会译：《俗套与套语：语言、语用及社会的理论研究》，天津人民出版社2002年版，第8页。

③ ［美］王靖献著，谢谦译：《钟与鼓〈诗经〉的套语及其创作方式》，四川人民出版社1990年版，第52页。

其后得出《诗经》是口述套语创作的结论。主题（套式、旨式、典型场景），指诗中反复出现的包含叙述与描写的话题单元，相比套语倚重形式重复的特征来得更为自由，侧重于状态与情境的重现。诗人运用套式的创作，是因为其中的意象与情境能从接受者那里获得习惯性联想——直觉的、固定的美学反应，这种技巧“与中国抒情艺术中的所谓‘兴’几乎完全是一回事”①。《诗经》中的“兴”，常是先以某一种自然景物来预示主题，通过联想引出某种固定的情绪，为诗歌内容的表现做好准备。

《十九首》也同样是运用套语与主题创作的典型案例。举第一首《行行重行行》作例证分析，见表 1-1。

表 1-1

诗句	套语所见典籍及同样用此套语的乐府与建安古诗	唤起的主题
①行行重行行，与君生别离。	《离别相去辞》：“行行各努力兮于乎于乎。”《陇西行》：“行行重行行。”曹丕《诗》：“行行到黎阳。”曹植《门有万里客》：“行行将复行。” 《楚辞·九歌·少司命》：“悲莫悲兮生别离。”《艳歌何尝行》：“乐哉新相知，忧来生别离。”《艺梁妻歌》：“乐莫乐兮新相知，悲莫悲兮生别离。”甄皇后《塘上行》：“使君生别离。”	夫妇离别。
②相去万余里，各在天一涯。	《客从远方来》：“相去万余里，故人心尚尔。”《费凤别碑诗》：“一别会无期，相去三千里。” 《李陵录别诗二十一首》：“各在天一隅。”《时人为三茅君谣》：“各在一山头。”徐干《室思诗》：“念与君生别，各在天一方。”曹植《诗》：“离别各异方。”	离别后空间的遥远。

① ［美］王靖献著，谢谦译：《钟与鼓〈诗经〉的套语及其创作方式》，四川人民出版社 1990 年版，第 125 页。

续表

诗句	套语所见典籍及同样用此套语的乐府与建安古诗	唤起的主题
③道路阻且长，会面安可知。	《诗·秦风·蒹葭》：“溯洄从之，道阻且长。” 曹植《七哀诗》：“浮沉各异势，会合何时谐。” 徐干《于清河见挽船士新婚与妻别诗》：“岁月无穷极，会合安可知。”	离别后交通的不便。
④胡马依北风，越鸟巢南枝。	李善《文选注》引《韩诗外传》：“诗云：‘代马依北风，飞鸟栖故巢’，皆不忘本之谓也。”《吴越春秋》：“胡马依北风而立，越燕望海日而熙。”《李陵录别诗二十一首》：“胡马失其群。”曹植《朔风诗》：“愿骋代马，倏忽北徂。凯风永至，思彼蛮方。愿随越鸟，翻飞南翔。”	以胡马、越鸟思念故乡喻游子的思念。
⑤相去日已远，衣带日已缓。	乐府《古歌》：“离家日趋远，衣带日趋缓。”曹操《苦寒行》：“行行日已远。”	离别时间长久，人日渐消瘦。
⑥浮云蔽白日，游子不顾返。	《离骚》：“云容容而在下，杳冥冥兮羌欲悔”。《文子》：“日月欲明，浮云盖之。”陆贾《新语》：“邪臣之蔽贤，犹浮云之障日月。”息夫躬《绝命辞》：“秋风为我金，浮云为我阴。”孔融《临终》诗：“馋邪害公正，浮云翳白日。” 王粲《七哀诗》：“行者不顾反。”	游子为人事羁绊，难以很快归来。
⑦思君令人老，岁月忽已晚。	《诗·小雅·小弁》：“惟忧用老。”《冉冉孤生竹》：“思君令人老，轩车来何迟。”曹丕《短歌行》：“忧令人老。”徐干《室思诗》：“郁结令人老。”曹植《灵芝篇》：“念之令人老。”《杂诗七首》：“沈忧令人老。” 《诗·唐风·蟋蟀》：“岁聿其莫”，“岁聿其逝”。	思妇感叹青春消逝，思念强烈。

续表

诗句	套语所见典籍及同样用此套语的乐府与建安古诗	唤起的主题
⑧弃捐勿复道，努力加餐饭。	《饮马长城窟行》：“上言加餐饭，下言长相忆”。曹植《赠白马王彪诗》：“弃置莫复陈。”曹丕《杂诗二首》：“弃置勿复陈，客子常畏人。”	思妇自勉保重身体。

本诗中的套语，有两个（每句三字以上重复者）见于同组诗，占 13%，见于汉乐府者占 56%，见于《诗经》占 6%；套语同见于汉末魏晋文人诗及苏李诗者占 56%。从以上数字可以看到，《十九首》是高度套语化的创作，如郑振铎所说，《十九首》“是绝不迟疑的袭用着他人之辞语”①。这些套语，都与男女离别的行为、状态、情感相关，以群组的面貌出现。建安诗人仿作乐府风气流行一时，《十九首》与建安诗歌中大量出现源于乐府的套语并不令人意外。朱自清说：“套句是歌谣里常用的方便的表现”②，诗人“他总用民众习知习用的语句，来表现他们与他共有的情思”③。诗人大量使用套语并非是因为偷懒，而是因为这组有关离别的套语在当时为人熟知，诗作借此可以迅速地使听者或读者氤氲起夫妇离别、身心的疲惫、无尽的思念等感性体验。《行行重行行》可见《诗经》语句的化用，《诗经》中这些语句为文人读者熟知，出现在《十九首》中，能起到与当时使用乐府套语一致的效果，这些语词与意象的出现，同样可以建构一个自洽性的想象场景，迅速地从听者或读者那里唤起稳定的直觉反应。

可见，《十九首》所用的乐府、古诗套语或引语性用典，与《诗经》的套语与主题创作在美学技术上是一致的。

二、《十九首》诗歌文本的模件化结构

《十九首》五言句用套语者近八成，然而却没有拼凑罗列的痕

① 郑振铎：《中国俗文学史》，上海书店 1987 年版，第 55~56 页。
② 朱自清：《中国歌谣》，复旦大学出版社 2004 年版，第 188 页。
③ 朱自清：《中国歌谣》，复旦大学出版社 2004 年版，第 184 页。

迹，与其套语群有着一致的中心主题有关，如王夫之《姜斋诗话》说："一诗止于一时一事，自《十九首》至陶、谢皆然。"①另外还与其精致的内在结构有着深刻关系。这种结构不仅蕴含着恰当的抒情张力，同时又是高度程式化的，其内部成分可以拆分为若干模块，从而赋予诗人较自由的组合排列的形式潜能。

（一）模件化：组合的自由性

《东城高且长》是《十九首》中一首完整性多次被质疑的诗，明张凤翼《文选纂注》以为此诗为两篇混合，"燕赵多佳人"以下为另一首，"因韵同故误为一耳"②，清方东树也持此说③，今人余冠英以这首诗"文义不连贯，情调不一致"④而将之分为两首。法国汉学家桀溺也说："其中有几首如同乐府一样，将一些不同题材漫不经心地并列起来（如第十二首'东城高且长'）。"⑤我们来看这首诗：

东城高且长，逶迤自相属。
回风动地起，秋草萋已绿。
四时更变化，岁暮一何速。
晨风怀苦心，蟋蟀伤局促。
荡涤放情志，何为自结束？
燕赵多佳人，美者颜如玉。
被服罗裳衣，当户理清曲。

① （清）王夫之：《姜斋诗话》卷下，见（清）丁福保辑：《请诗话》，中华书局1978年版，第9页。

② 隋树森：《古诗十九首集释》卷2，中华书局1955年版，第18页。

③ （清）方东树著，旺绍楹校点：《昭昧詹言》卷2，人民文学出版社1961年版，第58页。

④ 余冠英：《汉魏六朝诗选》，人民文学出版社1978年版，第65页。

⑤ ［法］桀溺著，洪放、钱林森译：《论〈古诗十九首〉》，见钱林森编：《法国汉学家论中国文学——古典诗词》，外语教学与研究出版社2007年版，第95页。

音响一何悲，弦急知柱促。
驰情整巾带，沈吟聊踯躅。
思为双飞燕，衔泥巢君屋。

这些学者提出，此诗实际上原本应为两首，“燕赵多佳人”开始到末尾是另一首。在他们看来，两首诗的题材(主题)迥异，要么是因为用韵属于同韵部被粗心的诗集编纂者混在一起，要么就如同乐府一样是从属于外在的音乐曲调的松散结合体。从这首诗所写内容来看，确实前后有别。“东城高且长”写城东门外之风景引发士人对生命的焦虑，“东城高且长”以下三联，从植物的荣枯感发时间意识与生命意识，其引入的主题部分与景物描写部分混合未分，而“荡涤放情志，何为自结束”则是标准的情感反应部分。“燕赵多佳人”以下则围绕佳人鼓琴场景而展开，引入的是汉魏诗中常见的求女主题，“被服”以下两联可视为对佳人美貌与才艺的描写，最后以男子爱慕之情的迸发与求爱结束全诗。后半部分与《西北有高楼》在结构程式、主题、语言上高度一致，也是“燕赵多佳人”部分可以独立存在的佐证。

但历代亦有不少批评家将之视为一首诗。纪昀曾提出：“此下乃无聊而托之游冶，即所谓‘荡涤放情志’也。陆士衡所拟可以互证，张本以臆变乱，不足为据。”①西晋陆机对《东城高且长》的拟作《拟东城一何高》与原作的结构具有高度对应性，据之可判定他所理解的原诗是一首。虽然从作诗的程式来看，我们可以判断这可以拆为两首完全独立的诗，但是两首同样可以合为一首诗而存在。

从思想主旨来看，个体生命意识的觉醒、对生命价值的珍视是《十九首》的命脉所在。日本学者吉川幸次郎曾说，《十九首》中隐含着一种时间推移带来的悲哀，当人类意识到时间的永恒存在与人生的短暂，时间的推移就意味着死亡的迫近，于是内在的悲哀惆怅

① 隋树森：《古诗十九首集释》卷2，中华书局1955年版，第18页。

的情感随之生长发酵。① 在《十九首》诗歌结构中往往是引入时间生命主题后经由场景的描写生发出不同的情感反应类型，如《今日良宴会》、《回车驾言迈》的早立功名，《生年不满百》的及时行乐，《去者日以疏》的思乡怀人。既然《东城高且长》可以作为一首诗而被承认，我们用《西北有高楼》替换“燕赵多佳人”部分是完全可以的，其求女主题完全一致。用《今日良宴会》、《生年不满百》替换《西北有佳人》，将情感反应替换为生命意识觉醒后追求功名富贵、饮酒享乐也未尝不可。

主题的转换与融合构成了以上诗歌结构的美学基础，昭示了《十九首》鲜明的主题组合与模块化自由替换的重大特色。

(二)单首诗的结构模块

《十九首》无论是从诗人行旅中所见春发秋败的自然景象催发，还是从夜晚所观斗转星移的天象兴发，抑或是寒虫鸣叫、冬眠的物象感发，还是被沧海桑田、物是人非与坟丘林立的现象感触，我们可以把所有引入时间生命的主题部分视为一个模块。这些景象或当下所见或虚拟想象的描绘又构成另一个模块。不同的情感反应，常常与一定的场景有着固定的联系(如听曲与悲情、采物与怀人、饮宴与畅情、家书与思念、美女与爱慕、坟丘与生命短暂感等)，又构成了一个模块。三个模块的序列构成组合关系，只要满足自洽性的要求，一首诗就可以成立了。

如以下两首以景物描绘开头的诗作，分别有三联以自然物的变迁与月相、星象的变化来暗示时间的流逝：

① 吉川幸次郎还将这种“推移的悲哀”依表达手法的不同细分为三类：第一，不幸时光持续引起的悲哀(第一、第六、第九、第十、第十七、第十八、第十九首)。第二，时间推移中，由幸福到不幸引起的悲哀(第二、第五、第七、第八、第十六首)。第三，时间推移，死亡迫近引起的悲哀(第三、第四、第十一、第十二、第十三、第十四、第十五首)。[日]吉川幸次郎：《推移的悲哀——古诗十九首的主题(上)(下)》，《中外文学》1977 年第 6 卷，第 4 期与 5 期。

明月皎夜光

明月皎夜光，促织鸣东壁。
玉衡指孟冬，众星何历历。
白露沾野草，时节忽复易。
秋蝉鸣树间，玄鸟逝安适。
昔我同门友，高举振六翮。
不念携手好，弃我如遗迹。
南箕北有斗，牵牛不负轭。
良无盘石固，虚名复何益。

孟冬寒气至

孟冬寒气至，北风何惨栗。
愁多知夜长，仰观众星列。
三五明月满，四五蟾兔缺。
客从远方来，遗我一书札。
上言长相思，下言久离别。
置书怀袖中，三岁字不灭。
一心抱区区，惧君不识察。

如果把这两首诗的前三联互换，仅从内容而言可以完整成诗。这里的景物描绘并非如采集植物与思念亲人一样有着明显与直接的兴起的作用，而是作为一般的描述时间流逝的语句而存在的，它只有与下面的诗句结合，才能引出抱怨友人的抛弃与妇女的思念两个主题。《客从远方来》与《孟冬寒气至》都是写收家书，如果把《明月皎夜光》、《孟冬寒气至》的前三联放置《客从远方来》诗前，作为时间背景也可以成诗。这种结构在其他几首诗中也存在。《驱车上东门》中“驱车上东门，遥望郭北墓”与《去者日以疏》中“去者日以疏，生者日已亲。出郭门直视，但见丘与坟”，都是以遥望洛阳北邙山的墓地来进入死亡与生命价值的思考的，下引墓地景象的描绘，如不考虑押韵，起首这部分互换以后对诗作也几乎没有影响。

《十九首》的主题组合关系既是特定的，又有极大的灵活性。在场景描写上，不出于游子、思妇生活两类，思妇的生活范围多系家中日常活动而不具体，而游子生活场景则更丰富，以野外游历、城市穿行、贵族宴会为主。情感反应部分，思妇的表现较为类似，总以叹息青春年华的孤单、表露对游子的思念及表白忠贞笃守的誓言为主。而游子的反应则较为多样，除了思念家乡、家人，还有对功名、爱情的追求，处处流露出对生命的珍视、及时行乐的思想，这也充分契合《十九首》士人写作的特质。游宴饮乐场景与及时行乐主题有着恒定的联系，显示出这类诗的显著应景性。佳人现身引士人追求，是古老的常被政治化阐释的求女主题。男女送别、家书往来、采集植物与思妇想念游子主题是《诗》、《骚》及乐府传统中悠久的搭配。首先由星象变迁、植物和动物的季节性变化、人的死亡引起，然后引发出时序感的主题，延续为游子或思妇的生活场景描写，最后表现为男女的各类情感反应，三部分的组合形式丰富，最能体现《十九首》的模块化结构特征。而且，这一类诗作的主题引入没有采用传统采物怀人、求女等模式，以自然变迁、生活场景引发感兴来进入主题，更加自由且富有创造性。对诗人们来说，把这种模块化的基本结构与若干主题模块烂熟于心，对他们迅速地在各种文学游宴中即兴创作帮助极大，最蹩脚的诗人也能靠这个吟唱几句歌颂饮宴欢乐的诗来应应景，尽管也可能是最俗套的。

（三）模件化的文本生产

读者常能发现《十九首》诗句与魏晋诗的近似之处，如曹植《杂诗》中的“漫漫秋夜长，烈烈北风凉。展转不能寐，披衣起彷徨”，《七哀》中的“明月照高楼，流光正徘徊”，与《明月何皎皎》中的“明月何皎皎，照我罗床帏。忧愁不能寐，揽衣起徘徊”，“出户独彷徨，愁思当告谁”句式高度相似。学者易于将这种现象解释为诗人对《十九首》的学习与模仿，甚至得出《十九首》中部分诗作为曹植所作的惊世之论，但只要考虑到，《十九首》作者与写作时代的最令人信服的证明主要来源于陆机拟作的支持，定能知晓将《十九首》部分诗定为曹植作品的武断性。《十九首》中的主题是由较为固定的若干语词与意象组成的，同时常见于同代古诗与乐府诗，这也被其他学者发现。如表 1-2 所示：

表 1-2①

主题元素	常写物事	乐府古辞	十九首同类古辞	古诗十九首
四时代序、秋节萧索	秋节、秋蝉、秋风、秋草、西风、凉风、寒风		长歌行	明月皎夜光、东城高且长、冉冉孤生竹、凛凛岁云暮、孟冬寒气至
天象云露	朝露、白露		长歌行	明月皎夜光、明月皎夜光
	明月、夜、星、牵牛、南箕北斗、长夜、夜长		伤歌行	生年不满百、明月何皎皎、迢迢牵牛星、凛凛岁云暮、孟冬寒气至
	浮云			西北有高楼、行行重行行
草木飞鸟	河畔草、芳草、惠兰花			涉江采芙蓉、青青河畔草、冉冉孤生竹
	白杨、松柏、古柏、柳			驱车向东门、去者日以疏、清清河畔草
	飞鸟、双白鹄、燕、春鸟、双鸿鹄、玄鸟、双飞燕	艳歌行	伤歌行、长歌行	西北有高楼、明月皎夜光、东城高且长
游子远道、思妇独守	远行、游子、远行客、客行、荡子	艳歌行	饮马长城窟行	青青陵上柏、明月何皎皎、行行重行行、青青河畔草、凛凛岁云暮
	远道、长道、道路、路远、万余里		饮马长城窟行	回车驾言迈、涉江采芙蓉、行行重行行、庭中有奇树、客从远方来
	守空房、空房	艳歌行		明月何皎皎、青青河畔草

① 参见易闻晓：《乐府古辞与古诗十九首关系考辨》，《贵州文史丛刊》2009 年第 1 期。

续表

主题元素	常写物事	乐府古辞	十九首同类古辞	古诗十九首
相思之苦	泪、泣、沾衣赏	艳歌行	长歌行、伤歌行	行行重行行
	尺素、书札		饮马长城窟行	孟冬寒气至
	加餐饭		饮马长城窟行	行行重行行
服饰穿戴	被服、纨素、罗裳、红粉妆			东城高且长、驱车向东门、青青河畔草
行路出望	驱车、回车、同车		长歌行	青青陵上柏、回车驾言迈、凛凛岁云暮
东都游居	北门、东门、郭门、东城		长歌行	驱车向东门、去者日以疏、东城高且长
	洛阳城、洛中		长歌行	青青陵上柏
身名之望	虚名、立身、荣名			明月皎夜光、回车驾言迈

对这一现象，宇文所安提出：“这一时期的诗歌是一个流动的诗歌材料库的一部分，而这个共享的诗歌材料库由可以被用不同方式实现的联系松散的话题和程序句组成”①，“这一时期诗歌所共有的是主题(theme)、话题(topic)、描写的顺序、描写的公式和一系列语言习惯”。他的成果给了我们看待此现象的一个新视角。对诗人来说，如“明月”、“揽衣”、“彷徨”、“徘徊”、“愁思”、“流泪”是一个大致固定的语词程序、意象组合、场景要素，是诗人烂熟于心而非初创性的文学修养的一部分。这与上文所谈的

① ［美］宇文所安著，胡秋蕾、王宇根、田晓菲译：《中国早期诗歌的生成》，生活·读书·新知三联书店 2012 年版，第 83 页。

“兴”——诗歌套语与主题在美学技术上是一致的。这些套语组合有着紧密的向心力与自洽性，作为诗中的一个片段，它们可以被诗人随意调动与搭配、充实或精简，而无需在乎整诗长短、四言五言，这往往也淡化了乐府与文人诗的区别。

宇文所安将这一时期诗歌创作实践划分为三个层面：话题、主题和主题的组合①。话题基本上相当于套语，如“行行重行行”、“行行游且猎”、“行行将复行”、“与君生别离”、“悲莫悲兮生别离”、“忧来生别离”、“使君生别离”，是两个话题（套语）各种变体的例子。《行行重行行》中的离别主题即由若干此类话题（套语）组成。《行行重行行》由开头的男女离别转入思妇相思又是两个主题组合的例子。

至此，我发现《十九首》十分符合中国艺术模件化生产的思维方式。中国艺术的模件化与规模化生产，是德国学者雷蒙德提出的观点。他考察了古代中国的汉字系统、青铜铸造、兵马俑雕塑、漆器、丝绸、陶瓷、建筑、印刷术、绘画，发现了中国古代工艺与艺术的成功奥妙所在，那就是模件化思维与技术——细小的标准化的模件（预制的常备构件）的组合，靠这个奠定了中国艺术大规模、高效率的生产。而从汉字的构成体系来看，模件化思维已经沉淀为中国文化生产者的深层无意识，“他们在语言、文学、哲学，还有社会组织以及他们的艺术之中，都应用了模件体系”②。文学生产当然与工艺品生产有区别，但诗人是否就未曾利用这种古老的民族智慧呢？雷蒙德将某一工艺与艺术类型的模件体系分为五个层次：元素（element）、模件（module）、单元（unit）、序列（series）、总集（mass）③，低层的要素向上构成了高层要素的组成部分。我们将他所分析的艺术类型层次体系列表显示，并将《十九首》一同比较，

① 参见［美］宇文所安著，胡秋蕾、王宇根、田晓菲译：《中国早期诗歌的生成》，生活·读书·新知三联书店2012年版，第107页。

② ［德］雷蒙德著，张总等译：《万物：中国艺术中的模件化与规模化生产》，生活·读书·新知三联书店2012年版，第6页。

③ ［德］雷蒙德著，张总等译：《万物：中国艺术中的模件化与规模化生产》，生活·读书·新知三联书店2012年版，第14页。

如表 1-3 所示。

表 1-3

模件层次 艺术类型	青铜器装饰	瓷器装饰	匠师绘画《地狱十王》	文人画	《古诗十九首》
元素(element)	点、线、面	笔触、线条、图案元素	笔触、线条、图案元素	笔墨、色彩	语辞
模件(module)	纹饰的构件如动物的身体各部位图形	图案母题:牡丹、亭阁、渔舟、飞鸟等	场景:审判、惩罚 人像类型:冥王、僚属、鬼卒、亡灵 图案:器物、云气、岩石	图案母题:植物、石头、点景建筑、人物、皴法等	话题(套语)
单元(unit)	图案如饕餮与夔龙	图案如一个山水场景	地狱场景图画	一幅图案片段	某一母题的诗歌片段
序列(series)	一个青铜器上的装饰块面	一个瓷器上装饰区域	《地狱十王》图系	一幅山水画或花鸟画	整首诗
总集(mass)	各类青铜器装饰	各类瓷器装饰	人物画系列	画集、画谱	诗集

雷蒙德在论述文人画时说中国画家深受中国艺术模件化思维的深刻影响，我们也可以清晰地看到文人诗与文人画的模件化生产模式的类似性。回忆一下五言诗从乐府、文人画从院体画那里传承的丰富遗产，文人艺术家受到中国工艺与民间艺术模件化思维的强大影响，是自然不过的事，只是他们将强烈个人风格与文化意蕴注入作品以后，这种生产模式被逐渐遮蔽起来，变得不再清晰，其文化生产者的匠人身份也被高贵的贵族气息所掩盖了。

（四）模件化文本生产中的个人风格

陆机的《拟古诗》组诗对《十九首》的扬名起了正面推动作用。这组拟诗现存十二首，其中所拟《兰若盛春阳》不见于今天的《十九首》，但思妇自伤的主题与《十九首》相近。陆机拟作用的是逐句摹写的方式来仿写的，将《十九首》的三部式等基本结构、原诗主题保留下来，而诗作语言发生极大变化，炼字、俳偶、用典大大增加。

以《拟行行重行行》为例：

悠悠行迈远，戚戚忧思深。
此思亦何思，思君徽与音。
音徽日夜离，缅邈若飞沉。
王鲔怀河岫，晨风悲北林。
游子眇天末，还期不可寻。
惊飙褰反信，归云难寄音。
伫立想万里，沉忧萃我心。
揽衣有余带，循形不盈襟。
去去遗情累，安处抚清琴。

诗中俳偶增加，“悠悠行迈远，戚戚忧思深”、“王鲔怀河岫，晨风悲北林”、“惊飙褰反信，归云难寄音”、“揽衣有余带，循形不盈襟”等句对偶较为工整，《行行重行行》只有“胡马依北风，越鸟巢南枝”与此相类似，陆机将《十九首》中偶见的骈偶化句式有意增加。全诗用语雅致，有意远离乐府通俗、口语化的特征，相较“相去万余里，各在天一涯”的直白，“此思亦何思，思君徽与音”就不那么家常了，《诗·大雅·思齐》有“大姒嗣徽音，则百斯男”，郑玄笺：“徽，美也。”①徽音当代指男子可亲的音容

① （汉）毛亨传，（汉）郑玄疏，（唐）孔颖达疏：《毛诗正义》，北京大学出版社2000年版，第1183页。

笑貌。此句确实雅了，但若非较深的文化修养的读者，难以契合其妙处。

陆机还用僻典。《十九首》中有“胡马依北风，越鸟巢南枝”用胡马、越鸟典故，常见于汉代典籍称引，为汉代俗谚。陆机《拟行行重行行》中“王鲔怀河岫，晨风悲北林”二句，“鲔”，即鲟鱼，体型较大者成为“王鲔”。鲔鱼味美，古代以为美食，常献为贡品。汉张衡《东京赋》有“王鲔岫居”，传说这种鱼生活于江岸山穴中，即“岫居”，“王鲔怀河岫”即鲔鱼思念故乡之意。此典在魏晋诗中罕见，可谓僻典，但可见陆机的深厚学养。另外，《说文解字注》云：“薛综，陆玑，李奇，郦道元皆言鲔自南方江中来，至河南巩穴又入河，度龙门。”①陆机说鲔鱼由南来至北方，那么鲔鱼献于北方王者，与陆机南方士族精英被西晋统治者赏识高度类似，引用这个典故有着极强的个人抒情性。援引“王鲔”典故，是《十九首》作者用《诗经》典故示范下的创新，却略显幽僻。通过典故的化用，增强个人抒情，从《十九首》开始显山露水的文人诗特色，在陆机等魏晋诗人那里获得了长足性的进步。

尾联“遗情累”尽显晋代玄学思潮的影响。情累说王弼本为玄学一个命题，他反对何晏提出的圣人无喜怒哀乐之俗世情感的观点，提出圣人亦有普通人的感性与情感，“然则圣人之情，应物而无累于物者也”②，圣人能有所超越而不会被俗世之情所羁绊。此后，去情累成为极富时代特色的著名玄学命题。陆机《吊魏武帝文》序曾云：“若乃系情累于外物，留曲念于闺房，亦贤俊之所宜废乎。”③除陆机外，晋代诗人亦多受此思潮影响，援之以为诗歌母

① （汉）许慎撰，（清）段玉裁注：《说文解字注》，上海古籍出版社 1981 年版，第 576 页。

② （晋）陈寿撰，（宋）裴松之注：《三国志》卷 28，中华书局 1971 年版，第 795 页。

③ （晋）陆机著，刘运好校注整理：《陆士衡文集校注》卷 9，凤凰出版社 2007 年版，第 905 页。

题者甚多，逐渐启发玄言诗的新文学潮流①。“遗情累”在本诗中的援用为其打上强烈的时代烙印，使之与《十九首》所在的更早时代明确区分开来。

明谢榛《四溟诗话》云：“《古诗十九首》，平平道出，且无用工字面，若秀才对朋友说家常话，略不作意。”②用语天然若家常话，固然是《十九首》的语言较接近日常口语，也是因为《十九首》多用乐府、歌谣的共享诗语，易于理解与领会诗人之情意。而自曹植等魏晋诗人开始，写五言诗时较才逞艺，用典、俳偶、丽辞之风与日俱增，陆机也只是顺势而为。这种文人诗风，固然造成了略显“隔”的接受美学，但此种陌生化的美学技术，也大大增加了其艺术感染力。更重要的是，诗人可以炫耀自己的学养，可以将诗的理解与交流限定于一个小圈子，也可以在言志抒怀的同时有效地在乱世浊流中保护自己。诗人在继承古诗基本程式与套语主题技术的同时，努力超越与乐府共同分享的套语系统，并小有所成。曹魏《皇览》、晋代虞喜《志林》类书、韦謏《典林》等类书的出现，为新诗歌语料库的扩充更是起到了推波助澜的作用。陆机拟作所代表的诗歌美学潮流，这点可能是最重要的。

文人诗新诗歌语料库的扩充，诗歌语言的骈偶、丽辞造成的诗句的浓缩与精巧，以及大量用典(如谢灵运引“三玄”《老子》、《庄子》、《易》入诗)冲淡了《十九首》等早期古诗的套语主题系统，遮掩了其民间气息。但是，这也只限于诗歌语料模件的更新与拓展、模件组合方式的改进，而模件化思维仍然常常直白得显露出来，与《十九首》并无二致。《十九首》模件化的艺术生产技术，极具民族智慧与中国特色，其起于民间，经诗人改造而日渐精致细密。从《十九首》的时代开始，到盛唐诗的繁荣，中国的文人诗用六百年

---

①　有关内容可以进一步参见张节末、赵琼琼：《论玄言诗的诗体革命》之“反缘情”一节，《社会科学战线》2012年第9期。

②　(明)谢榛：《四溟诗话》卷3，见(清)丁福保辑：《历代诗话续编》，中华书局1983年版，第1178页。

的时间走向顶峰，其中，《十九首》等魏晋诗绽放异彩的技术美学功不可没。

第二节 在水一方：魏晋古诗牵牛织女用典的个案考察

牛郎织女民间传说，有一个阶段性的形成过程①。汉魏诗文中也常引用此典故，《十九首》之《迢迢牵牛星》，更是以牵牛织女传说为题材，书写爱情别离而成为千古绝唱。牵牛织女传说演变的不同阶段，故事结构差别较大，因此，对古诗中所引典故的具体内容给予准确定位，于美学意义辨析甚为关键。以下秉持用典视角，梳理先秦至汉魏时代相关文献，聚焦汉魏诗歌文本，还原其中所引用牵牛织女典故的本来面貌，进而探析诗歌结撰技术与审美意识的演进。

一、牵牛织女传说的起源

学术界对牛郎织女传说的溯源，常提及《诗·小雅·大东》中一段诗。

> 维天有汉，监亦有光。跂彼织女，终日七襄。虽则七襄，不成报章。睆彼牵牛，不以服箱。东有启明，西有长庚。有捄天毕，载施之行。维南有箕，不可以簸扬。维北有斗，不可以挹酒浆。维南有箕，载翕其舌。维北有斗，西柄之揭。

这段诗中提及众多星象，包括银河、织女星、牵牛星、启明星(金

① 洪淑玲把牛郎织女故事的形成描述为三个时期：一是胚胎期，《诗经》与古人天象想象埋下因子；二是雏形期，汉魏时代形成了人形化与离别象征；三是形成期，魏晋时期形成相会之说，梁朝时故事写定。参见洪淑玲：《牛郎织女神话形成的脉络》，见钟敬文等著：《名家谈牛郎织女》，文化艺术出版社 2006 年版，第 36~45 页。

星)、长庚星(金星)、毕星、箕星、北斗星等，诗人将其形状想象成各种人、物，说他们只是形似但却无实用，以此讽刺尸位素餐的统治者。例如，“维天有汉，监亦有光”，说银河虽亮却不能像日、月般照物。织女星在诗中意义也是如此，“跂彼织女，终日七襄”，《郑笺》说：“从旦至莫七辰，辰一移，因谓之七襄。”①织女星旁边紧挨着四颗小星，用虚线连起来是菱形，很像一个织布用的梭子，这个梭子整夜在天上穿梭，却永远不能织成一匹布帛。这几个例子都是从形状相似的角度来构思，明白易晓。但是，《毛传》对于“睆彼牵牛，不以服箱”的解释却与形象相似这一点矛盾。《毛传》说：“睆，明星貌。河鼓谓之牵牛。服，牝服也，箱大车也。”②服是车厢两旁的横木，箱是大车，这里是说牵牛星不能如人间之牛可以拉车。同时，《毛传》“河鼓谓之牵牛”，又认为牵牛星即河鼓星。河鼓有三星，并排如一直线，其中最亮的大星今天叫牛郎星。两颗稍暗的小星并列于牛郎星左右，三星的直线形状，与牛的形象毫无类似之处，倒是和今天传说中的牛郎挑着扁担，左右箩筐里坐着他和织女生的一双儿女很相像。完全可以推测，《大东》中的“牵牛”未必是河鼓。

古人在天球的黄道与天赤道附近，划分二十八宿即二十八个区域，依每个区域的代表星座而命名。如牛宿即依据紧贴黄道的牛星而命名，狭义的牛宿即牛六星，广义的牛宿包括此星空区的牛六星、天田四星、九坎四星、河鼓三星、织女三星、左旗九星、右旗六星、天桴四星、罗堰三星、渐台四星、辇道五星。古人之意，河鼓为天河边之鼓，河鼓三星近边天桴四星是敲鼓的槌子，左右有左旗九星、右旗九星，极像战场布阵。《史记·天官书》说：“牵牛为牺牲，其北河鼓。河鼓大星，上将；左右，左右

① (汉)毛亨传，(汉)郑玄笺，(唐)孔颖达疏：《毛诗正义》，北京大学出版社2000年版，第919页。

② (汉)毛亨传，(汉)郑玄笺，(唐)孔颖达疏：《毛诗正义》，北京大学出版社2000年版，第921页。

将。”①认为河鼓三星象征的是将军。“牵牛为牺牲”说，把牵牛想象为天上祭祀所用的牺牲，只有牛星六颗连线的形状才活像一头牛，这里与《毛传》观点不同，认为牵牛非河鼓而是牛六星。从《大东》修辞设喻的逻辑来看，牵牛当指牛星而非河鼓，只有牛星的外形方能想象为拉车的牛。从天象上看，二十八宿中的箕、斗、牛、女、虚、危、紧、室大致在一条直线上，紧挨着黄道，因此牵牛最初应该指的是牛六星，而不是河鼓。这一点，前人早已辨明，丁緜孙判断“可知此处所指‘牵牛’非河鼓，而是‘牛’，且当天宫中的‘牺牲’之用”。“但由于该诗句之前有‘跂彼织女，终日七襄。虽则七襄，不成报章。’而人们习惯于以‘牛郎’、‘织女’相配引用于诗。所以也就容易使训诂家理解该诗中的‘牵牛’为‘河鼓’。《十三经注疏》即是。”②

综上可知，《大东》文本中，尚未出现今日牵牛织女故事男女婚娶的主要情节，牵牛(牛宿)也未实现人格化。这可以从汉魏晋诗文中，引《大东》典的情形加以证明。《十九首》之《明月皎夜光》“南箕北有斗，牵牛不负轭”句，化用《大东》诗意，引出“良无盘石固，虚名复何益”的感叹，写朋友之情徒有虚名却无实际之援助，取意与原典相同。陆云《答兄平原诗》“衡轨若殊迹，牵牛非服箱”句，以车衡车轨不相配合，牵牛星(牛宿)不能拉车，使得车不能行驶，比喻兄弟分别之难，用《大东》语取字面之意。这两首诗均与爱情无关，引《大东》句，只是取牵牛星(牛宿)有形无用、不能拉车的意思，与牛郎丝毫无涉。

从现有资料看，直至战国竹简中，才开始有了牵牛、织女婚娶情节的记载。秦代竹简《睡虎地秦墓竹简·日书甲种》(以下简称为《日书甲种》)中，有两则说嫁娶忌日的文字，提及牵牛求娶织女的情节：

---

①　(汉)司马迁著，(宋)裴骃集解，(唐)司马贞索隐，(唐)张守节正义：《史记》，中华书局1959年版，第1310~1311页。

②　丁緜孙：《中国古代天文历法基础知识》，天津古籍出版社1989年版，第90页。

取妻龙日，丁巳、癸丑、辛酉、辛亥、乙酉，及春之未戌，秋丑辰，冬戌亥。丁丑、己丑取妻，不吉。戊申、己酉，牵牛以取织女，不果，三弃。①

戊申、己酉，牵牛以取织女而不果，不出三岁，弃若亡。②

《日书甲种》是选择时日吉凶的术数古籍，龙日即忌日，此书断定在丁巳、癸丑、辛酉、辛亥、乙酉等日期，举行婚姻大不吉，会带来厄运。《日书甲种》在第一条引文之上，还有一条引文也谈娶妻忌日，并谈及大禹与涂山氏之女的故事：

癸丑、戊午、己未，禹以取涂山之女日也，不弃，必以子死。③

《秦简日书集释》释为：

癸丑日、戊午日、己未日，是大禹迎娶涂山氏女儿的日子，若是在这个日子中结婚，即使妻子不被丈夫遗弃，他们的孩子注定要死。④

从本则文字，可以看出《日书甲种》问吉文字的一般结构：前面"癸丑"、"戊午"、"己未"是时日；中间"禹以取涂山之女日也"，是引历史传说佐证前三日不吉的判断；后面"不弃，必以子死"，是指选择在这一天婚娶之夫妻，将要遭到的厄运。《史记》

① 睡虎地秦简整理小组：《睡虎地秦墓竹简·释文》，文物出版社1990年版，第206页。

② 睡虎地秦简整理小组：《睡虎地秦墓竹简·释文》，文物出版社1990年版，第208页。

③ 睡虎地秦简整理小组：《睡虎地秦墓竹简·释文》，文物出版社1990年版，第206页。

④ 吴小强：《秦简日书集释》，岳麓书社2000年版，第117页。

载，大禹取涂山氏之女为妻，“夏后帝启，禹之子，其母涂山氏之女也”①。大禹成婚后，忙于治水事业，长年在外奔波，据《孟子·滕文公上》载：“禹疏九河……八年于外，三过家门而不入。”②《吕氏春秋·音初篇》载，涂山氏之女在焦急等候中，唱出“候人兮猗”的著名歌谣。③ 或许可以认为，在先民眼中，大禹成婚后忙于治水事业，造成与妻子涂山氏长期分离，故而婚姻不够美满，夫妻不幸福。从现存文献来看，大禹与涂山氏之女的婚姻故事，在先秦时期即广为人知，因此对这则文字的释读是毫无争议的。

此则占文的解读，对我们破译《日书甲种》引牵牛织女故事之两段话极有帮助。“戊申、己酉，牵牛以取织女而不果，不出三岁，弃若亡”这句，依大禹故事句结构，“戊申、己酉”是说娶妻忌日，“牵牛以取织女而不果”，是用典佐证择日的权威性，“不出三岁，弃若亡”，说的是这些天结婚的人将遭的厄运。而另一条引文“戊申、己酉，牵牛以取织女，不果，三弃”中，容易使人误认为“不果”是与“三弃(弃指丈夫抛弃妻子)”并列，是说选择“戊申”、“己酉”这些天婚娶将遭的厄运。但是，从上一条简文来看，“不果”当是牵牛织女故事的一部分。或许，有人会以为“不果”指不能白头偕老。但《日书甲种》中，是以“不终”来代指不能白头偕老，如：

> 三月季庚辛，夏三月季壬癸，秋三月季甲乙，冬三月季丙丁，此大败日，取妻，不终。④
>
> 戌兴(与)亥是胃(谓)分离日，不可取妻。取妻，不终，

---

① (汉)司马迁著，(宋)裴骃集解，(唐)司马贞索隐，(唐)张守节正义：《史记》，中华书局1959年版，第84页。

② (汉)赵岐注，(宋)孙奭疏：《孟子注疏》，北京大学出版社1999年版，第146页。

③ (汉)高诱注：《吕氏春秋》，上海书店1986年版，第58页。

④ 睡虎地秦简整理小组：《睡虎地秦墓竹简·释文》，文物出版社1990年版，第208页。

死若弃。①

综合以上分析，我们判断，“牵牛以取织女而不果”，就是《日书甲种》所引牵牛织女故事的完整文字。果，“木实也”②，本义指果实，不果就是没有结果。这样看来，《日书甲种》所引故事结构为：牵牛求娶织女，却没有成功。这或许就是先秦时期民间流传的牛郎织女故事雏形。应该说，是民间传说而不是《诗·小雅·大东》，构成了后世牵牛织女传说的直接源头。

二、汉代文物中的牵牛织女故事

现存汉代文物中，保有了不少牛郎织女传说的实物证据。汉武帝为伐西南昆明国，在长安斗门沣河东岸开挖昆明池，练习水战。东汉班固《西都赋》，写昆明池“左牵牛而右织女，似云汉之无涯”③。东汉张衡《西京赋》说：“乃有昆明灵沼……牵牛立其左，织女处其右。”④两赋都写道，当时以昆明池象征天河（云汉），夹河左右立牵牛织女神像的景观。两个石像至今尚存，完全是人类男女的形象，今日群众尊称“石爷”、“石婆”，并建庙祭祀。

汉代画像中，有两例涉及牵牛织女。其一，是南阳白滩牛郎织女汉画像石⑤（见图 1-1）。

画像右上为河鼓三星，下方是牛郎牵一牛，挥鞭耕作；左下一颗独立大星是织女星，其左边之四颗小星被想象为织室，织女正跪

---

① 睡虎地秦简整理小组：《睡虎地秦墓竹简·释文》，文物出版社 1990 年版，第 209 页。

② （汉）许慎撰，（汉）段玉裁注：《说文解字注》，上海古籍出版社 1981 年版，第 249 页。

③ （梁）萧统编，（唐）李善注：《文选》，上海古籍出版社 1986 年版，第 21 页。

④ （梁）萧统编，（唐）李善注：《文选》，上海古籍出版社 1986 年版，第 65 页。

⑤ 中国画像石全集编辑委员会：《中国画像石全集：第 6 卷 河南汉画像石》，河南美术出版社 2000 年版，第 90~91 页。

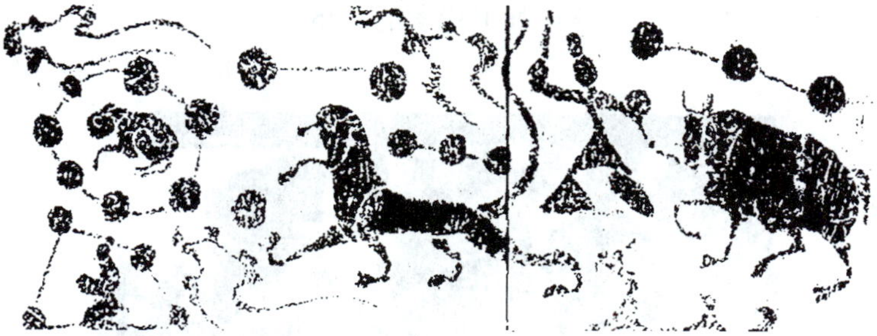

图 1-1

坐于其中劳作。画面正中的老虎，或许有人会认为，是划开天河分离二人的西王母，实际上这只是青龙、白虎、朱雀、玄武四象中，代表西方天象的白虎。

其二是四川郫县东汉石棺画像①(见图 1-2)：

图 1-2

图中牛郎牵一牛，织女手持纺锤图形，二人左右相对，图画另一部分是青龙白虎相争。图 1-1 与图 1-2 中，牵牛(牛宿)在汉画中逐渐变成手牵一头牛的牛郎(牵牛郎)，位置也迁移为河鼓星。这说明，在汉代，牛郎织女爱情故事已经形成。

① 中国画像石全集编辑委员会：《中国画像石全集：第 7 卷 四川汉画像石》，河南美术出版社 2000 年版，第 101 页。

需要注意的是，牛郎(牵牛郎)并不是董永。东汉末武梁祠画像①(见图 1-3)中，已经有董永行孝的故事：

图 1-3

图右，董永父亲持一杖坐鹿车上，指点董永劳动，上有题字“永父”，图左，董永手持工具一边干活，一边回首听从父亲教诲，旁有题字“董永，千乘人也”。两人上方有一仙女在飞。图画所表现故事内容与文献记载吻合。曹植《灵芝篇》在古诗中最早引用此典，诗中说：“董永遭家贫，父老财无遗。举假以供养，佣作致甘肥。责家填门至，不知何用归。天灵感至德，神女为秉机。”大意为，董永家贫，为人雇佣劳动，供养长辈，但面对众多上门讨债的债主仍是无计可施，于是感动上天，神女下凡为其织布偿债。在东晋干宝《搜神记·董永》的记载中，这个故事更加完整且略有变化：

> 汉董永，千乘人。少偏孤，于父居。肆力田亩，鹿车载自随。父亡，无以葬，乃自卖为奴，以供丧事。主人知其贤，与钱一万，遣之。永行三年丧毕，欲还主人，供其奴职。道逢以妇人曰：“愿为子妻。”遂与之俱。主人谓永曰：“以钱与君矣。”永曰：“蒙君之惠，父丧收藏。永虽小人，必欲服勤致

① 中国画像石全集编辑委员会：《中国画像石全集：第 1 卷 山东汉画像石》，河南美术出版社 2000 年版，第 31 页。

力，以报厚德。”主曰：“妇人何能?”永曰：“能织。”主曰：“必尔者，但令君妇为我织百疋。”于是永妻为主人家织，十日而毕。女出门，谓永曰：“我，天之织女也。缘君至孝，天帝令我助君偿债耳。”语毕，凌空而去，不知所在。①

与曹植所引故事不同，这个版本中，神女的身份已经演变为善于纺织的织女。织女下凡与董永为妻，为其织布还债，是被董永的孝行感动，清还债务后即离去。这属于道德报应主题，与牛郎织女故事的爱情主题相异。

干宝《搜神记·毛衣女》中，还记载有与现存牛郎织女故事情节类似的毛衣女故事：

豫章新喻县男子，见田中有六七女，皆衣毛衣，不知是鸟。匍匐往，得其一女所解毛衣，取藏之。即往就诸鸟。诸鸟各飞去，一鸟独不得去。男子取以为妇，生三女。其母后使女问父，知衣在积稻下，得之，衣而飞去。后复以迎三女，女亦得飞去。②

毛衣女属于天鹅处女型故事。约瑟雅科布斯所修正的哥尔德《印度欧罗巴故事型式》中，总结天鹅处女型故事主要情节为：“一、一男子见一女子在洗澡，她的‘法术衣服’放在岸上。二、他盗窃了衣服，她堕入他的权力中。三、数年后，她寻得衣服而逃去。四、他不能再找到她。”日本西村真次总结为：“一、天鹅脱了羽衣，变成天女(人之女性)而沐浴。二、男人(主要的，为猎师或渔夫)盗匿羽衣，迫天女与之结婚。三、结婚后，生产若干儿女。四、生产儿女后，夫妇间破裂，天女升天。”③现代牛郎织女传说的内容：牛

① (晋)干宝：《搜神记》，中华书局1979年版，第15页。

② (晋)干宝：《搜神记》，中华书局1979年版，第175页。

③ 以上两则引文转引自钟敬文：《中国的天鹅处女型故事》，见钟敬文等：《名家谈牛郎织女》，文化艺术出版社2006年版，第5页。

郎得到老牛或他人指点，偷走下凡沐浴七仙女其中一位的衣服，然后与之成亲并生儿育女，最后织女离去的情节也属于天鹅处女型故事。钟敬文先生把《搜神记·毛衣女》，当作中国天鹅处女型故事的最早形态，提出此故事本土产生说。① 而王青发现，此故事的最早形态产生于印度，公元前10—前7世纪撰成的《百道梵书》即有类似情节。② 东方既晓提出，约于247年，由吴国僧人康僧会翻译的《六度集经·明度无极章第六》中，就有此类故事形态记载。③ 王青与东方既晓的研究证实，中国的天鹅处女型故事，最早在三国时期经由印度佛经传入的可能性较大。

从曹植诗中所引典故，以及干宝《搜神记》董永故事与毛衣女故事并存状貌来看，至少到东晋时期，当时的牛郎织女故事与现代民间故事形态仍有很大不同。首先，尚未融入天鹅处女型故事成分，也就是说，牛郎窃衣与织女成婚并生儿育女，后被迫分离于银河两岸，只能每年七夕相会的内容还不具备。其次，牛郎也不是董永，织女匹配董永应在曹魏以后方才产生。

三、汉魏古诗中的牵牛织女典故

汉魏古诗经常引用牵牛织女典故。其中可以分为三种类型：其一，单把织女作为天上众多神女之一而表现；其二，引用牵牛织女典故，诉说分离；其三，如《迢迢牵牛星》以牵牛织女故事为题材。

先看第一种类型，《史记》载“织女天女孙也”④，织女的神女身份出现，早于牵牛的人格化。古诗中，织女常被想象为一位美丽的仙女。如汉乐府《艳歌》：

---

① 参见钟敬文：《中国的天鹅处女型故事》，见钟敬文等：《名家谈牛郎织女》，文化艺术出版社2006年版，第2~35页。

② 王青：《天鹅处女型故事渊源再探——兼谈〈召树屯〉的情节来源及其流播渠道》，《民族文学研究》2004年第1期。

③ 东方既晓：《〈召树屯〉〈朗退罕〉渊源新证》，《云南社会科学》1989年第1期。

④ （汉）司马迁著，（宋）裴骃集解，（唐）司马贞索隐，（唐）张守节正义：《史记》，中华书局1959年版，第1311页。

今日乐上乐，相从步云衢。
天公出美酒，河伯出鲤鱼。
青龙前铺席，白虎持榼壶。
南斗工鼓瑟，北斗吹笙竽。
姮娥垂明珰，织女奉瑛琚。
苍霞扬东讴，清风流西歈。
垂露成帷幄，奔星扶轮舆。

这首诗中罗列诸天神圣，写仙境盛宴之喧嚣。汉蔡邕《协和婚赋》在赞扬新娘子的美貌时，也以织女来相比："其在近也，若神龙采鳞翼将举。其既远也，若披云缘汉见织女。"①《淮南子·俶真训》更有了如此浪漫的想象：

若夫真人，则动溶于至虚，而游于灭亡之野，骑蜚廉而从敦圄，驰于方外，休乎宇内，烛十日而使风雨，臣雷公，役夸父，妾宓妃，妻织女，天地之间，何足以留其志？②

文中极力张扬"真人"的无上权威，他可以臣服雷公、夸父这样的大神，能够娶得宓妃、织女这样的仙女。这实质是一种夸饰，织女与宓妃，仅仅是神女、仙女的代称。约成书于西汉末的《易林·中孚》四言诗体卦辞有："久鳏无偶，思配织女，求其非望，自令寡处。"③此文中说无偶之男求娶织女却未能如愿，尚秉和认为，求娶失败的原因是，"言织女为天孙不能求也"④，也就是说，织女是天女之孙身份，神仙与凡人有天人之隔，故不能婚配。以上文献不

① 龚克昌等评注：《全汉赋评注》，花山文艺出版社 2003 年版，第 864 页。

② 张双棣：《淮南子校释》，北京大学出版社 1997 年版，第 187 页。

③ 尚秉和注：《焦氏易林注》，光明日报出版社 2005 年版，第 597 页。

④ 尚秉和注：《焦氏易林注》，光明日报出版社 2005 年版，第 597 页。

涉及牵牛织女故事。

第二种类型中，牵牛织女的分离作为典故，出现在写男女爱情的诗作中。如曹植《九咏》：

> 感《汉广》兮羡游女，扬《激楚》兮咏湘娥。临回风兮浮汉渚，目牵牛兮眺织女。交有际兮会有期，嗟痛吾兮来不时。

诗中，诗人被《汉广》诗中的游女与《激楚》歌中的湘娥所吸引，前往天宫求娶仙女，却无果而归。诗人在天河边见到，牵牛、织女二人隔于两岸含情守望。曹植《洛神赋》与《九咏》，结构、主题、手法如出一辙，也引了相同的典故：

> 从南湘之二妃，携汉滨之游女。叹匏瓜之无匹兮，咏牵牛之独处。

赋中写道，诗人偶遇洛水女神，相伴她身旁的，有湘水的娥皇、女英，还有汉水的女神，诗中牵牛星的孤单。曹植的笔下牵牛、织女的爱情关系与分离处境，为渲染其求女失败感伤情绪起到助益效果。

又如曹丕《燕歌行》：

> 秋风萧瑟天气凉，草木摇落露为霜，群燕辞归雁南翔。
> 念君客游多思肠，慊慊思归恋故乡，君何淹留寄他方。
>
> 贱妾茕茕守空房，忧来思君不敢忘，不觉泪下沾衣裳。
> 援琴鸣弦发清商，短歌微吟不能长。
> 明月皎皎照我床，星汉西流夜未央。
> 牵牛织女遥相望，尔独何辜限河梁。

曹丕此诗写独居的思妇秋夜悲戚，思念丈夫情切的她，步出房门，仰观牵牛织女隔河相望的星象，顿生同病相怜的情愫。

又如曹植《西北有织妇》：

西北有织妇，绮缟何缤纷。
明晨秉机杼，日昃不成文。
太息终长夜，悲啸入青云。
妾身守空闺，良人行从军。
自期三年归，今已历九春。
飞鸟绕树翔，嗷嗷鸣索群。
愿为南流景，驰光见我君。

此诗以织女独自纺织之景，引出闺中思妇的感叹，也属男女相思主题。

第三种类型中，《迢迢牵牛星》开创了全篇咏唱牵牛织女故事之先河。

迢迢牵牛星，皎皎河汉女。
纤纤擢素手，札札弄机杼。
终日不成章，泣涕零如雨。
河汉清且浅，相去复几许。
盈盈一水间，脉脉不得语。

在诗中，牵牛织女的爱情关系，隔河分离的悲哀处境，得到完整表现。

三种类型古诗中所引的牵牛织女典故，与民间故事的发生是一个同步的过程。织女星是夜空中亮度极高的一颗星，农历七月七左右正值立秋节气，此时夜半可见到这颗星运行于天顶正中。《诗·豳风·七月》："七月流火，九月授衣。"这是说与七月黄昏大火星西沉的星象一样，织女星运行于夜空正中，是秋天来临的标志，这时妇女就要开始缝制过冬的棉衣了。织女星的命名与乞巧的风俗，都发源于此。"仲秋之月，日在角，昏牵牛中"①，二十八宿之牛

① (汉)郑玄注，(唐)孔颖达疏：《礼记正义》，北京大学出版社 1999 年版，第 523 页。

宿在农历八月黄昏现于正南方天空，按祭祀礼仪，天子此时要选择合适的动物在岁末祭祀，“是月也，乃命宰祝循行牺牲”①。因此牵牛(牛宿)是主祭祀的天象。最初牵牛、织女的命名都是古人借以安排生产生活的天象，时间上前后相承，但是却并无太大关系。古诗引织女典的第一种类型，与《诗·小雅·大东》一样，都是这种原始观念的反映。或许是阴阳和谐、男女匹配哲学的影响，先民中逐渐产生了牵牛织女婚配的故事传说，证之于文献，即汉画中牛郎织女与青龙白虎的成对出现，以及古诗牵牛织女用典的第二、第三种类型中，两人爱情关系的建立。至此，这一爱情故事就为后世的文学提供了永恒的题材。

四、牵牛织女用典的美学意义

天鹅处女型故事的尚未登场，使得汉魏古诗中牵牛织女典故的内容保持着一种质朴的本色。《迢迢牵牛星》一诗中，织女被称为“河汉女”，河汉指银河，又称天汉、云汉，“河汉女”应当源于《诗·周南·汉广》中的“汉女”，即“南有乔木，不可休思；汉有游女，不可求思”；“河汉清且浅，相去复几许”，是反用“汉之广矣，不可泳思。江之永矣，不可方思”的诗意，表现爱情困难的意义却更深一层。“盈盈一水间，脉脉不得语”的诗境，与《诗·秦风·蒹葭》中的“蒹葭苍苍，白露为霜。所谓伊人，在水一方。溯洄从之，道阻且长。溯游从之，宛在水中央”，极为相似。这让我们看到，古诗中引用牵牛织女题材典故的意象、主题、场景，与《诗经》有着密切的关系。渡水求女在先秦文学中是一个常见的主题，《诗经》中的婚嫁主题，男女爱情、婚姻常与水有关的物象联系在一起。例如，写心仪之对象处于河水的对岸或者中央，而渡河作为一个极富挑战性的任务，成为男性求女巨大困难的象征，如：《诗·周南·汉广》、《诗·秦风·蒹葭》。或者以水中、水岸之植物、动物起兴，写男女爱情。如《诗·周南·关雎》中的“关关雎鸠，在河

① (汉)郑玄注，(唐)孔颖达疏：《礼记正义》，北京大学出版社 1999 年版，第 526 页。

之洲。窈窕淑女，君子好逑”。《诗·陈风·泽陂》中的“彼泽之陂，有蒲与荷。有美一人，伤如之何”。《诗·小雅·菁菁者莪》中的“菁菁者莪，在彼中阿。既见君子，乐且有仪”。

另一些描写婚嫁、爱情主题的诗章中，出现与水有关的河流、捕鱼、渡河等意象，如《诗·召南·江有汜》、《诗·邶风·匏有苦叶》、《诗·邶风·新台》、《诗·卫风·硕人》、《诗·卫风·竹竿》，此处从略。

爱情婚姻主题诗句中，这些与水有关的物象、动作的出现，有其真实历史背景的依托。《周礼·地官·媒氏》有载：“媒氏，掌万民之判。凡男女，自成名以上，皆书年月日名焉。令男三十而娶，女二十而嫁。凡娶判妻入子者，皆书之。中春之月，令会男女。于是时也，奔者不禁。若无故不用令者，罚之。司男女之无夫家者而会之。”①此处记载，先秦时期政府设立媒人职位，负责登录适婚男女名录，在每年春天举行活动，令男女相会而择偶。法国汉学家葛兰言提出，《诗经》中爱情婚姻主题与水的关涉，就是这种上古风俗的写照，男女春天集会的地点就是水边或者山野，“我认为，从《诗经》歌谣中的证据可以知道，在一定的时间和在一定的地方，一定有大规模乡村集会的习俗”，“这些集会都在河岸或山上举行”，“届时男女青年蜂拥而至”②，“涉河和采花在春季节庆中起着重要作用”③。《诗·郑风·溱洧》就是直接写这一场景的④。这意味着，《诗经》中的渡水求女主题是上

① （汉）郑玄注，（唐）贾公彦疏：《周礼注疏》，北京大学出版社 1999 年版，第 360～364 页。

② ［法］葛兰言著，赵丙祥、张宏明译：《古代中国的节庆与歌谣》，广西师范大学出版社 2005 年版，第 115 页。

③ ［法］葛兰言著，赵丙祥、张宏明译：《古代中国的节庆与歌谣》，广西师范大学出版社 2005 年版，第 121 页。

④ 此诗原文为：溱与洧，方涣涣兮。士与女，方秉蕑兮。女曰：“观乎？”士曰：“既且。”“且往观乎！洧之外，洵訏且乐。”维士与女，伊其相谑，赠之以勺药。溱与洧，浏其清矣。士与女，殷其盈兮。女曰：“观乎？”士曰：“既且。”“且往观乎！洧之外，洵訏且乐。”维士与女，伊其将谑，赠之以勺药。

古男女婚姻风俗的遗存。《日书甲种》中的“牵牛以取织女”故事的产生，或许也源于这种渡水求女的风俗。

马茂元先生说，《十九首》“约略可以推知为建安以前东汉末期的作品”①。《迢迢牵牛星》在引用牵牛织女典故时，同样保留了这种上古风俗的痕迹，延续了《诗经》的水意象与男女婚嫁主题的密切联系。从汉画像牵牛织女形象看，牵牛为牵牛耕作的农夫形象，织女为纺布织锦的农妇形象，有着浓郁的民间性特点，这与《诗经》所反映渡水求女风俗的世俗性品格一致。随着汉代《楚辞》的风行，屈原的《离骚》、《九歌》，宋玉的《高唐赋》、《神女赋》等作品，以人神之恋影射君臣政治的艺术手法产生很大影响，再加上儒家比兴寄托政治美学观的推波助澜，文学作品中的人神恋主题多了起来。于是，出现了有趣的现象，那就是古诗所引牵牛织女典故中，渡水求女主题与人神恋主题的并存与过渡。《易林·中孚》中的“久鳏无偶，思配织女，求其非望，自令寡处”②属人神恋主题，同时，《易林·屯》卦辞也有“夹河为婚，期至无船。摇心失望，不见所欢”③，属于渡水成为男女爱情婚姻障碍主题的内容，这里的织女故事已经与渡水求女主题脱离。

毫无疑问，《十九首》是全部以人间的游子、思妇为题材的文人抒情诗。《十九首》的作者放弃了政治寄托的诗学技术，“它围绕着一个共同的时代主题，所写的无非是，生活上的牢骚与不平，时代的哀愁与苦闷”④，“它所反映的只是处于动乱时代失意之士的羁旅愁怀而已”⑤。《迢迢牵牛星》也继承了汉乐府“感于哀乐，缘事而发”的现实精神，有着浓厚的注重当下的世俗性特质。虽然，历代以政治寄托来解《迢迢牵牛星》的学者不少，如姚鼐说：“此近臣不得志之作。”张琦说：“忠臣见疏于君之辞。”方廷珪说得详细：

---

① 马茂元：《古诗十九首初探》，陕西人民出版社 1981 年版，第 7 页。

② 尚秉和注：《焦氏易林注》，光明日报出版社 2005 年版，第 597 页。

③ 尚秉和注：《焦氏易林注》，光明日报出版社 2005 年版，第 25 页。

④ 马茂元：《古诗十九首初探》，陕西人民出版社 1981 年版，第 17 页。

⑤ 马茂元：《古诗十九首初探》，陕西人民出版社 1981 年版，第 18 页。

“篇中以牵牛喻君，以织女喻臣。臣近君而不见亲于君，由无人为之左右，故托为女望牛之情；水待舟以渡，犹上待友以获；否则地虽近君，终归疏远，即诗人‘昂须我友’之义。”①这种儒家美刺比兴解诗观下的读解，早已受到朱自清先生的批评：

> 别家说解，大都重在意旨。有些是根据原诗的文义和背景，却忽略了典故，因此不免望文生义，模糊影响。有些并不根据全篇的文义、典故、背景，却只断章取义，让“比兴”的信念支配一切。所谓“比兴”的信念，是认为作诗必关教化；凡男女私情，相思离别的作品，必有寄托的旨意——不是“臣不得于君”，便是“士不遇知己”。这些人似乎觉得相思离别等私情不值得作诗；作诗和读诗，必须能见其大。但是原作里却往往不见其大处。于是他们便抓住一句两句，甚至一词两词，曲解起来，发挥开去，好凑合那个传统的信念。这不但不能自圆其说；只算是无中生有，驴唇不对马嘴罢了。②

依循以上对牵牛织女典故的梳理，古诗只有突出人神恋的主题，才易于寄托政治含意。汉代纬书《春秋运斗枢》有“牵牛神名略”③，对照昆明池牵牛、织女神像，可知汉代是把牛郎星与织女星看作牵牛神、织女神，《迢迢牵牛星》中“牵牛星”、“河汉女”的称谓，亦可见出这种平等的痕迹。依循《古诗十九首》游子思妇羁旅愁怀的题材与结构，人神恋的主题在其中是难以成立的。由此，可以有力地否定《迢迢牵牛星》的君臣政治寄托说，可以确定，其中写的是真实的人间爱情。《古诗十九首》写文士游宦都城与妻子分离，《燕歌行》写征夫远戍边关与妻子离别，都是现实中大量夫

① 隋树森：《古诗十九首集释》卷2，中华书局1955年版，第16页。

② 朱自清：《〈古诗十九首〉释》，见朱自清：《古诗歌笺释三种》，上海古籍出版社1981年版，第219页。

③ （明）孙瑴辑，（清）钱熙祚附注：《春秋运斗枢》，见［日］安居香山、［日］中村璋八编：《纬书集成》，河北人民出版社1994年版，第723页。

妻分离家庭的真实写照，在生死未卜、音信难通的苦况下，爱情似乎就成了维系夫妻关系的唯一重要纽带。远在他乡的丈夫难以给家庭生活过多的物质支持，妻子成为维系日常生活的主要力量，双方因此具有了高度的人格平等性。《迢迢牵牛星》重视呈现男女爱情超越阻隔的心心相映，牵牛、织女没有等级差异造成的人身依附关系，也没有夫唱妇随的共同生活。从现有资料看，我们还不能确定七夕乌鹊填河、牵牛织女相聚的传说，在《迢迢牵牛星》写作时一定存在①，如果是如此艰难的相聚也不可能，爱情就成了维系他们关系存在的最重要的吸引力。于是，这个典故就成了摹写当时男女真情的极佳寄托物。

建安文学中，曹植的诗赋作品在引用牵牛织女典故时，纳入比兴结构，寄托政治隐喻。

曹植《九咏》写求娶天宫仙女，《洛神赋》写与洛水女神的爱情，以人神恋的主题，抒写政治追求与政治命运。曹植《九咏》体式追随屈原《九歌》，其辞藻、意象、主题及诗学技巧都是楚辞体的延续。《洛神赋》序中说明为感宋玉《神女赋》而作，清何焯《义门读书记》卷四五评说："植既不得于君因济洛川，作为此赋，托辞宓妃，以寄心文帝，其亦屈子之志也。"②《洛神赋》并非写曹植与甄氏的世俗恋情，而是一种政治寄托。两个作品中除引牵牛织女典故外，还引了湘水女神、《汉广》游女的典故。《汉广》之游女出自《诗

① 《淮南子》有"乌鹊填河成桥而渡织女"，见宋代陈元靓《岁时广记》所引，今本《淮南子》无此内容。(宋)陈元靓：《岁时广记》卷二六，商务印书馆1934年版，第297页。崔寔《四民月令》："设酒脯时果，散香粉于筵上，祈请于河鼓、织女。言此二星神当会，守夜者咸怀私愿。或云见天汉中，有奕奕正白气，如地河之波，辉辉有光曜五色，以此为征应，见者便拜乞愿，三年乃得。"(唐)欧阳询撰，汪绍楹校：《艺文类聚》卷四，中华书局1965年版，第76页。曹植《九咏注》"牵牛为夫，织女为妇。牵牛、织女之星，各处河鼓之旁。七月七日，乃得一会"，见唐代李善注《文选》《洛神赋》。(梁)萧统编，(唐)李善注：《文选》，上海古籍出版社1986年版，第899页。三则引文均为后世转引，虽非铁证，略可参考。

② (清)何焯：《义门读书记》，中华书局1987年版，第883页。

经》，本是上古男女水滨聚会之原始婚嫁风俗的写照，但在汉代随着人神恋风俗的催化，人间的游女变成了汉水滨的神女。《韩诗外传》写孔子在汉水滨遇到两位浣衣少女，尚无神异内容。①《列仙传·江妃二女》中，写士人郑交甫在汉江边偶遇两位美丽少女，顿时心生爱恋，便向她们索要佩戴的明珠，少女把明珠赠送给郑交甫后就忽然消失了，他才知道自己遇到了仙女。② 汉女典故从《诗经》的汉滨游女到汉水女神的神化过程，与从涉水求女主题转移到人神恋主题同步，这与牵牛织女故事从渡水求女风俗中孕育，到其中人神恋新主题因子的出现过程，都是时代文化背景影响的产物。曹植引用牵牛织女典故时的主题与诗学技术，更多地继承了汉代的政治诗学传统，被猜忌的王侯身份与政治流放经历，使他对屈原的政治诗学有了更多的共鸣。

曹植《杂诗七首·西北有织妇》也引牵牛织女写游子思妇，却有颇多政治寄托的迹象。《杂诗七首》有四首(《高台多悲风》、《西北有织妇》、《南国有佳人》、《揽衣出中闺》)，以女性主人公为中心来写对男性的爱恋与忠诚，另两首(《仆夫早严驾》、《飞观百余尺》)写主人公欲建功立业却无路可通，余下一首(《转蓬离本根》)写游子远戍，这组诗显然是被放逐后的曹植，在向天子表白臣子的忠诚以及为国纾难的渴望，男女关系是君臣关系的寄托，清代吴淇就将这组诗评为“似皆原本于《离骚》”③。

同为赋作，汉末蔡邕的《青衣赋》也引用了牵牛织女典故：“明月昭昭，当我户扉。条风狎猎，吹予床帷。河上逍遥，徙倚庭阶。南瞻井柳，仰察斗机。非彼牛女，隔于河维。思尔念尔，惄焉且饥。”④赋中以牵牛织女分离的天象，写主人公对一个美丽女仆的欣

① (汉)韩婴撰，许维遹释：《韩诗外传集释》，中华书局1980年版，第2页。

② 参见王叔岷撰：《列仙传校笺》，中华书局2007年版，第52~57页。

③ 河北师范学院中文系古典文学教研组编：《三曹资料汇编》，中华书局1980年版，第149页。

④ (唐)欧阳询撰，汪绍楹校：《艺文类聚》卷三十五，中华书局1965年版，第636页。

赏与思慕，相比以人神恋主题寄托君王关系的《九咏》与《洛神赋》，赋中充满了清新的民间气息以及轻松的游戏趣味。蔡邕年长曹丕数十年，其写爱情的赋作更多地吸取了民间文学营养，放弃了文人传统中的人神恋主题，流露了一种觉醒的个体意识。曹丕《燕歌行》文辞、结构与《青衣赋》引牵牛织女典故部分颇为相似，引牵牛织女典故写思妇对游子的思念，取义重心在于天河阻隔造成的分离，世俗性的色彩浓厚而政治寓意不彰。在文学形式技巧上曹植展示了他的天才，但他征引牵牛织女典故时的美学意识，反而不如《十九首》以及蔡邕等人更富时代价值。

古诗所引牵牛织女故事中人神恋主题，无疑为接引后世牛郎织女传说中天鹅处女型故事结构，打开了方便之门。汉魏以后，董永行孝故事与天鹅处女型故事逐渐融入牵牛织女故事中，形成牛郎织女传说，前者充满了儒家道德说教的意味，后者的牛郎偷窃织女衣服而胁迫娶妻的手段，并不光明正大。表面上看，仙女下嫁穷汉的原因，一个感动于董永高尚的道德，一个是被牛郎要挟，而下层人民由于现实生活中爱情婚姻需要难以满足而产生的性幻想，才是其深层次的心理根源。两个故事，充斥着道德本质主义与男性中心主义的色彩，既不平等，也难以产生真正的爱情。而汉魏古诗所引牵牛织女典故，仍保留着较为原始的面貌，成为我们考察牛郎织女故事及诗歌美学的一面镜子，从中我们触摸到其清晰的发展轨迹，从上古渡水求女风俗的遗存，到比兴寄托的人神恋结构变形，再推演摆脱政治隐喻的真实爱情经典。从用典的语境流变，我们看到主题的变迁，诗学技术的演进，人格意识的先声，一个习而不察的典故，居然承载了如此丰富的美学信息，着实令人惊叹。

第二章　转调与复调：《古诗十九首》的用典美学

用典古已有之，王瑶对齐梁贵游文学以富博自矜的数典用事风气所造成的病态美，一方面视为宫廷士人生活堕落的象征与表现，另一方面也将之与对偶一起尊为“对诗歌建筑雕刻式的美”①的追求，是对用典在诗歌形式中美学功能的探索。美国学者高友工在分析唐诗的用典时提出：“如果一首诗中的主要事件涉及另外一件事，这首诗就运用了典故。”②高氏所谓用典，侧重于指引用古事③，他精辟地分析了此类典故在诗中的结构与功能。高氏提出，此类典故侧重对象动作的表现，因为原典本身包含丰富的叙事性因子(环境、动机、人物关系)，使事用典技巧能简约含蓄地将之引入诗中，与现实题材展开对话，进而产生意义，表现某人的道德行为。典故的基本成分包括两个极点：现实问题与历史事件。“当一个典故出现于诗中时，它所指涉的不仅是与之相似的过去或现在的

---

① 王瑶：《隶事声律宫体》，见王瑶：《中古文学史论》，北京大学出版社 1986 年版，第 262 页。

② ［美］高友工、梅祖麟著，李世耀译：《唐诗的魅力——诗语的结构主义批评》，上海古籍出版社 1989 年版，第 159 页。

③ 高友工云：“这里所说‘典故’与汉语术语‘用事’是相同的。‘事’在这里应理解为‘过去的事’，有时也指在先前的文章中提及的事；‘用事’应和‘提及某事’区别开来：如果诗人直接提到一件当前的事，这只能算‘提及某事’，‘用事’则是诗人通过某件过去的事件暗指当前的事。严格地说，‘用事’应被理解为‘历史的典故’，为了行文的方便，我们将用‘典故’代表‘历史的典故’或‘用事’。”［美］高友工、梅祖麟，李世耀译：《唐诗的魅力——诗语的结构主义批评》，上海古籍出版社 1989 年版，第 160 页。

事件，而且是永恒的原型。无论是描写事物还是叙述事件，一首诗通常至少有两层意义：具体意义和原型意义。因此，近体诗所表现的世界是相当稳固、持久的，具体的人、事来去匆匆，不断变换，但原型的存在却是永恒不变的。”①通过两点间的互相比较，显示它们之间的相似之处，以使诗人有机会描述或评论现实的问题。高氏之于用典(用事)美学结构与功能的论析，用于引语式用典的分析须做必要的调整与讨论，因为此类用典叙事性因素并不充分，也不能将之与历史原型普遍地联系起来，然而，用典本身既有结构必然造成文本间的互文性关系，并在诗歌写作中发生作用。《十九首》中的大量用典以引语式为主，这些典故承担了重要的形式功能，有时还成为诗歌形式组织原则的重要组成要素。

本书不采纳“引用”的修辞学角度，而是以形式分析的角度来探索《十九首》如何把用典发展为一种结撰技术。《十九首》大量引用典故，如朱自清所说：“诗中常用典故，正是文人的色彩。但典故并不妨害《十九首》的‘自然’；因为这类诗究竟是民间味，而且只是浑括的抒叙，还没到精细描写的地步，所以就觉得‘自然’了。”②《十九首》自然浑雅的美学风格没有被用典所“妨害”，仅仅是因为它保持了民间风格和“浑括的抒叙”之诗艺吗？通过对《十九首》用典技术的分析，我们发现其酿造了五言诗转调与复调的新审美经验，绝非“民间味”和“浑括的抒叙”所能概括的。

第一节 用典与转调

《十九首》密集的用典彰显了其不同于乐府诗的文人色彩，这并非仅为求得典雅、蕴藉的审美气象，而是有整体结构上之讲究的。前人对《十九首》诗歌结构的变化，虽有论及，但未能说得清

① ［美］高友工、梅祖麟，李世耀译：《唐诗的魅力——诗语的结构主义批评》，上海古籍出版社 1989 年版，第 168 页。

② 朱自清：《古诗十九首释》，见朱自清：《古诗歌笺释三种》，上海古籍出版社 1981 年版，第 220 页。

楚。梁启超把“人生天地间，忽如远行客”、“万岁更相送，圣贤莫能度”、“所遇无故物，焉得不速老”、“生年不满百，常怀千岁忧”视为《十九首》厌世思想的表现，并称“‘青青陵上柏’、‘今日良宴会’、‘东城高且长’、‘驱车上东门’、‘去者日以疏’、‘生年不满百’诸篇其最著也。他们的人生观出发点虽在老庄哲学，其归宿点则与《列子杨朱》篇同一论调。不独荣华富贵功业名誉无所留恋，乃至‘谷神不死’、‘长生久视’等观念亦破弃无余”①。他的“出发点”与“归宿点”着眼于诗歌内容的逻辑，但没有精细说明其在形式上的实现过程。吴淇在评论《回车驾言迈》时说：“十九首中，勉人意凡七，惟此点出立身荣名，是正论。其他‘何不策高足’，‘何为自拘束’，‘不如饮美酒’，‘何不秉烛游’及‘极宴娱心意’，皆是诡调。于其迷而不复，以诡调讽之，故用‘驱车’及‘出郭’起。于其悟而思归，以正论诏之，故用‘回车’起。”②对诗人所作自勉或勉人的人生选择，吴淇以“正论”、“诡调”来区分，价值判断拘于儒家正统伦理观，遮蔽了此种转折的诗学意义。

日本学者吉川幸次郎所说《十九首》中隐含的时间推移带来的悲哀，实际上源于《楚辞》伤春悲秋的抒情模式，本书称之为时序感。

> 中国古代诗歌体现的时间意识，是很有特点的，诗人们通过对自然界四时变迁的最直接感受，来反观自身生命的生长和消逝。这样一种对时间推移的敏锐意识，我把它称为“时序感”。“时序感”源于楚辞的“伤春悲秋”，屈原和宋玉们把他们的政治生命和自然的节候变迁联系在一起，影响绵长。“时序感”并非人的自然生命的单纯承受者，它更复合着人的政治和道德生命，并以后者为重。比兴则是楚辞作者们把政治道德复

① 梁启超：《中国之美文及其历史》，东方出版社1996年版，第132页。

② （清）吴淇著，汪俊、黄进德点校：《六朝选诗定论》卷4，广陵书社2009年版，第88页。

合到自然上去的诗学方法。屈原当他的政治生命完结时甚至不惜终结自己的自然生命。汉末以来，“时序感”成为诗歌的强大主题，如沈德潜所称的“《十九首》大率逐臣弃妻，朋友阔绝，死生新故之感”，“死生新故之感”就是典型的“时序感”。以后建安诗歌、太康诗歌对生命流逝、功业无成的苦恼、焦虑，也是如此。在陶渊明、谢灵运写田园和山水的诗歌中，仍能感受到此一强烈的时间意识。而此时序感诗学主题的产生，与玄学造成的时间观的跃迁有密切的关联，魏晋著名玄学家向秀和郭象给《庄子》一书做的注释讲到“故”：“夫无力之力，莫大于变化者也。故乃揭天地以趋新，负山岳以舍故，故不暂停，忽已涉新，则天地万物无时而不移也。世皆新矣，而自以为故；舟日易矣，而视之若旧；山日更矣，而视之若前。今交一臂而失之，皆在冥中去矣。故向者之我，非复今我也。我与今俱往，岂常守故哉?”这一段以“故”、“新”、“向”、“今”、“旧”、“易”、“前”、“更”诸对待关系论变化的绝对性。新故之变就是万物在时间序列中自发的改天换地，它没有一刻暂停的，什么都留不住，都是处在即生即灭，交臂失之的状态，在不知不觉中更新，所以称为‘皆在冥中去矣’。我们且抓住其中两个要点，其一，运动被看作是无数刹那生灭状态的连续；其二，因此，一切事物都没有稳定的质的规定性。这一新的时间意识，将庄子所感叹把握不住的时间的绵延之流作了静态的分割，从存在论看，任何事物只被赋予短暂的时空规定，即当下性，因为只有它是唯一可靠的，进而，事物被赋予当下语境中的个体性和特殊性。于是，中国人从永恒时间观及其所支持的历史进步观脱出来，学会了从当下去体认自己的生命及其价值。这样，一种看似消极的时间观却获得了积极的意义。①

吉川幸次郎提出了《十九首》“推移之悲哀”的主题基调，却忽视了诗中主人公反思中做出的当下选择以及伴随着的情感色彩转

① 张节末：《〈古诗十九首〉与玄学》，《文艺理论研究》2012年第1期。

向。这种诗人对自身生命安顿的思考，即吴淇所谓的“正论”与“诡调”，在诗歌结构中表现为不同抒情主题，如《今日良宴会》、《回车驾言迈》由时序感转入早立功名①，《驱车上东门》转入及时行乐②，《去者日以疏》转入思乡③，《东城高且长》转入相思④。时序感基调下伤春悲秋的感物伤时为当下之感，并非写诗的目的，须通过转折托出另一当下之选择，即早立功名、及时行乐、思乡或相思。时序感主题向不同抒情主题之发展，落实在诗歌结构上，即是转调。

转调的术语来自音乐：“转调是从一种调转向另一种调的过程。”⑤“在音乐作品的某一段落中，从一个调进入另一个调称转调。转调并不仅仅意味着结束前调而重新开始另一个调，它是发展

① 《离骚》有“汩余若将不及兮，恐年岁之不吾与”、“惟草木之零落兮，恐美人之迟暮”、“老冉冉其将至兮，恐修名之不立”等句，足见由时间的焦虑激发出人生进取的勇气已经是其基本主题之一，此主题在东汉末年以后渐趋兴盛。

② 及时行乐主题的内质是由生命短暂的苦恼意识造成的感官享乐取向，《诗·小雅·頍弁》中“死丧无日，无几相见。乐酒今夕，君子维宴”，可谓是其先声，汉末以来如曹丕“南皮之游”之类贵游活动的繁盛，也给诗人以丰富的感性生命体验。

③ 古代因求仕、服役、战争破坏造成的人民离开故乡是历史的常见现象，而乡土中国特有的“落叶归根”情结极大地强化了故乡本土在中国人心中的重要地位，因此思乡是一个古老的诗歌主题。《诗·豳风·东山》有“我徂东山，慆慆不归。我来自东，零雨其蒙。我东曰归，我心西悲”，《诗·小雅·采薇》“昔我往矣，杨柳依依。今我来思，雨雪霏霏”，《离骚》有“陟升皇之赫戏兮，忽临睨夫旧乡。仆夫悲余马怀兮，蜷局顾而不行”，《九章·涉江》有“鸟飞反故乡兮，狐死必首丘”，以上皆是不同情境下思乡主题的诗歌书写，而汉末魏晋的频繁战争与动荡给此主题的发酵以丰富的土壤。

④ 东汉秦嘉、徐淑夫妇的赠答诗虽沿用公务离家造成的夫妻分开的传统诗歌情境，但两人的诗作却非君臣寄托的虚拟爱情结构，而是真实的男女爱情书写。〈十九首〉中爱情主题既有夫妻离别造成的相思主题，也有男女偶遇而成的新相思主题情境，此皆与士人游宦都城及贵游活动生活经历有关。

⑤ H. C. Colles(1927). Grove's Dictionary of Music and Musicians(Third edition), Vol. III, New York: The Macmillan Company, p. 483.

音乐的一种方式，是音乐作品形式结构的一部分。”①中国古代音乐也有转调，调高的变化称为“旋宫”，调式的变化称为“转调”。②调性、主音、和声、旋律等发生转换，亦会赋予听觉以变幻之色彩，丰富了音乐的审美表现。在《十九首》中，我们发现有些诗篇也发生了类似转调的结构变化，此种变化往往发生于诗篇的抒情主题、比兴运用、用典、声韵和情绪色彩等形式要素，极大地丰富、提升了五言诗体的艺术表现力。本书提出，用典构成了转调的基本技术。我们借用音乐学中的转调概念来描述这一审美经验，以求对《十九首》的崭新理解。

一、《十九首》用典技术与转调结构

（一）抒情主题转调是《十九首》精心结撰的诗歌结构

《东城高且长》是《十九首》中一首存在误解的诗，其完整性多次被质疑，我们来看这首诗：

东城高且长，逶迤自相属。
回风动地起，秋草萋已绿。
四时更变化，岁暮一何速。
晨风怀苦心，蟋蟀伤局促。
荡涤放情志，何为自结束。
燕赵多佳人，美者颜如玉。
被服罗裳衣，当户理清曲。
音响一何悲，弦急知柱促。
驰情整巾带，沈吟聊踯躅。
思为双飞燕，衔泥巢君屋。

① ［英］肯尼迪、布尔恩编，唐其竞等译：《牛津简明音乐词典》（第四版），人民音乐出版社2002年版，第773页。

② 中国艺术研究院音乐研究所《中国音乐词典编辑部》编：《中国音乐词典》，人民音乐出版社1984年版，第442页。

“东城高且长”以下写城东门外之风景，“燕赵多佳人”以下则围绕佳人鼓琴场景而展开，不但场景不同，其事与景所关联之情感主题也有转调。纪昀“无聊而托之游冶”说慧眼识珠，辨出了前后主题的内在逻辑关系，前半部分是“无聊”“拘束”之感，下半部分就以“游冶”来放情志。实际上，佳人鼓琴场景就是承“荡涤”句而展开的，如清吴汝纶所说：“《燕赵》以下乃承‘荡涤放情志’为文；而音响二句，又所以终苦心局促之旨也。”①本诗抒情情感有一“收”一“放”的大结构。吴淇也同意：

> “东城”二句，因现在之地以起兴。“回风”四句，言时光易迈，尔时情志拘束极矣，非借声音以展放不可。将歌《秦风》之《晨风》乎？其音过于忧思。将咏《唐风》之《蟋蟀》乎？其音伤于俭陋。人生几何，何为拘束至此，是贵于“荡涤放情志”也。②

吴淇“拘束”之问极有趣。此种情感收缩压抑的渲染效果，是通过用典的手法达到的。从主题来看前半段为时序感主导下的伤时，后半段为对于未见之美人由听曲而生感，即相思。③ 本诗时序感主题从一个场景中引出：连绵城墙外，草木在瑟瑟秋风中摇荡。“东城高且长，逶迤自相属。回风动地起，秋草萋已绿”四句，从远景过渡到近景，奠定了本诗时序感的基调。《楚辞·九章·悲回风》有“悲回风之摇蕙兮”，洪兴祖《楚辞补注》说“回风为飘，飘风回邪，以兴谗人”④，寒风吹起，兰蕙随之凋谢，是贤人被谗人诬陷、排

---

① 隋树森：《古诗十九首集释》卷1，中华书局1955年版，第18～19页。

② （清）吴淇著，汪俊、黄进德点校：《六朝选诗定论》卷4，广陵书社2009年版，第89页。

③ 本诗下半段所抒写与第五首《西北有高楼》极其相似，其中还有“音响一何悲”的重句。同为爱情主题，两诗结构相同，张凤翼或许就由此发生误判。

④ （宋）洪兴祖：《楚辞补注》卷4，中华书局1983年版，第155页。

挤之喻。本诗引“回风”之典，以极隐蔽、经济的笔墨引入楚辞的“伤春悲秋”感兴模式。不过，值得注意的是，本诗却看不出遭谗的比兴意，楚辞时序感的伦理指向消解了。

第五至第八句，继续援引《周易》和《诗经》的典故，且都与时序感有关。“四时更变化”典出《周易》的“四时变化而能久成”①，原指四时变化而能生成万物，其意偏于成，诗句则强调此一变化不以人的意志为转移。“岁暮一何速”引自《诗·唐风·蟋蟀》的“蟋蟀在堂，岁聿其莫”，“蟋蟀在堂，岁聿其逝”，这里取其原意，又“勾连”出下面更形象的“蟋蟀伤局促”。“晨风怀苦心，蟋蟀伤局促”也是化用《诗经》典故，《诗·秦风·晨风》有“鴥彼晨风，郁彼北林。未见君子，忧心钦钦”，先写“晨风”鸟飞入丛林，后写一人等候不到所约之人，内心忧虑，诗句中出现了人，我们得以体认“苦心”、“局促”背后蕴含的更深一层的焦虑。“晨风怀苦心”代指忧心之思。《诗·豳风·七月》有“五月斯螽动股，六月莎鸡振羽。七月在野，八月在宇。九月在户，十月蟋蟀入我床下”之说，以蚱蜢、纺织娘、蟋蟀等昆虫的习性表征季节变化，它们五、六、七月在田野中鸣叫正欢，八月就飞到屋檐下，九月进入屋中，十月钻至床下。蟋蟀由田野入屋内是为避寒，等到在床下鸣叫就时近冬天，生日已经无多。“蟋蟀伤局促”表达困顿之情。四句中前两句引《周易》、《诗经》写季节变迁，后两句分别以“苦心”、“局促”凝缩《诗经》原典语意，烘托时间流逝带来的焦虑感，明确时序感主题。四次化用《楚辞》、《周易》、《诗经》之用典手法，使诗歌和典故发生互文，典故之意义有选择地渗透进诗句，情、景、物得以更紧密地绾合，凝练、含蓄、深沉地创造了伤时主题下的完整诗境，从而完成了本诗上半段“伤局促”之“收”。

下半段“荡涤放情志”以一响亮之“放”字实施转调。吴淇说：“‘荡涤’二字出《戴记》，荡，浮也；涤，洗也。言其音之曲折，往来疾速，如以水洗物而浮荡之，乃郑卫之音也。郑卫之音绝无奏以

---

① （魏）王弼注，（唐）孔颖达疏：《周易正义》卷4，北京大学出版社1999年版，第144页。

嫫母无盐之理，必出自燕赵佳人，始可以放我情志。盖人世一切，如宫室之美、车服之丽、珠宝之玩，皆非真实切身受用；而真实切身受用，惟有此耳。”①张庚说：“其‘放情志’而不‘自拘束’奈何，莫若艳色新声矣。”②朱筠说：“下面俱是从荡情志而放笔写去。盖荡情之事，莫过佳人；佳人之多，莫过燕赵。”③三说统一，以为诗中主人公行将放荡，其实谬矣。

这首诗下半段继续化用典故，密密缝织、层层渲染。“燕赵多佳人，美者颜如玉”，先化用李延年《北方有佳人》中“北方有佳人，绝世而独立，一顾倾人城，再顾倾人国，宁不知倾城与倾国，佳人难再得”，后化用《诗·国风·野有死麇》中“白茅纯束，有女如玉”，夸赞弹琴女的美貌。“被服罗裳衣，当户理清曲”缓承上两句，转入美人鼓琴的当前场景，描写从美女鲜丽外貌的视觉转到聆听清商曲的听觉。“音响一何悲，弦急知柱促”典出《说苑·尊贤》：

> 应侯与贾午子坐，闻其鼓琴之声，应侯曰：“今日之琴，一何悲也！”贾午子曰：“夫张急调下，故使人悲耳。张急者，良材也，调下者，官卑也，取夫良材而卑官之，安能无悲乎？”应侯曰：“善哉。”④

“张”乃弓弦，“张急”即“弦急”，“一何悲”云歌者情绪极其激动。本诗引用这一典故，暗喻美人不得欣赏而自悲。诗人亦听曲而悲，同情歌者，反思自身，获得共鸣，这就是“驰情”，而“整巾带”是一下意识的动作，“勾连”前面“被服罗裳衣”；“沈吟聊踯躅”，心想神往，口中不由念念有词，脚步为之徘徊不前。

请注意，“音响一何悲”以下似乎有意回应上半首“怀苦心”、

---

① （清）吴淇著，汪俊、黄进德点校：《六朝选诗定论》卷4，广陵书社2009年版，第89页。

② 隋树森：《古诗十九首集释》卷3，中华书局1955年版，第33页。

③ 隋树森：《古诗十九首集释》卷3，中华书局1955年版，第57页。

④ （汉）刘向撰，向宗鲁校证：《说苑校证》卷8，中华书局1987年版，第201页。

“伤局促”的“拘束”主题，“沈吟聊踯躅”之情态说明“荡涤”是真，“放情志”则未必，亟欲释“放”之及时行乐冲动受到悲声牵引，被悄悄置于某种反思之境。最后的结局是从当时流行套语化出的“思为双飞燕，衔泥巢君屋”，美人赢得尊重，诗人亦重返自重。从“收”向“放”之转调借力于用典而出乎意料地导向了男女和声，全诗在情调上获得性别角色之阴阳平衡，相思主题升华了。不能不说，以“音响一何悲”句“勾连”“拘束”主题，巧妙之至，转调极为成功。

看全诗，用典技术被作者发挥得淋漓尽致，全诗引用语典、事典数处，但都融入城东与听琴两个场景之中，奠定了时序感的主基调和男女情感的变调之基本格局，尤其用典成功地控制了转调，使之向男女和鸣变调。而正是此一技术上的成功转调使本诗之一收一放呈现相生、相扣之张力关系，前后两个部分浑融一体。用典成全了本诗景、事、情之浑成，也易于结成“晨风怀苦心，蟋蟀伤局促”这样的对偶句，使诗句更加美丽。至于吴淇诸人将诗歌前“收”后“放”单纯理解为诗歌内容上合理顺承之结局，因为未能揭示用典技术所导致的意义转向，不免发生误断。如依张凤翼、余冠英等人意见将此诗截为两段，那么“荡涤放情志，何为自结束”结构转调后无主题承接，读者不免将之疑为走向纵情肆欲，格调趋于低下。而若无后两句之用典达至男女和声的升华性结构，后半段亦不免贻人“游冶”之口实，堕入艳曲一路。以此，足见《十九首》作者构思匠心独绝之处。

由以上分析可知，由于前人对《十九首》建基于用典技术上之转调结构缺乏深入的研究，造成当今学界对于这组杰出五言诗审美价值未能完全掌握。因此，科学细致地重新审视《十九首》的诗歌结撰技术极有必要，本书即以用典技术为核心，详述其在形成抒情主题转调与复调的精致结构中的重要作用。

(二)用典在形成抒情主题中的核心作用

先看《行行重行行》：

行行重行行，与君生别离。

相去万余里，各在天一涯。
道路阻且长，会面安可知。
胡马依北风，越鸟巢南枝。
相去日已远，衣带日已缓。
浮云蔽白日，游子不顾反。
思君令人老，岁月忽已晚。
弃捐勿复道，努力加餐饭。

从音韵角度分析，此诗偶数句均押韵，前八句韵脚离、涯、知、枝，属支部①；后八句换韵，且换韵后首句“相去日已远”也押韵，韵脚远、缓、反、晚、饭，属元部。前八句着眼于两人的分离情状，后八句将重心转移到思妇一方的情感与心理活动；前八句重在写离别，后八句偏于写相思，抒情主题的色彩变了。且前八句四个韵脚为平声，声调略长而温和，一似离别后两情相悦、余温尚存，配合了离别主题，后八句为仄声，短韵促节，低沉内敛，写思念之情、痛苦之感逐日爬升，烘托着相思主题。换韵与主题色彩的转换完全同步，细腻地渲染了由离别向相思情绪渐进之节奏。

从用典视角读此诗上半段，数处引语式用典语意均基于离别主题。第一句出自乐府《陇西行》：“行行重行行，白日薄西山。”“生别离”出自《楚辞·九歌·少司命》：“悲莫悲兮生别离，乐莫乐兮新相知。”第三句化用汉石勋《费凤别碑诗》：“壹别会无期，相去三千里。”古诗有“各在天一隅”、“各在天一方”、“各在一山头”，此句式常用来写出离别之距离感，第四句即化用此语。“道路阻且长”化用《诗·秦风·蒹葭》：“溯洄从之，道阻且长。”《文选》李善注说：“《韩诗外传》曰：诗曰：代马依北风，越鸟巢故巢。皆不忘本之谓也。”②(今本《韩诗外传》无此句)，《吴越春秋》有“胡马望

① 本书韵部分类皆按罗长培、周祖谟：《汉魏晋南北朝韵部演变研究》，科学出版社 1958 年版。

② (南朝梁)萧统编，(唐)李善注：《文选》卷 29，上海古籍出版社 1986 年版，第 1343 页。

北风而立，越燕向日而熙"①，意谓北方之马在南方仍喜向北风而立，南方之燕至北方仍眷恋南方的太阳，两者都是思念故乡的比喻，七、八句即由此而来。这六处套叠用典形成此八句主题意义的层层递进，从各个角度、侧面反复渲染离情别绪，渐进式地巩固了离别的主题，却一点也不觉得啰嗦。

综看《十九首》，全部都押韵，比对《魏晋南北朝韵部演变研究》可知，一韵到底的有十六首(含邻近韵合韵)，另外《行行重行行》、《冉冉孤生竹》、《生年不满百》换了韵。三首换韵皆完美地配合着抒情主题的转调，但是其他转调的诗如《东城高且长》、《回车驾言迈》、《驱车上东门》、《去者日以疏》、《西北有高楼》等都是一韵到底。换韵的结构没有覆盖《十九首》中所有转调的诗，或许是因为其可以被更佳的诗歌技术替代，这就是用典，抒情主题的生成往往是依托用典技术来完成的。《十九首》构拟抒情主题之用典技术多姿多彩，仅时序感主题的营构即可细分为两大模式与数种变型。

第一种模式是，直接引用有时间、生命内涵的语句，开门见山般呈现时序感主题。如《生年不满百》：

生年不满百，常怀千岁忧。
昼短苦夜长，何不秉烛游。
为乐当及时，何能待来兹。
愚者爱惜费，但为后世嗤。
仙人王子乔，难可与等期。

首句"生年不满百，常怀千岁忧"，李善注误认为此典出自《荀子》："人生无百岁之寿，而有千岁之信士，何也？曰：以夫千岁

① (东汉)赵晔撰，吴庆峰点校：《吴越春秋》卷4，齐鲁书社2000年版，第29页。

之法自持者，是乃千岁之信士矣。"①实际此典出自《淮南子·诠言训》：

> 自身以上至于荒芒亦远矣，自死而天下无穷亦滔矣。以数杂之寿，忧天下之乱，犹忧河水之少，泣而益之也。龟三千岁，浮游不过三日，以浮游而为龟忧养生之具，人必笑之矣。故不忧天下之乱，而乐其身之治者，可与言道矣。②

此典说，浮游只有三日生命，却要替有三千年寿命的乌龟忧虑养生，是可笑的。人寿虽长数十年，但与宇宙之永恒相比是渺小的，因此，为历史的治、乱而忧虑无补于事，只有重视持养当下生命，才是正道。首二句化用此典，以人的生命与宇宙时间强烈对比，引出时间与生命的主题，笔墨极为经济。此诗前四句偶数句押韵，韵脚忧、游属幽部，在永恒时空的背景下感叹人生短暂，生发于"时间推移的悲哀"即时序感的基调，由此推导出后六句以夜为日珍惜生命的意识。转入及时行乐主题后，韵部也随之转换，韵脚"时"与"兹"、"嗤"、"期"都属之部，为了强化转调的结构，换韵的首句"为乐当及时"也押韵，可见，换韵形式紧紧扣合从时序感主题向及时行乐主题的转换。

第二种模式更加精致巧妙，既赋写一个完整场景，又引用包含时序感的典故与警句点题。

其一，如《青青陵上柏》：

> 青青陵上柏，磊磊涧中石。
> 人生天地间，忽如远行客。
> 斗酒相娱乐，聊厚不为薄。

---

① （南朝梁）萧统编，（唐）李善注：《文选》卷29，上海古籍出版社1986年版，第1349页。

② 张双棣：《淮南子校释》卷14，北京大学出版社1997年版，第1533页。

驱车策驽马，游戏宛与洛。
洛中何郁郁，冠带自相索。
长衢罗夹巷，王侯多第宅。
两宫遥相望，双阙百余尺。
极宴娱心意，戚戚何所迫。

此诗前四句为时序感主题，其后转调为及时行乐主题。首二句陵上之柏与涧中之石已经组成一个小型场景，但尚且单纯，可以视为第一种模式至第二种模式的过渡形态。“人生天地间，忽如远行客”化用自《韩诗外传》的“枯鱼衔索，几何不蠹？二亲之寿，忽如过客”①，原典以挂在绳索上的干鱼长久保存的现象与父母寿命短暂作比较，生发出人生短促感。此诗也是以用典形成对比结构，以翠柏、岩石指自然界之长存，人面对它们怎能不生出生命脆弱而短暂的悲哀感，“人生”二句有点题之功。

其二，如《回车驾言迈》：

回车驾言迈，悠悠涉长道。
四顾何茫茫，东风摇百草。
所遇无故物，焉得不速老。
盛衰各有时，立身苦不早。
人生非金石，岂能长寿考。
奄忽随物化，荣名以为宝。

此诗由物象更新的场景激发时序感主题，随之转调为早立功名主题。导引场景是：诗人在春天驾车远行。“回车驾言迈”合用《楚辞·离骚》“回朕车以复路兮，及行迷之未远”与《诗·邶风·泉水》“驾言出游”语，写驾车出游旧路。“东风摇百草”句化用《楚辞·九思·伤时》“风习习兮酥暖，百草萌兮华荣”一句。诗中以所见景物

① （汉）韩婴撰，许维遹校释：《韩诗外传集释》卷1，中华书局1980年版，第16页。

新旧相替，感受时间流逝，引出生命衰老感，下段又反用“金石”典故强化死亡迫近感。汉代铜镜铭文中常有“寿蔽金石如侯王兮”、“寿如金石为国保”等字样①，“寿如金石”为常用谚语。东汉初田邑所作《报冯衍书》说：“若使人居天地，寿如金石，要长生而避死地可也。今百龄之期，未有能至，老壮之间，相去几何。”②“人生非金石，岂能长寿考”同《报冯衍书》一样是反用此谚语语意，以金石的坚固、长存反衬生命的柔弱、短促。“奄忽”义为突然、忽然，《庄子·盗跖》说：“天与地无穷，人死者有时，操有时之具，而托于无穷之间，忽然无异骐骥之驰过隙也。”③“物化”出自《庄子·刻意》：“圣人之生也天行，其死也物化。”④两处合成“奄忽随物化”，含蓄地说出死亡的不期而至。在驾车远行场景之后，“金石”、“物化”两处用典起了点题的效果。

其三，如《驱车上东门》：

驱车上东门，遥望郭北墓。
白杨何萧萧，松柏夹广路。
下有陈死人，杳杳即长暮。
潜寐黄泉下，千载永不寤。
浩浩阴阳移，年命如朝露。
人生忽如寄，寿无金石固。
万岁更相送，贤圣莫能度。
服食求神仙，多为药所误。
不如饮美酒，被服纨与素。

① 参见孔祥星、刘一曼：《中国古代铜镜》，文物出版社1984年版，第75~77页。

② （宋）范晔撰，（唐）李贤等注：《后汉书》卷28，中华书局1965年版，第973页。

③ （清）郭庆藩撰：《庄子集释》卷29，中华书局1961年版，第1000页。

④ （清）郭庆藩撰：《庄子集释》卷15，中华书局1961年版，第539页。

此诗由坟丘之景激发死亡感引出时序感主题，随之转为及时行乐的主题。先写诗人见城外北山墓地阴森萧索的景象激发起强烈的死亡恐惧，然后以“人生如寄”、“朝露”、“金石”三个典故强化时序感主题。“金石”与《回车驾言迈》同引。“人生如寄”化用《尸子》的“老莱子曰：‘人生于天地之间，寄也，寄者固归也’”①。人生如寄与人生如过客意思相近，都视人生为天地间个人匆匆而过的一段旅程。人生如“朝露”的比喻在汉代常用，如《汉书·李广苏建列传》说：“李陵谓苏武曰：‘人生如朝露’，何久自苦如此。”②秦嘉《赠妇诗》：“人生譬朝露，居世多屯蹇。”汉乐府《薤露》：“薤上露，何易晞。露晞明晨更复落，人死一去何时归。”这一流行比喻沉淀了汉人的生命意识，同为感叹生命的倏忽。本诗以此用典式比喻构成对比结构，推进时序感主题的成立。

其四，如《去者日以疏》：

去者日以疏，来者日以亲。
出郭门直视，但见丘与坟。
古墓犁为田，松柏摧为薪。
白杨多悲风，萧萧愁杀人。
思还故里闾，欲归道无因。

此诗由时序感主题转调为思乡主题。第一句用语近于《楚辞·七谏·自悲》的“故人疏而日忘兮，新人近而俞好”③，但参诸下文，语意应本于《吕氏春秋·节丧》的“且死者弥久，生者弥疏。生者弥疏，则守者弥怠。守者弥怠而葬器如故，其势固不安矣”④。

① （战国）商鞅、（战国）尸佼：《商君书·尸子》卷下，上海古籍出版社1989年版，第30页。

② （汉）班固撰，（唐）颜师古注：《汉书》卷54，中华书局1962年版，第2464页。

③ （宋）洪兴祖：《楚辞补注》卷13，中华书局1983年版，第249页。

④ （汉）高诱注：《吕氏春秋》卷10，上海书店出版社1986年版，第97~98页。

此诗用《吕氏春秋》典，意义有二。其一是引语形成“去者日以疏，来者日以亲”警句，将死去之人的逐渐陌生与新生之人却一天天迫近的人生现象并列对比，以时间之推移见出生命之衰老。其二，诗中写墓地之封土被犁为田，所树之松柏伐为灶下之薪，说明坟墓早已无人祭扫，坟主后人不知所踪。《节丧》所谓的逝者离世越久，生者越生疏，守坟墓葬器者越懈怠，坟墓等物就被逐渐毁弃，与此诗所写的墓地场景相合。游子目睹此景，反思自身之远游，心忧故乡之家人、房舍、祠庙，下段转调思乡主题甚为自然。此诗时间生命主题既符合一个完整场景与用典式警句点题的模式，又有皆从一处典故化来的特点。

（三）用典在抒情主题转调中的过渡性作用

音乐转调须有一个过渡的过程，前调与后调具有某些相同的要素如音、音列、和弦、和声等，如在转调中使用一个前后调的共同和弦作为中介缓和过渡到后调，当后调的结构完全建立后，转调才真正完成。《十九首》诗人生命意识觉醒以后，经由理性的反思做出当下之选择，落实于诗歌结构上即是从时序感主题转调，前后主题对比明显，结构上发生了大的跳跃。为避免突兀转调造成结构的断裂，《十九首》善用典故成句将前后主题勾连成一整体。典故就扮演了类似音乐中介和弦的角色，完成舒缓过渡。

如《冉冉孤生竹》：

冉冉孤生竹，结根泰山阿。
与君为新婚，兔丝附女萝。
兔丝生有时，夫妇会有宜。
千里远结婚，悠悠隔山陂。
思君令人老，轩车来何迟。
伤彼蕙兰花，含英扬光辉。
过时而不采，将随秋草萎。
君亮执高节，贱妾亦何为。

首四句写男女的新婚，以弱竹托身大山比喻男女成婚，女性有了好归宿，且以“兔丝附女萝”之比着力写出两情缠绵。兔丝和女萝为两种性喜攀附的植物，此时却互相缠附，完全不同于弱竹托身大山之比。可见，首四句的婚姻主题有两个次主题，即首二句的“托身”和次二句的“缠绵”。此诗男女婚姻主题至“兔丝附女萝”结束，相思主题自“兔丝生有时”开始，兔丝典故乃转调的过渡点。《诗·小雅·頍弁》有“岂伊异人？兄弟匪他。茑与女萝，施于松柏”一说，以茑与女萝两种藤草寄生于松柏，比喻主人对客人的庇护关系，古人有时也不分兔丝与女萝，《尔雅》释女萝为“菟丝”①，自《诗经》首创后，兔丝附物是古诗中常用的典故，故本诗婚姻主题以“兔丝附女萝”比喻夫妻恩爱，两情缠绵。《周礼·冬官考工记》曾说：“草木有时以生，有时以死……此天时也。”②这段话说顺应季节暖寒的变化，草木荣枯有时，这是常识。诗中以兔丝因季节变化有生长凋萎的现象比喻青春易逝，以此引出对游子珍惜年华的劝告与思妇眷恋爱人难分难舍的相思。相思主题以回忆、伤感和自珍的方式行进，强调夫妻生活的重要和青春生命的宝贵，渲染思妇的诸般相思情状。抒情主题悄悄变化于莫察莫觉之间，转调自然流畅。

值得注意的是，此诗还有换韵的音韵结构，依韵可分三段，偶数句皆押韵，且换韵后首句也入韵。前四句为第一段，韵脚阿、萝属歌部，相合于婚姻主题。第五句至十二句为第二段，换韵后首句“兔丝生有时”韵脚属之部，宜、陂、萎、为属支部，迟、辉属脂部。第五句“兔丝生有时”非常重要，它以“兔丝”二字紧承上句“兔丝附女萝”的“缠绵”次主题，并终止了“托身”次主题，而且，正是在此句开始换韵，且“时”为入韵平声，鲜明地昭示相思主题开始了。最后四句为第三段，换韵后“过时而不采”韵脚属之部，萎、为属支部。此句入韵，承接上句“含英扬光辉”的自尊、自信、自

① 参见(晋)郭璞注，(宋)刑昺疏：《尔雅注疏》卷8，北京大学出版社1999年版，第252页。

② (汉)郑玄注，(唐)贾公彦疏：《周礼注疏》卷39，北京大学出版社1999年版，第1062页。

爱而来，且“采”字以仄声再度强调爱情生活的紧迫需求，并坚信对方亦会如自己一般持守爱的信念。

此诗第二段与第三段韵部较近，首句均属之部，古诗也常有支脂合韵。这两段换韵均首句入韵并采用仄声，而其他韵脚均为平声，可见，诗的换韵乃是遵从于抒情主题的转调而有意为之。用典与换韵的配合，使转调过程中情景、声情融合为一，前后难以分割。

又如《今日良宴会》：

今日良宴会，欢乐难具陈。
弹筝奋逸响，新声妙入神。
令德唱高言，识曲听其真。
齐心同所愿，含意俱未伸。
人生寄一世，奄忽若飚尘。
何不策高足，先据要路津。
无为守贫贱，轗轲长苦辛。

此诗先展示一个热闹场景：喧嚣的宴会上，众人聚在一起聆听美妙的“新声”。欢乐的宴会听曲场景似难见出所谓时间推移所造成的悲哀，只有诗后半段“人生寄一世，奄忽若飚尘”两句出现，时序感主题才赫然揭出，诗歌情感陡然一转。此两句顺承上句，申说“含意”，揭明主题。“人生寄一世”也是化用《尸子》典。“飚尘”化用《楚辞·九思·逢尤》“飘风起兮扬尘埃”①语，意为暴风扬起灰尘。《老子》说：“飘风不终朝，骤雨不终日。”②暴风骤雨不过一朝一夕地短暂。“奄忽若飚尘”即合用两句作为人生短暂的比喻。两句用典式比喻的拈出，将时间、生命、死亡诸元素自然引入，宴会之气氛顿时由乐转哀，在此反衬之下，诗人以“何不”、“无为”提挈全诗主题，捷足先登，谋取功名，以臻生命质量之提高，欢娱

① (宋)洪兴祖：《楚辞补注》卷17，中华书局1983年版，第315页。
② 朱谦之：《老子校释》23章，中华书局1984年版，第94页。

之情感能量顺之化为积极进取的豪情。“人生”两句的用典式喻象置于宴会欢乐场景之后，有一石二鸟之妙，既申明了时序感主题，且完成了向早立功名主题的转调。

（四）用典在转调结构中的升华性作用

《十九首》中有几首诗以用典的方式收束全诗，既使诗篇发生抒情主题的转调，又对比性地改变了情感色彩，取向积极，且笔墨经济。

先看《西北有高楼》：

西北有高楼，上与浮云齐。
交疏结绮窗，阿阁三重阶。
上有弦歌声，音响一何悲。
谁能为此曲，无乃杞梁妻。
清商随风发，中曲正徘徊。
一弹再三叹，慷慨有余哀。
不惜歌者苦，但伤知音稀。
愿为双鸿鹄，奋翅起高飞。

前四句交代本诗发生场景：一座华丽的高楼。第五句始写本诗的“事”：高楼之上有人弹琴唱歌。第六句引用古诗中常见的“一何悲”典故，语出《说苑·尊贤》：“应侯与贾午子坐，闻其鼓琴之声，应侯曰：‘今日之琴，一何悲也！’贾午子曰：‘夫张急调下，故使人悲耳。’”①本诗用古人听曲知悲的故事传递出“弦歌声”的悲哀，也暗示了诗人对之的领会。第八句引“杞梁妻”之典，此句写奏曲者的技艺高超。第十一句典出《荀子·礼论》：“清庙之歌，一唱而三叹也。”②第十二句用“有余哀”套语呼应“一何悲”、“杞梁妻”、“一唱三叹”三典，以典故套叠手法渲染哀伤之情。第一至第十二

① （汉）刘向撰，向宗鲁校证：《说苑校证》卷 8，中华书局 1987 年版，第 201 页。

② （清）王先谦撰：《荀子集解》卷 13，中华书局 1988 年版，第 354 页。

句以赋笔与用典结合的技术展示了一个听曲知音感悲的主题场景，而最后四句却又做升华性主题转调。

朱筠分析此诗结构说："'不惜'二句又一折，越见得萧然孤寄，绝无人知也。此处收什最难，却忽然托兴'鸿鹄'，思'奋翅高飞'。"①"忽然托兴"乃结构上的转调，即从听曲知音主题升华为爱情主题。"不惜歌者苦，但伤知音稀"句唱出"歌者"对"知音"的期盼，"知音"典出钟子期与俞伯牙故事，两人因鼓琴会意而惺惺相惜。"知音"乃朋友之伦，不涉男女之情。因此，"知音"之典在此处并不必然指涉爱情。尽管高高的楼阁、华丽的门窗带来些许深闺的迹象，以"杞梁妻"比附弹唱者也使猜测鼓琴者的女性身份顺理成章，但这只能是模糊的推测而无法确定。故而，弹唱者与听歌者的关系只能判定为因偶然听曲而心心相印，无法断定为男女爱情关系。当末两句"愿为双鸿鹄，奋翅起高飞"勾连"知音"而出，顿时令人眼前一亮，听歌者呼应"歌者"对"知音"的召唤而彰显自身的存在，听曲知音主题升华为男女爱情主题。《列女传》曾载陶婴《黄鹄歌》："悲夫黄鹄之早寡兮，七年不双。宛颈独宿兮，不与众同。夜半悲鸣兮，想其故雄。"此歌以黄鹄悲鸣作寡妇自伤的比喻，《东城高且长》中的"思为双飞燕，衔泥巢君屋"以燕鸟高飞作爱情比喻收束全诗，都可佐证本诗"愿为双鸿鹄，奋翅起高飞"乃向爱情主题的转调。"黄鹄"典勾连"知音"典，是在知音上叠加爱情，"歌者"即为"听歌者"的红粉知己，从而进入了更加私人的领域，实际上是疏离了政治伦常。这既是抒情主题的转调，亦凸显了个体意识的觉醒。

仅使用"愿为双鸿鹄，奋翅起高飞"收束全诗，并非本诗成功的根本，两首以类似套语结尾的汉代古诗就未作结构转调，如《黄鹄一远别》：

黄鹄一远别，千里顾徘徊。
胡马失其群，思心常依依。

---

① 隋树森：《古诗十九首集释》卷3，中华书局1955年版，第54页。

何况双飞龙，羽翼临当乖。
幸有弦歌曲，可以喻中怀。
请为游子吟，泠泠一何悲。
丝竹厉清声，慷慨有馀哀。
长歌正激烈，中心怆以摧。
欲展清商曲，念子不得归。
俯仰内伤心，泪下不可挥。
愿为双黄鹄，送子俱远飞。

又如《步出城东门》：

步出城东门，遥望江南路。
前日风雪中，故人从此去。
我欲渡河水，河水深无梁。
愿为双黄鹄，高飞还故乡。

《黄鹄一远别》中有与《西北有高楼》类似的句式，如“幸有弦歌曲”、“泠泠一何悲”、“慷慨有余哀”等，亦有鼓琴听曲场景，而此诗是属朋友送别主题无疑，无关乎男女爱情。末句“愿为双黄鹄，送子俱远飞”，上承游子送别而来，呼应“何况双飞龙，羽翼临当乖”，故不起主题转调的作用。《步出城东门》结构与《黄鹄一远别》相同，末两句都是上承送别主题而来的一个比喻，也未作转调。此两首诗末句套语的使用，使情感内涵有所深化，但与《西北有高楼》的转调相比，结构略显简单，更没有男女爱情意识觉醒的升华性意义，于此可以反观《十九首》结体艺术的精妙，转调大有裨于诗歌境界之飞跃。

再看《东城高且长》：

东城高且长，逶迤自相属。
回风动地起，秋草萋已绿。
四时更变化，岁暮一何速。

晨风怀苦心，蟋蟀伤局促。
荡涤放情志，何为自结束？
燕赵多佳人，美者颜如玉。
被服罗裳衣，当户理清曲。
音响一何悲，弦急知柱促。
驰情整巾带，沈吟聊踯躅。
思为双飞燕，衔泥巢君屋。

此诗下半段场景与《西北有高楼》类似，亦有重句、同典，但是，与《西北有高楼》不同，此诗自“荡涤”句始即从时序感主题过渡为爱情主题，男女性别角色即被明确。诗中引用“北方有佳人”一句，加之“美者颜如玉”、“被服罗裳衣”的描写，令人眼前瞬间浮现出一位女子，她有着“一顾倾人城，再顾倾人国”的罕有美貌，又穿着华贵美丽的衣服。“当户理清曲”、“音响一何悲”又似乎使人聆听到美人那高超的琴艺，演奏出的天籁之音。诗人以用典手法在视觉与听觉两个维度夸张地表现着佳人惊心动魄的魅力，突逢色艺双绝的佳人，听歌者“驰情整巾带”，动作极度兴奋激动，也是合情合理的。但是，“沈吟聊踯躅”一句顺承而上，男主人公已经褪去了情欲的狂热，重归文雅，于是，末两句“思为双飞燕，衔泥巢君屋”，将自然欲望的躁动升华为炙热的爱情意识。“音响一何悲，弦急知柱促”两句已经为末二句埋下了伏笔，这是游子与红颜知己由知音之心心相通而引发的相知相爱，而非感官刺激诱发的情欲放纵。“思为双飞燕，衔泥巢君屋”当属神来之笔，呼应时序感主题中个体生命意识的觉醒，勾连“知音”的典故暗用，在诗末将听曲生感升华为自由爱情。末两句升华性作用的成功，是《十九首》作者构思匠心独绝之处。

综看《十九首》中几首诗的转调结构，均不是零乱无序的主题转换，倒是有其积极的意义所在。从情感色彩来看，时间流逝所带来的死亡焦虑感是一种消极的、压抑的、灰色的情感，但当转调结构成功后，诗中情感色彩便反方向地扭转，甚至是大幅度跳转。《青青陵上柏》、《驱车上东门》与《生年不满百》从时序感主题转向及时行乐主题，看似消极，但作为一种对黑暗社会政治秩序的反拨，不失于积极。《汉书·东方朔传》云："销忧者莫若酒。"①借酒浇愁也能带来些许安慰，马茂元也说："《十九首》里关于客中及时行乐的生活的叙写，往往在深微的太息中发散出一种强烈的浪漫气息。"②因此，及时行乐主题的转调已经适度消解了时序感的灰色调子。《去者日以疏》由时序感主题转入思乡主题，游子对故乡的思念当为普世之情。位高权重如刘邦者也曾叹道："游子悲故乡，吾虽都观众，万岁后吾魂魄犹乐思沛。"③还归故乡与家人团聚，是种落叶归根的安慰，韶华早逝、功名未就的悲哀或可由此稍减，这也是调性的转暖。《回车驾言迈》与《今日良宴会》由时序感主题转为早立功名、积极进取的主题，此结构继承《楚辞》的抒情结构，又倚靠儒家济世思想，情感调子积极而明亮。《东城高且长》由时序感主题转调为爱情主题，从人生短暂觉悟珍惜爱情，进入了更加私人的领域，实为个体意识的觉醒。诗中对真实爱情的追求与希冀，情感色彩是积极的、愉悦的、响亮的，是对时序感负面情感基调的反转与升华。

进一步说，转调结构实际承担着表达个体生命意识之觉醒与自由选择的功能。身处春秋代序的自然大化，人清晰地意识到永恒的时间与短暂的寿命间强烈之对比，个体生命意识觉醒了，推移之悲哀由此而生，肉体生命的有限性成为人追求生命价值与自由的最大障碍。在这一思想背景下，人在若干维度上作出当下的选择，或者延展生命的长度，或者增加生命的密度，又或者抛弃死亡忧虑本身，而诗歌中之建功立业、服食求仙、秉烛游乐、思乡、爱情及寄情于山水田园的主题，都是这种意识的反映。实际生活中，尽管不乏纵情享乐的颓废之举，但在《十九首》中，个体生命意识却多走

① (汉)班固撰，颜师古注：《汉书》卷65，中华书局1962年版，第2852页。

② 马茂元：《古诗十九首初探》，陕西人民出版社1981年版，第25页。

③ (汉)司马迁撰，(宋)裴骃集解，(唐)司马贞索隐，(唐)张守节正义：《史记》卷8，中华书局1959年版，第389页。

向一种正面的升华。如果说生命意识觉醒前人处于蒙昧状态，那么当面对生与死这个人类永恒的命题时，人对自身的生命有了明确的个体意识，激发而出之震惊与悲哀，覆压于心灵。但当人把此混杂着浓烈痛感与生命反抗冲动的心理力量，转化为功名事业的进取，为生命快乐的享受，为纯粹爱情的追求，为家园故乡的想念等，负面的情感就转化为正面的审美情感了，而生命的混沌冲力也化为刚健的力量。因此，《十九首》往往借助于转调和用典把诗中个体意识的觉醒与表达处理为一个动态的过程，由此激发出顽强的生命本能，进而将之升华为光辉的审美情感，感动读者之心。而且，诗歌的前后逐句阅读方式决定了其时间性艺术的特点，抒情主题转调从一个主题过渡到另一个主题的铺叙，也是一种在时间绵延之线上的变化。若非采用转调的结构，仅盘桓于时序感的主题，“推移之悲哀”必将人紧紧攫住，窒息一切美好。而单单爱情、思乡、进取、饮酒之主题的抒写，则不免缺乏宏壮之心理能量而显得十分平淡。只有运用转调，完成从“推移之悲哀”基本主题到爱情、思乡、进取、饮酒诸主题的转换与升华，借助于此时间线中的动态结构，才能写出生命力量激发与人性升华的过程，才能感发、陶冶读者，成为超越历史的杰作。

而转调结构的成功又是依托用典技术而实现的。原典语境中沉淀的审美经验经由后来作品的反复引用而渐成稳定的主题。《十九首》与汉末、魏晋古诗中经常出现的用典总是与特定主题构成对应关系①，如，“人生如寄”、“远行客”、“朝露”、“飙尘”、“金石”、“蟋蟀”、“晨风”几个典故属于时序感主题；“生别离”、“胡马”、“越鸟”、“浮云白日”属于离别主题；“兔丝”、“牛郎织女”属于相思主题；“立身”、“荣名”属于早立功名主题；“秉烛游”、

① A. R. Davis 在对中国重阳节诗的研究中发现，诗人凭借用典将“他个别的诗和中国诗的主流联接在一起”，指出用典连接主题的形式意义。A. R. Davis(1968). The Double Ninth Festival in Chinese Poetry: A Study of Variation upon a Them. In *Wen-lin studies in the Chinese Humanitiesvol*. 1(p. 53). Milwaukee : the University of Wisconsin Press.

“饮美酒”属于及时行乐主题。除此以外，《十九首》中引语式化用的大量《诗经》、《楚辞》、诸子典籍、民歌、谚语、套语，也是将之置入某一主题或情境的序列而加以使用。这些用典多以比喻、场景形式出现，作为文本结构性的形象，加之已在古诗中获得高频引用，故而易于被读者接受。当《十九首》作者需要借抒情主题转调蕴蓄某种哲思、深情时，基于文人修养的用典无疑比单纯音乐之转韵更为得力而灵活多姿。奠基于用典的诗歌转调，成就了《十九首》的永恒诗美。

二、用典的当下性与兴体的转调

首先看《明月皎夜光》：

明月皎夜光，促织鸣东壁。
玉衡指孟冬，众星何历历。
白露沾野草，时节忽复易。
秋蝉鸣树间，玄鸟逝安适。
昔我同门友，高举振六翮。
不念携手好，弃我如遗迹。
南箕北有斗，牵牛不负扼。
良无盘石固，虚名复何益。

朱自清和马茂元评此诗为“秋夜即兴之作”，朱自清并对其略“近乎散文”表示不满①，马茂元则赞其“结构表现得异常完整”、“情景交融”和“浑成”。② 我们似乎难以认同即兴之说，理由有二。其一，末尾三、四句“南箕北有斗，牵牛不负轭”不会是开头三、四句“玉衡指孟冬，众星何历历”即景写就后的突发奇想，此典出

① 参见朱自清：《〈古诗十九首〉释》，见朱自清：《古诗歌笺释三种》，上海古籍出版社 1981 年版，第 247～251 页。

② 参见马茂元：《古诗十九首初探》，陕西人民出版社 1981 年版，第 76～78 页。

自《诗·小雅·大东》："维南有箕，不可以簸扬；维北有斗，不可以挹酒浆。"此二句其实是熟读《诗经》的结果，即用典而非写景，这点朱自清已经指出。因此，"玉衡指孟冬"一句当为伏笔无疑，后来的针线由它而起，是伏笔就不是即兴。而次句"促织鸣东壁"从首句"明月皎夜光"的视觉转向听觉，正是通过视听场景的真实性来埋伏"玉衡指孟冬"的寓意。方东树说："后半奇丽从《大东》来。初以起处不过即时即目以起兴耳，至'南箕北有斗'句，方知'众星'句之妙。"①他显然已经发现作者安排之苦心。从诗学上分析，"玉衡"句到"南箕"句的"勾连"恰如一个贯穿全诗的大隐喻，它的喻义从典故而来，为用典式隐喻。但是此喻喻义之彰显须借助分布于诗前半部的促织、秋蝉和玄鸟三种动物。

其二，促织、秋蝉和玄鸟三样不必同时所见闻。三种动物各有出典。促织，即蟋蟀，《诗·豳风·七月》："七月在野，八月在宇，九月在户，十月蟋蟀入我床下。"《春秋考异邮》说："立秋趣织鸣。"宋均曰："趣织，蟋蟀也，立秋女功急，故趣之。"促字古亦作趣。② 秋蝉和玄鸟，《礼记·月令》曰："孟秋之月……白露降，寒蝉鸣。"又曰："仲秋之月……玄鸟归。"③这三种动物的典故背景都与深秋有关，为用典式明喻。④ 而诗人之所以选取它们，意在以之标示写诗的当下所经历之时节变迁。本诗次句就听觉描写"促织鸣东壁"，似乎七、八句"秋蝉鸣树间，玄鸟逝安适"没有必要重复描写听觉，何况燕子的起飞，夜晚看不见，定然为想象。作者这样写，只能理解为通过进一步的感兴来调浓深秋的氛围，其手段即套叠用典。如果是即兴之作，或许会抓住促织、秋蝉和玄鸟其中之一来做文章，而如此借助三者套叠来铺写时序，恰恰是意在援引典故的权威性。不过，此一套叠用典并没有把读者导向历史，去考求其

① 隋树森：《古诗十九首集释》卷3，中华书局1955年版，第76页。

② 隋树森：《古诗十九首集释》卷2，中华书局1955年版，第10页。

③ （汉）郑玄注，（唐）孔颖达疏：《礼记正义》卷16，北京大学出版社1999年版，第523页。

④ 中国是一个农业国，古人重视节气转换，对相关的动植物一定多所关注，并有记录。对此类用典，了解其文化背景大有助于诠释诗意。

是否别有深意，而是强调此时此地正值深秋，时序之变预示着人间某种变化正在或已经发生。这样说来，促织、秋蝉和玄鸟更大的可能是诗人把它们组织在一首诗里了，虽非即时之闻见，却是具有十足的当下性。那么人间之变为何呢？于是"玄鸟"句就"勾连""同门友"之既"高举振六翮"而又"弃我如遗迹"，揭示当下正发生的事件，并赋予"南箕"典故隐喻以当下而非历史之意义。而"南箕"句也没有引导读者对其典故背景萌生好奇心，倒是十分准确地指向了"玉衡"句，也是出于突出当下氛围的安排之妙。这样，星象和动物隐喻、明喻两套典故就会师于诗歌主人公当下之境遇。故而，这一首诗或许只是极象即兴之作而已，而朱、马两位却被骗过了。本诗之结撰，其实是借助了自然物之喻来抒情，设定一个夜景，以此手法调动具有典故意义的自然物，将感情埋伏其中，前后"勾连"、"套叠"，以臻浑成，其直接性竟丝毫未损，令人称奇。这一点，马茂元是说对了。

《十九首》的当下性是以用典造成的新文本意义结构为重心。用典无论"举人事以征义"与"引成辞以明理"均是将旧文本的片段置入新文本，作为新文本某些意义的替代性表达，如此便会造成原典与新文本的互文性关系，但又必须以新文本为重，这样就要将所引之典纳入一定语境，加以诱导和制衡。在《十九首》中为了解决互文性与当下性的矛盾，对典故的意义进行了适当的转化，以用典技术将兴体拆散并向赋体、比体转调即这种转化之表现。

一看《青青河畔草》：

青青河畔草，郁郁园中柳。
盈盈楼上女，皎皎当窗牖。
娥娥红粉妆，纤纤出素手。
昔为倡家女，今为荡子妇。
荡子行不归，空床难独守。

古人常把此诗解为兴诗，如吴淇认为此诗是首"正兴"之诗，

“首二句以所见兴起‘楼上女’”①。本诗起首“青青河畔草”实际引汉乐府《饮马长城窟行》“青青河边草，绵绵思远道”语。“春草”语源于《诗经》与《楚辞》，是一个古老的“兴”结构。《诗·小雅·出车》有“春日迟迟，卉木萋萋。仓庚喈喈，采蘩祁祁。执讯获丑，薄言还归”语，将春天草长莺飞的景象融入远征将士得胜回乡的场景。《楚辞·招隐士》有“王孙游兮不归，春草生兮萋萋”语，由春草萋萋的景象联想起远行于他乡的游子。《饮马长城窟行》的“青青河边草，绵绵思远道”，以春草青青联想起远方亲人、激发思念的诗歌主题，是对《诗经》、《楚辞》“兴”传统的延续。

但是本诗与之不同，似“兴”而非“兴”。原因在于首句“青青河畔草”后以“郁郁园中柳”取代“绵绵思远道”，正好形成一个精致的对偶句，从而抑制了传统的“兴”结构：由自然物（青草）联想到人（游子），在下句中引起“思远道”的意义。本诗，“河畔草”与“园中柳”营构了“楼上女”生活环境周围的真实景色，配合“青青”、“郁郁”、“盈盈”、“皎皎”、“娥娥”、“纤纤”六个叠字的整齐结构，完整地托出美女当楼的场景。先铺写“河畔草”、“园中柳”，再自然引出观看二者的“楼上女”，继而交代“当窗牖”的所在与楼上美女的“红粉妆”与“素手”，在景物、人物与叠字回环复沓的紧密糅合中，兴体难以为继。因此，“青青河畔草”只是保留了“起”的作用，“兴”却是被成功转调为“赋”了。

二看《明月何皎皎》：

明月何皎皎，照我罗床帏。
忧愁不能寐，揽衣起徘徊。
客行虽云乐，不如早旋归。
出户独彷徨，愁思当告谁。
引领还入房，泪下沾裳衣。

第一句“明月何皎皎”化用自《诗·陈风·月出》：“月出皎兮，

① 隋树森：《古诗十九首集释》卷3，中华书局1955年版，第12页。

佼人僚兮。舒窈纠兮，劳心悄兮。”《毛传》说：“兴也，皎，月光也。”《郑笺》说：“兴者，喻妇人有美色之白皙。”①明月之光与皮肤之白相似，以联想作用引出外貌白皙的女性。朱熹说：“此亦男女相悦而起相念之辞。言月出则皎然矣，佼人则僚然矣，安得见之而舒窈纠之情乎？”②也认为是写男性诗人见月光而联想起心爱女性。此处“自然物—人”的结构，是套语起兴的手法。《明月何皎皎》中的明月光却没有立即带出一个人物，而是承接一句“照我罗床帏”，强化了明月夜景的特点。主人公愁思难寐，起身徘徊而流泪，动作与情感均在月夜之中展开，诗中游子、散步、乡愁、明月成一整体，难以拆分，“明月”原典之引出人事作用被淡化、减弱，基于联想作用的诗思转化为寓情于景的感发。诗歌结撰技术“兴”已经隐退，代之而起的是“勾连”等新技术。

三看《青青陵上柏》：

青青陵上柏，磊磊涧中石。
人生天地间，忽如远行客。
斗酒相娱乐，聊厚不为薄。
驱车策驽马，游戏宛与洛。
洛中何郁郁，冠带自相索。
长衢罗夹巷，王侯多第宅。
两宫遥相望，双阙百余尺。
极宴娱心意，戚戚何所迫。

吴淇说此诗是采用了“反兴”技术，“前首(《青青河边草》)是‘正兴’，后首(《青青陵上柏》)是‘反兴’”，“首二句以‘柏’、

① (汉)毛亨传，(汉)郑玄笺，(唐)孔颖达疏：《毛诗正义》卷6，北京大学出版社2000年版，第528页。

② (宋)朱熹集注：《诗集传》卷7，中华书局1958年版，第83页。

‘石’兴起‘行远客’，喻人生行役之苦。‘忽如远行客’喻时光之速也”①。实际上，“柏”、“石”、“远行客”都是用典。古诗《青青陵中草》有“青青陵中草”句，“磊磊涧中石”化用《楚辞·九歌·山鬼》的“石磊磊兮葛蔓蔓”，“忽如远行客”化用自《韩诗外传》(见前文)。在先秦，松柏被认为具有坚韧长久之生命的植物，《庄子·德充符》有云：“受命于地，唯松柏独也在冬夏青青。”②《论语·子罕》亦称：“岁寒然后知松柏之后凋也。”③金石之坚硬也是常见现象，三句引语式用典于是形成柏、石之久与人寿之短的对比结构。《回车驾言迈》中“人生非金石，岂能长寿考”，反用“金石”典，以金石之固与人生之短作比较，结构相同。

前两句的松石比喻，代表着自然界不变的一面，常人不难体会，妙就妙在第三句，它将短促的“人生”降落在“天地间”，结构上紧紧勾连于前两句，从而与长存之松石形成强烈对比，不得不让人油然生起人生忽然如远行客的感慨。吴淇认为首二句以“柏”、“石”兴起“行远客”，但因为第三句匠心独运的巧妙勾连，前四句的三个比喻被编织成为一个紧密的比喻整体，固然看似具有起兴的效果，其实仅是比喻而已。

四看《冉冉孤生竹》：

冉冉孤生竹，结根泰山阿。
与君为新婚，兔丝附女萝。
兔丝生有时，夫妇会有宜。
千里远结婚，悠悠隔山陂。
思君令人老，轩车来何迟。
伤彼蕙兰花，含英扬光辉。

① (清)吴淇著，汪俊、黄进德点校：《六朝选诗定论》卷4，广陵书社2009年版，第80~81页。

② (清)郭庆藩撰：《庄子集释》卷5，中华书局1961年版，第193页。

③ (魏)何晏注，(宋)刑昺疏：《论语注疏》卷9，北京大学出版社1999年版，第122页。

过时而不采，将随秋草萎。
君亮执高节，贱妾亦何为。

此诗历代以“兴”诗思路作解者众多，都以为是用男女关系寄托君臣政治，如张庚说：“此贤者不见用于世而托言女子之嫁不及时也。”①这种儒家美刺比兴解诗观下的读解，已经受到朱自清的否定。朱自清认同这首诗是吴淇与方廷珪所说的男女婚姻主题：“吴淇说这是‘怨婚迟之作’(《选诗定论》)，是不错的。方廷珪说：‘与君为新婚’，‘只是媒妁成言之始，非嫁时。’(《文选集成》)也是不错的。”②这种内容读解方式的时代转换，从诗歌结撰技术角度去看，可以得到支持。我们发现起首四句并不是“兴”句，实际也是用典构成的比喻。

“冉冉孤生竹，结根泰山阿”化用《楚辞·七谏·初放》中“便娟之脩竹兮，寄生乎江潭”，王逸释曰：“便娟，好貌。屈原以竹自喻，言有便娟长好之竹，生于江水之潭，被蒙润泽而茂盛，自恨放流而独不蒙君之惠也”，“言竹被润泽，上则葳蕤而防蔽雾露，言能有所覆也。下则泠泠清凉，可休庇也。以言己德上能覆盖于君，下能庇荫于民”③。《初放》以秀丽的竹林寄生于江岸水边比喻臣子的流放，是一种政治寄托手法。“冉冉”两句，写孤竹托生于大山幽深处适得其所，是化用《初放》的语意又有所转化。从句意看，《初放》之茂密“修竹”能遮风雨、挡霜雪、蔽烈日，是强大的。“孤生竹”则孤单弱小，是做不到这些的。从情感看，“修竹”既然有此能力与美德，却寄生荒野水畔，没有适得其所，因此是怨愤、悲哀的。“孤生竹”得以托生于高山之幽涧，不受寒风之摧残，是喜悦的。虽然引用《楚辞》典故形成托身之意，但此诗已经将典面与语意作了基本的转化，结构已不宜于承载屈原式怨愤之情，而是适应了当下爱情主题的语境，比喻女性嫁与良人而身有所托的欢悦。紧

① 隋树森：《古诗十九首集释》卷3，中华书局1955年版，第30页。

② 朱自清：《〈古诗十九首〉释》，见朱自清：《古诗歌笺释三种》，上海古籍出版社1981年版，第251页。

③ （宋）洪兴祖：《楚辞补注》卷13，中华书局1983年版，第237页。

接着，源自《诗经》的“兔丝附女萝”也做了相通的转调。《頍弁》的“茑与女萝，施于松柏”，《毛传》释曰：“喻诸公非自有尊，托王之尊。”《郑笺》云：“托王之尊者，王明则荣，王衰则微。”①松柏是强者，茑与女萝是弱者，二者对比明显，可以顺畅解释为君臣之庇护依附。汉代《安世房中歌》说：“丰草葽，女萝施。善何如，谁能回。”写女萝缠绕于茂盛的野草上，赞美野草有托生他物的美德。野草属于草类，再强也难与松柏相比，附主与女萝强弱对比关系已经弱化。兔丝即菟丝，一年生寄生爬藤植物。女萝即松萝，地衣类植物，多寄生松柏上的以丝状悬垂。两种弱小寄生植物的缠附，纯为男女双方的两情相悦的比喻。从孤竹托身高山之下到兔丝、女萝互相盘绕，两组自然物的关系从以弱者托身强者到两个弱者相互扶持，这一比喻解构了已经不能支持政治伦理道德中君臣护佑托庇的内涵，政治寄托在这里流产了。

《十九首》所引典故，有些在原典语境中具有起兴或政治寄托的作用。《诗经》的起兴结构，自然物与人事前后相置，以联想方式引出主题，起兴之后自然物不再出现，游离于人事、情感之外。在《十九首》中，自然物已转化为诗歌当下人物活动场景的有机构成，是寓情写物不可剥离的有机要素，而在原典语境中具有政治寄托功能的典故，为适应当下爱情主题的旋律，适度转变了典面，也失去了比兴美刺的作用，消解了典故与政治历史的紧密联系，调性由强转弱。两种用典方式都是创造性的，典故调性色彩的变化亦造成诗歌结构的新变，推动了诗体转调的完成。

第二节　用典与复调

一、复调的定义

复调本是音乐术语：“两个或更多旋律的和谐组合，即乐曲平

---

①　(汉)毛亨传，(汉)郑玄笺，(唐)孔颖达疏：《毛诗正义》卷 14，北京大学出版社 2000 年版，第 1016 页。

行地构思有别于以垂直性为其结构原则的主调。”①复调音乐是与主调音乐相对的一个音乐概念。主调音乐中有一个主导旋律，其余音乐构成成分起烘托作用，以和声法为主要技术；复调音乐中有两个或多个平行发展的旋律，各自独立但又成为一个和谐整体，以对位法为主要技法，包括对比和模仿两种手段。巴赫金借用这一术语来分析陀思妥耶夫斯基的小说，使之在美学界名声大噪。他认为陀思妥耶夫斯基的小说中的主人公有着与作者不同的独立意识，于是整部小说就成了作者与人物、人物与人物之间对话的综合体。“有着众多的各自独立而不相融合的声音和意识，由具有充分价值的不同声音组成真正的复调——这确实是陀思妥耶夫斯基长篇小说的基本特点。”②复调小说是与独白小说对立的概念，巴赫金以音乐复调中的多旋律和对位法隐喻小说中的多个声音、意识与对话关系，发展出复调诗学理论。热奈特也使用过“复调式”一词，来隐喻小说中多种叙事语式的混杂，如非常全知全能型的第一人称主人公视点叙述中，却混杂着全知全能型的叙事者视点叙述，于是文本中就有了不同叙事主体的声音，成了“1913 年，由《春祭》所开创并流行一时的复调性(复语式)体系”③。

本书所用“复调”概念并非直接来源于巴赫金与热奈特，与他们主要应用于叙事性文学中的诗学概念并不等同。《十九首》中运用以主题、虚实、性别角色元素对比的技术，形成平行、交替的结构关系，从线性平面发展到立体空间，本书就以复调术语来分析这一现象。

---

① H. C. Colles(1927). *Grove's Dictionary of Music and Musicians(Third edition)*, *Vol. III*, New York: The Macmillan Company, p. 220.

② [俄]巴赫金著，白春仁、顾亚玲译：《陀思妥耶夫斯基诗学问题》，见[俄]巴赫金著：《巴赫金全集》第 5 卷，河北教育出版社 1998 年版，第 4 页。

③ [法]热拉尔·热奈特著，王文融译：《叙事话语 新叙事话语》，中国社会科学出版社 1990 年版，第 145 页。

二、用典与诗歌主题的平行性结构

抒情主题的转调，如音乐从一个旋律过渡到另一个旋律，是在流淌的时间线中伸展，为了打破情感线性发展的单调性，诗中利用典故的套叠、词句的复沓取得绘画透视般的景深感，来增加诗味，类似于主调音乐中用和声技巧取得旋律横向发展中的立体感。而在复调音乐中，建立多个平行性发展的调是空间感的根源。《十九首》的复调结构，以用典支撑平行性抒情主题的叙写，同样获得一种深度的空间感。

如前引《回车驾言迈》，此诗以驾车行走旧路所见景物变迁激发时序感，下以“金石”、“物化”典故点出时序感主题，然后转调为早立功名主题。全诗分为三段，每四句一段互相勾连。第一段写景，渲染悲观气氛，反写东风和春草。第二段转调，由春天的景象反观，秋冬的肃杀已经过去，不见去年的枯草，看来盛衰有定，因此反思道：立身要早。汉代选拔官吏主要靠“举孝廉”制度，《孝经》开章就说：“身体发肤，受之父母，不敢毁伤，孝之始也。立身行道，扬名于后世，以显父母，孝之终也。夫孝，始于事亲，中于事君，终于立身。”①士人以孝“立身”，然后入仕“事君”，最后“扬名于后世”，是常规的政治进途。故此，“立身苦不早”折射了一种时间压迫感下的成功焦虑。第三段继续讲人生并非金石能长存，一定会随物而化，因此进一步反思道：荣名为宝。《史记·游侠列传》载：“吾视郭解，状貌不及中人，言语不足采者。然天下无贤与不肖，知与不知，皆慕其声，言侠者皆引以为名。谚曰：‘人貌荣名，岂有既乎！’”徐广解释说：“人以言状为貌者，则貌有衰落矣；唯用荣名为饰表，则称誉无极也。”②人的容貌虽有衰老，生命容有终结，但人的荣誉声名却可百世流传，司马迁以“人貌荣

---

① （唐）李隆基注，（宋）刑昺疏：《孝经注疏》卷1，北京大学出版社1999年版，第3~4页。

② （汉）司马迁撰，（宋）裴骃集解，（唐）司马贞索隐，（唐）张守节正义：《史记》卷126，中华书局1959年版，第3199页。

名”评价郭解生前死后的赫赫名声。此诗转调后结构同于《孝经》：抒情主题“荣名为宝”侧重于死后，而“立身要早”侧重于生前，但都属早立功名主题范畴。当世与后世的对比式平列，给建功立业的雄心铺垫以广袤而延伸的时间感与空间感。

第一段与第二、第三两段为转调关系，即时序感主题转调为早立功名主题，第二段与第三段构成平列关系，故为复调。第二、第三两段结构相同：每段前三句是属于时序感主题，后一句为早立功名主题，又构成一个转调结构。同时，两段时序感主调性细部上又有不同，“焉得不速老”哀叹衰老尚未谈及死亡，“奄忽随物化”则已进逼至死亡焦虑，正与立身、荣名语境对应。此诗结构精巧，全诗大结构的成功在于首段春天之景设定，足以反激对秋冬的深思，从而促使转调；段落小结构的转调与复调的成功则有赖于“立身”、“金石”、“物化”、“荣名”四个典故的使用。

转调后存在多个抒情主题的复调，类似结构也出现于《驱车上东门》，全诗从“浩浩阴阳移”句开始转调为及时行乐主题。最后四句“服食求神仙，多为药所误。不如饮美酒，被服纨与素”，从字面来看“不如”否定了“求神仙”，而倡导“饮美酒”，呈现一个垂直的线性发展，但推敲所引典故，求仙与饮酒并不矛盾对立，当属一个横向的平行结构，也就是复调。

我们把《生年不满百》与《驱车上东门》一起作一分析。两诗有类似的转调结构，由时序感主题转为及时行乐主题。《生年不满百》转调后引“王子乔”传说，反映了文人对神仙生活的向往，“难可与等期”实为叹惜成仙上天的可羡而不可求。秦汉以降，流行追求不老成仙的社会风气，秦始皇、汉武帝都有访求仙人、烧制丹药的史事。虽然，追求成仙的实践“多为药所误”，诗人对服食求仙之路已有理性的认识，但是，神仙逍遥永生的生活仍令凡人羡慕。曹植《赠白马王彪》中否定成仙之说：“虚无求列仙，松子久吾欺。”但又曾作《游仙诗》：

人生不满百，戚戚少欢娱。
意欲奋六翮，排雾陵紫虚。

蝉蜕同松乔，翻迹登鼎湖。
翱翔九天上，骋辔远行游。
东观扶桑曜，西临弱水流。
北极登玄渚，南翔陟丹邱。

首句辞意与“生年不满百”句类似，诗中同引“王子乔”典。从结构上看，此诗从人生苦短激发与仙人同游仙境的幻象，可谓从时序感至游仙主题的转调。此处写仙境追求的并非是长生成仙，而是美好生活的想象，是社会黑暗、人生失意的一种反激，与《楚辞·远游》中“悲时俗之迫厄兮，原轻举而远游”的抒情路径相同。

因此，《生年不满百》中的“求神仙”并非真是求长生，重点也不在否定“服食”。王瑶把生命意识觉醒后的魏晋文人分成两派，“何晏他们是清谈派或服药派，阮嵇这些人正是饮酒派或任达派”①，显然，“服食求神仙”近于服药派，“不如饮美酒”近于饮酒派。为疏解死亡迫近的焦虑，一部分人服食丹药以求长生，实践证明基本无效，但是从“难可与等期”之语来看，对神仙生活的企慕并未由此停息，魏晋及以后兴起大量游仙诗。与神仙同游，是岁月蹉跎、人生失意情绪的一种安慰与宣泄。此外，“饮美酒”也并非真做颓废的“长夜之饮”，沉溺于肉体享乐，“竹林诸人皆好老庄，饮酒正是他们求得一种超越境界的实践”②，“饮酒所得到的形神相亲而接近自然的胜地，不正就是这里所描写的音乐的合乎自然的和谐境界吗？所以饮酒正是追求和享受这种境界的一种办法”③。转调之后的及时行乐主题侧重于精神性层面而非肉体之乐，把它理解为否定服食求仙而后倡导酒色之乐是肤浅的。故而，“游仙”与“饮酒”乃平列性复调，一个想象与黑暗现实对照的美好境界，一

---

① 王瑶：《文人与酒》，见王瑶：《中古文学史论》，北京大学出版社1986年版，第158页。

② 王瑶：《文人与酒》，见王瑶：《中古文学史论》，北京大学出版社1986年版，第162页。

③ 参见王瑶：《文人与酒》，见王瑶：《中古文学史论》，北京大学出版社1986年版，第164页。

个追求于饮酒所得的形神相和，似乎更为确切。个人意识觉醒后的人生取向多向度迸发，以次主题平行出现的横向结构对之加以容纳与表现，平添了诗歌的空间感与厚重感。

三、用典与诗歌形式的交替性结构

复调音乐，常使用多声部的技巧，若干速度、力量、强度、节奏等要素具有差异性的声部并列发展，在对比中获得一种深度的质感。《十九首》中思妇诗借助用典打破诗歌结构垂直发展的单向与直白，采取男女声音交替出现、诉说相思的结构，造成一种横向的复调关系，情感发展臻于时空对比的丰满织体。

如《行行重行行》。整体而言，此诗上半段为离别主题，下半段为相思主题。从上半段来看，有交替性复调结构出现。前文已经分析过上半段以用典形成离别主题，此处着重探讨前六句用典技术所遵循的男女声部交替对比的结构原则。“行行重行行，与君生别离”两句，前句以“行行”的复沓写游子的远行持续之久，以时间的持续写出空间距离的拉大，这侧重人的动作，而后句则是侧重思妇的心理状态——强烈的离别感之酝酿。游子的动作与思妇的别绪既包含男女的对比，也蕴含着动作与情感的对比。动作与情感一个直接可见，一个蕴藏于心，即一实一虚。第三句“相去万余里”以夸张的数字写空间距离感，“各在天一涯”则更侧重人分离的心理感受，也有着虚实的对比。“道路阻且长”写回乡相会之道路难行，“会面安可知”是由此生发的几近绝望的痛苦，同为一实一虚。前六句三个对句都是以先实后虚的对比原则来使用典故、结撰诗句，这一对比不能简单地理解为景与情的对比，诗句并没有将景、事、情割裂开来，而是融合为一。三个对句都写分离之事、阻隔之景、离别之情，但又随着时间的前行而起情感的波澜。第一句写游子踽踽而行渐渐远去，第二句写分离之难舍，第三句写分离后的遥远，第四句即写音信难通所造成的孤零之感，情感更加浓厚，第五句写游子已生回乡之念却难以成行，第六句写对男女重逢前景的悲观。与乐府诗常用的简单复沓相比，六句以一实一虚的节奏发展，但在意义上又追随着情感波澜的起伏而推进，更加跌宕多姿。第七、第八两句以用典式比喻将离别之情推向一个高潮，为下半段渲染游子思妇的相思情精彩过渡。

下半段写思妇的相思却不单调，原因是加入了对游子的想象后，就有了男女声音的两两交替。第九、第十句化用乐府《饮马长城窟行》套语“离家日趋远，衣带日趋缓”，将“离家”改为“相去”，本为游子之旅途困乏一转而变为思妇因相思而瘦削。第十一、第十二句即写想象中的游子思乡情。李善注在《文选》中说：“浮云之蔽白日，以喻邪佞之毁忠良。故游子之行，不顾反也。文子曰：日月欲明，浮云盖之。陆贾新语曰：邪臣之蔽贤，犹浮云之鄣日月。古杨柳行曰：谗邪害公正，浮云蔽白日。义与此同也。郑玄毛诗笺曰：顾，念也。”①朱自清、马茂元也沿用此说。② 实际上，李善注对“顾”训诂有误。王力《古代汉语》原同意李善注，但在修订版中已改为“顾反，回来。反，返”③。如此第十一、第十二句就并非如李、朱、马所解，是游子被蒙蔽不愿回乡，恰与苏李诗《晨风鸣北林》中“褰裳路踟蹰，彷徨不能归。浮云日千里，安知我心悲”一样，是路阻难归之意，如此用典符合作者男女声部交替的结构安排，使思妇的相思与游子的思乡有了应和。此段最后四句也是用典化成，“思君令人老”脱自《小弁》“维忧用老”，“岁月忽已晚”脱自《蟋蟀》“岁聿其莫”，两句再次唱出思妇的相思。“努力加餐饭”典出《史记·外戚世家》：“子夫上车，平阳主拊其背曰：‘行矣，强饭，勉之！’”④这是平阳公主分别时对卫子夫的勉励语。乐府《饮马长城窟行》中也有：“长跪读素书，书中竟何如？上言加餐食，

---

① （汉）萧统编，（唐）李善注：《文选》卷29，上海古籍出版社1986年版，第1343页。

② 参见朱自清：《古诗十九首释》，译林出版社2015年版，第221～224页；马茂元：《古诗十九首初探》，陕西人民出版社1981年版，第106～110页。

③ 王力主编：《古代汉语》（校订重排本）第4册，中华书局1999年版，第1391页。

④ （汉）司马迁撰，（宋）裴骃集解，（唐）司马贞索隐，（唐）张守节正义：《史记》卷49，中华书局1959年版，第1978页。

下言长相忆。"这是游子信中对思妇的劝慰语。此处"努力加餐饭"当为游子劝慰语，却由思妇的语气唱出，似乎在说思妇决定暂且把相思的抱怨放下，劝勉对方同时也劝勉自己。这八句每两句一转，男女两种声音交替出现，呼应之间将思念之情表达于对话关系，而末句的劝勉乃男女两种声音的和声共鸣，将抒情主题推向高潮。复调结构精妙绝伦。

南朝元嘉诗歌、齐梁诗歌皆是用典之风兴盛的代表，而六朝文学用典风习，后汉赋家已开其端，《文心雕龙·才略》云："然自卿渊以前，多俊才而不课学；雄向已后，颇引书以助文。此取与之大际，其分不可乱者也。"①《文心雕龙·事类》云："观夫屈宋属篇，号依诗人，虽引古事而莫取旧辞。唯贾谊鹏赋，始用鹖冠之说；相如上林，撮引李斯之书：此万分之一会也。及扬雄百官箴，颇酌于诗、书；刘歆遂初赋，历叙于纪传：渐渐综采矣。至于崔班张蔡，遂捃摭经史，华实布濩；因书立功，皆后人之范式也。"②王梦鸥曾提出六朝贵游活动中，文人集团领袖与诗人作者等人，出于游戏目的，文学创作多喜引用典故、铺排辞藻、句式颠倒等技巧。③ 简宗梧继而提出，东汉之前的赋多是为取悦帝王之作，因此口语化的铺叙是必要的，而东汉之诸多赋作已转向士人情意怀抱的抒发，文人学养促使用典技术的迅速兴盛，东汉已降，赋家纬字之法的衰微而用典之法的代兴，赋体也"脱离口语铺叙的精神，进入书面文学的时代"④。从简宗梧对汉赋流变轨迹描述可以得知，赋在两汉受到讽喻说的强烈影响，及至后汉末年，伴随儒家思想地位的衰微，方造成赋体游戏特质的重新振兴。可见，赋体文学技巧的变化亦是文

① (南朝梁)刘勰著，黄叔琳注，李详补注，杨明照校注拾遗:《增订文心雕龙校注》卷8，中华书局2000年版，第575页。

② (南朝梁)刘勰著，黄叔琳注，李详补注，杨明照校注拾遗:《增订文心雕龙校注》卷8，中华书局2000年版，第473页。

③ 参见王梦鸥:《贵游文学与六朝文体的演变》，见王梦鸥:《古典文学论探索》，正中书局1984年版。

④ 简宗梧:《汉赋源流与价值之商榷》，文史哲出版社1980年版，第90页。

学观念变迁的反应。

文人五言诗起源于后汉末，其时汉儒以比兴寄托政治的讽喻说影响力虽已不彰，然而仍对个别诗人创作产生影响，比如张衡之《四愁诗》，即袭用汉代诗经解释学喜欢谈论的以男女寄托君臣关系之诗歌技术。赋体美学及其技巧变迁的经验，对诗人创造五言诗的新审美经验颇为有利，建基于文人深厚学养的用典技术，显然较比兴寄托的政治美学更适宜个人生命感怀的书写。《十九首》用典的转调和复调的运用有助成诗歌的节奏感、抒情密度、浑成性和自然美之功，并赋予诗篇前所未有的文人诗品格。用典技术使诗歌避开了对历史记忆的穷究和比兴的虚拟性，聚焦于对当下的关注，凸显出明确的反思性，因而成功地将生命意识的自觉落实为当下选择，诗歌抒情主题随之转调以适应此种诗体风格的新变。音乐转调通常借助于音高、调性等手段，诗歌抒情主题的转调若仅使用转韵等音韵技术却颇难奏效，而在诗歌文辞中通过内容描写直接转调亦会显得过于直接、生硬，有欠自然。《十九首》作者文人修养背景下对特定典故的化用和套叠，使抒情主题的确立及转换变得自然而流畅；典故的运用使读者的解诗活动受到历史语境的牵引，当下文本与历史文本的差异产生某种延宕的作用，即对诗歌的理解发生某种迟滞、导致阅读方式的变化，需要更长时间，更重要的是需要读者有一种反思的态度介入；显然，借助于用典来实施转调避免了直接转调的突兀。在物感与勾连的新诗歌技术背景下，借用典使抒情主题获得转折、升华，对比、平列的新审美经验，是汉儒比兴解诗学传统退场后，诗歌形式的革命性变革。

第三章　史象与对比：左思《咏史》诗用典美学

第一节　咏史与用典之辨

自班固首创，咏史诗经过魏晋六朝的发展，成为中国诗歌的一个基本类型。《文选》中专设“咏史”类，收诗21首①，以历史人事为题材是咏史诗体的重要特征。施蛰存曾说：“咏史诗不是一种特定形式的诗，而是一种特定题材的诗。凡是歌咏某一历史人物或历史事实的诗，都是咏史诗。”②咏史诗，主要应当指诗中以历史题材为主，展开叙事、抒情、议论。咏史诗的体式特征尽管明晰易晓，但在本研究展开之前，我首先讨论以下几个基本问题：其一，咏史诗与怀古诗的关系；其二，咏史诗与咏怀诗的关系；其三，咏史诗中史事与用典的关系。以下逐条辨析。

其一，咏史诗与怀古诗的关系。

六朝以后，诗坛逐渐又产生一类“怀古”诗或“览古”诗。《文选》“咏史诗”中收有卢子谅《览古》一首，以战国时期“完璧归赵”、“负荆请罪”故事为主要内容，属正统的咏史诗，《览古》大概是指卢子谅观览史籍而兴发诗歌创作的意思，吕向注《昭明文选》咏史

① 参见(南朝梁)萧统编，(唐)李善注：《文选》卷21，上海古籍出版社1986年版，第985~1014页。

② 施蛰存：《唐诗百话》，上海古籍出版社1987年版，第680页。

诗云："谓览史书，咏其行事得失，或自寄情焉。"①后世的"览古"诗，却常与"怀古"诗混淆，《文镜秘府论·南卷·论文意》所引王昌龄《诗格》云："诗有览古者，经古人之成败咏之是也"，"咏史者，读史见古人成败，感而作之"②。这里将"览古"、"咏史"看作并存的两类，其中的"览古"实际指"怀古"。怀古诗是诗人游历、参观古代历史遗迹，兴发感动，咏叹古代人事的一种诗体。怀古诗中虽然常有一些古迹的场景描写，大体还是以历史人事为题材，咏史诗与之相较，题材写法类似，但缺少怀古诗亲临其境的游玩因素。今天的研究者大多以一个宽泛的定义，将两种诗都纳入咏史诗，不过部分览古诗中的史实因此不属于用典③。

其二，咏史诗与咏怀诗的关系。

《文选》中，"咏史诗"、"咏怀诗"为并列的诗体类别，但是其"咏史诗"条目所收左思《咏史》八首，却实际应当属于"咏怀诗"。这一点，前人早已提出。清沈德潜把左思《咏史》评为："咏古人而己之性情俱见"，"此千秋绝唱也"。④ 清张玉谷则评为："太冲咏史，初非呆衍史事，特借史事以咏己之怀抱也。或先述己意，而以史事证之；或先述史事，而以己意断之；或止述己意，而史事暗含；或止述史事，而己意默寓。"⑤清何焯云，左思《咏史》的八首诗并非标准的咏史诗，"咏史者，不过美其事而咏叹之，概括本传，不加藻饰，此正体也。太冲多摅胸臆，此又其变"，"题云《咏史》，其实乃咏怀也"⑥。他以为，咏史诗"正体"应该以叙述史实

① （南朝梁）萧统编，（唐）李善、（唐）吕延济、（唐）刘良、（唐）张铣、（唐）吕向、（唐）李周翰注：《文选》卷21，中华书局1987年版，第386页。

② ［日］弘法大师原撰，王利器校注：《文境秘府论校注》南卷，中国社会科学出版社1983年版，第298页。

③ 是否用典则需视情况辨析，如果所咏人事由眼前古迹激发且密切相连且只咏一事，则所咏人事应该是诗歌题材不是用典。

④ （清）沈德潜选：《古诗源》卷7，中华书局1998年版，第142页。

⑤ （清）张玉谷：《古诗赏析》卷11，上海古籍出版社2000年版，第4页。

⑥ （清）何焯：《义门读书记》卷46，中华书局1987年版，第892页。

为主(如班固《咏史》)，而左思《咏史》以历史故事与历史人物作为个人抒情的载体与寄托，属于咏史诗之“变体”。

除了“正体”、“变体”的划分，另有学者以“传体”、“论体”对咏史诗进行分类。清刘熙载《艺概·诗概》云：“左太冲《咏史》似论体，颜延年《五君咏》似传体。”①这里“传体”实际上就是“正体”，史书是用散文的形式讲述故事的，“传体”、“正体”咏史诗是用诗的形式简述人事，一为散文，一为诗体，形式不同，而以历史叙事为主是类似的。史书的叙事常集中于一人、一事，“传体”、“正体”咏史诗与此类似，颜延之《五君咏》就是以竹林七贤中阮籍、嵇康、刘伶、阮咸、向秀五人为题材，而左思《咏史》除第六首专咏荆轲，其他七首往往涉及两人以上事迹，即便在第六首中，对荆轲事迹的叙述也属简语和断片，更多笔墨落实于个人叹赏与激愤情感的抒发。“正体”、“传体”多偏重于叙事，“变体”、“论体”更偏重于抒情。清袁枚曾云：“读史诗无新义，便成《廿一史弹词》，虽着议论，无隽永之味，又似史赞一派，俱非诗也。”②此类诗评，既肯定了左思这种“变体”、“论体”咏史诗的艺术创新意义与艺术成就，也晓谕我们，后世咏史诗的定义实际上是较为宽泛的。

其三，咏史诗中史事与用典的关系。

对于所谓“正体”、“传体”咏史诗，以所咏历史人物事迹或事件情节为主体是易于辨析的，而“变体”、“论体”咏史诗中大量引用的古人事迹，如果拘泥于咏史诗之题目而不以之为用典，是毫无必要的。罗积勇的《用典研究》将“用典”定义为：“为了一定的修辞目的，在自己的言语作品中明引或暗引古代故事或有来历的现成话，这种修辞手法就是用典。”③清沈德潜曾云：“太冲《咏史》，不必专咏一人，专咏一事。”④当变体咏史诗不囿于一人一事，而是浓

---

① （清）刘熙载：《艺概》卷2，上海古籍出版社1978年版，第59页。

② （清）袁枚：《随园诗话》卷2，人民文学出版社1982年版，第58页。

③ 罗积勇：《用典研究》，武汉大学出版社2005年版，第2页。

④ （清）沈德潜选：《古诗源》卷7，中华书局1998年版，第142页。此处标点有改动。

缩性调用数则人物、事迹为诗歌材料作为诗歌结构的灵活元素时，这种技巧在多数时候实际就是用典。

清袁枚《随园诗话》曾归纳咏史诗三体：

> 咏史有三体，一、借古人往事，抒自己之怀抱，左太冲《咏史》是也；一、为隐括其事，而以咏叹出之，张景阳之《咏二疏》、卢子凉之《咏蔺生》是也；一、取对仗之巧，义山之“牵牛”对“驻马”、韦庄之“无忌”对“莫愁”是也。①

“借古人往事”在左思诗中实际就是用典，袁枚将左思“变体”咏史诗视为正宗。袁枚还对李商隐《马嵬》②“此日六军同驻马，当时七夕笑牵牛”句，韦庄《忆昔》③“西园公子名无忌，南国佳人号莫愁”句，在咏史(怀古)诗中将用典与对仗、双关等技巧上的巧妙结合大加赞赏，归为咏史诗第三类。明胡应麟《诗薮》有一段重要评论：“用事之工，起于太冲《咏史》，唐初王、杨、沈、宋渐入精严。至老杜苞孕汪洋，错综变化，而美善备矣。用事之僻，始见李商隐诸篇。”④前代学者不仅将左思《咏史》中引用历史材料视为用典，并且将左思《咏史》视作古诗用典美学的重要开创者，甚至后世文人诗中咏史诗用典技术的突破实在不能回避左思之贡献。

《咏诗》八首中的历史事件与历史人物，以典故的面目出现，而后人对古诗传统中左思《咏诗》八首用典技术首创之功的看重，

---

① (清)袁枚：《随园诗话》卷14，人民文学出版社1982年版，第467页。

② 《马嵬》原文：“海外徒闻更九州，他生未卜此生休。空闻虎旅传宵柝，无复鸡人报晓筹。此日六军同驻马，当时七夕笑牵牛。如何四纪为天子，不及卢家有莫愁。”

③ 《忆昔》原文：“昔年曾向五陵游，子夜歌清月满楼。银烛树前长似昼，露桃花里不知秋。西园公子名无忌，南国佳人号莫愁。今日乱离俱是梦，夕阳唯见水东流。”

④ (明)胡应麟：《诗薮》内编卷4，上海古籍出版社1958年版，第65页。

亦引起笔者极大的兴趣。基于以上几点而推论，对左思《咏诗》八首中的用典技术作详细分析与研究，具有较大的意义与价值。

第二节　左思《咏史》八首用典梳理

左思《咏史》八首是中国文学史上的名作，学者所作各类诗选、赏析著作中常见收录，尽管如此，其中用典的注析并非已经充分而完备，此类材料对于研究者来说，仍有不少缺憾。这或许因为前代学者往往受咏史诗的概念牵引，着重讨论其中所咏叹(明引)的历史人事以及左思的议论、抒情等，而常常忽略左思以暗引和引语的方式，引入的前代人事、典籍所造成的文本互文性关系与意义蕴藉。因此，笔者认为，对《咏史》八首的用典现状做一个全面的梳理，不仅是本研究展开的重要基础工作，对当代左思研究的深入也不无裨益。

以下结合全诗内容，将八首用典情形阐明，顺带对用典与诗体结构关系略加分析。

其一

弱冠弄柔翰，卓荦观群书。
著论准过秦，作赋拟子虚。
边城苦鸣镝，羽檄飞京都。
虽非甲胄士，畴昔览穰苴。
长啸激清风，志若无东吴。
铅刀贵一割，梦想骋良图。
左眄澄江湘，右盼定羌胡。
功成不受爵，长揖归田庐。

第一首诗，左思回忆了自己青年时期的学习生活与各项才能，显露了自己治国安邦、功成身退的人生抱负。

第三、第四句，用了两个典故。贾谊《过秦论》总结秦王朝迅速崩解的历史经验，属思想性论文。司马相如《子虚赋》是其赋作的代表作，是优秀的文学作品。两个典故各有侧重，恰好构成对比性用典，完整地表现了左思的人生理想：既有治理朝政的才能，又有雕龙刻凤的文笔。第八句引“穰苴”典故，《史记·司马穰苴列传》载，司马穰苴是春秋时齐国著名将军，善兵法，后人整理成《司马穰苴兵法》①。“览穰苴”代指研习兵法。这处用典，在表现左思才能上更进一步，“过秦”、“子虚”两典还停留在文学才能与学术才能的文士层面上，“穰苴”则进入军事才能的层级。第十一句“铅刀一割”典故来自班超，他上汉章帝疏中说：“况臣奉大汉之威，而无铅刀一割之用呼？”②据说铅材质的刀性钝，割物一次后就不能再用。左思引铅刀一割，作为自己才能的谦称，表达了自己为国效力，平定天下的强烈愿望③。

随后所引“长揖”典，出自郦食其见刘邦故事。《史记·郦生陆贾列传》载，儒生郦食其拜见刘邦，“郦生入，则长揖不拜”④，未用最尊敬的礼仪跪拜，刘邦恼怒，骂为“竖儒”，但当郦食其将军识破秦的计策呈上后，刘邦顿时转怒为喜，延为上宾。“长揖”一词暗含着士人对自己独立人格与高超才能的自信。“归田庐”，字面义为还归田园农舍，两汉常用“归田”代指官员辞官还乡，而此处的归田并非此意。前句言“功成不受爵”，既然未曾接受官职、爵位，当然也不会辞官。东汉张衡六十岁上书告老还乡，并作《归田赋》，《文选》注曰：“《归田赋》者，张衡仕不得志，欲归于田，因作此赋。凡在曰朝，不曰归田。”⑤赋中写田园生活与隐逸心境，这部作品是汉大赋向魏晋抒情小赋的转折之作，影响极大。“归田

① 参见(汉)司马迁撰，(宋)裴骃集解，(唐)司马贞索隐，(唐)张守节正义：《史记》卷64，中华书局1959年版，第2157~2160页。

② (南朝宋)范晔：《后汉书》卷47，中华书局1956年版，第1575页。

③ 司马炎的伐吴之战是左思年轻时发生的重要战争，“志若无东吴”当是晋灭吴之前左思愿为伐吴效力的壮志。

④ (汉)司马迁撰，(宋)裴骃集解，(唐)司马贞索隐，(唐)张守节正义：《史记》卷97，中华书局1959年版，第2692页。

⑤ (南朝梁)萧统编，(唐)李善注：《文选》卷15，上海古籍出版社1986年版，第692页。

庐”是引张衡《归田赋》之义①，传达不图富贵、隐逸田园之意，表现了道德人格的高尚。

其二

郁郁涧底松，离离山上苗。
以彼径寸茎，荫此百尺条。
世胄蹑高位，英俊沉下僚。
地势使之然，由来非一朝。
金张借旧业，七叶珥汉貂。
冯公岂不伟，白首不见招。

第二首诗，从自然到人事，全部以对比的结构展开全诗的铺排与布置。

枝繁叶密的大松树，生长于山涧，幼嫩柔弱的小草，生长于山顶，大树被小草所荫蔽。前两句展示的两个悖于自然规律的颠倒物象，形成了很大的反差，显然这是左思的一个对比式比喻②。第五、第六句写门阀士族无论贤愚，都能占据政府中的高级别职位，而庶族中的优秀人才却只能屈居低级贫贱的工作。山上草与涧底松，士族飞黄腾达与庶族仕途窘迫，两组物象间的相似性，构成一对类比或暗喻，前组是喻体，后组是本体。“由来非一朝”，说这种现象的存在不是一天两天的事，“地势”句总领前句，此句勾连下句的用典，将个人遭际引发的生命感叹，向更广阔的时间与空间拓展。

诗中引了“金”、“张”、“冯唐”三个典故。“金”指金日磾家族。《汉书·霍光金日磾传》：“金日磾夷狄亡国，羁虏汉庭，而以笃敬寤主，忠信自著，勒功上将，传国后嗣，世名忠孝，七世内

① 左思《三都赋序》中提及的前代赋家只有司马相如、班固、扬雄、张衡四家，可见他对四人作品的重视与熟悉。

② 这首诗前部的对比性意象结构与孔融的《岩岩钟山首》类似，下文有分析。

侍，何其盛也！”①金日磾本为匈奴休屠王太子，被汉朝俘获，后为汉武帝重用，子孙七世都是皇帝亲信高官。“张”指张安世家族。《汉书·张汤传》等载，张汤为汉武帝器重，死后其子张安世仍被重用，父子七代都曾担任内侍等高官②。冯公指冯唐，有才能，但直到年老时才被汉文帝赏识重用，《史记·张释之冯唐列传》载，文帝初见其两鬓斑白，惊问：“父老何自为郎？”③这是问他为何这么大年纪还当中郎署长。金日磾家族、张汤家族的世代高官是罕见的历史现象，左思以金张两族的著名史事，代指当时的门阀士族垄断高官厚禄的社会现象，而与之形成鲜明对比的是像冯唐这样的有才之士，到老才因遇见明主，略有施展才能的机会，而更多的人才可能连冯唐的运气也没有，终生被阻于朝门之外。金、张与冯唐的对比性用典，服从于左思的对丑陋政治制度的象征。

其三

吾希段干木，偃息藩魏君。
吾慕鲁仲连，谈笑却秦军。
当世贵不羁，遭难能解纷。
功成耻受赏，高节卓不群。
临组不肯绁，对圭宁肯分。
连玺耀前庭，比之犹浮云。

第三首诗中明用段干木与鲁仲连两个事典，同时又暗用苏秦

① （汉）班固撰，（唐）颜师古注：《汉书》卷68，中华书局1962年版，第2967页。

② “自昭帝封安世，至吉，传国八世，经历篡乱，二百年间未尝谴黜，封者莫与为比。”（南朝宋）范晔：《后汉书》卷35，中华书局1965年版，第1200页。“安世子孙相继，自宣、元以来为侍中、中常侍、诸曹散骑、列校尉者凡十余人。功臣之世，唯有金氏、张氏，亲近宠贵，比于外戚。”（汉）班固撰，（唐）颜师古注：《汉书》卷59，中华书局1962年版，第2657页。

③ （汉）司马迁撰，（宋）裴骃集解，（唐）司马贞索隐，（唐）张守节正义：《史记》卷102，中华书局1959年版，第2757页。

典，并引孔子语典。

段干木为战国时魏国人，曾师承孔子弟子子夏，学习儒家之道①。魏文侯曾先后以子夏、段干木为师，因此很敬重段干木。《史记·魏世家》载："文侯受子夏经艺，客段干木，过其闾未尝不轼也。秦尝欲伐魏，或曰：'魏君贤人是礼，国人称仁，上下和合，未可图也。'文侯由此得誉于诸侯。"②魏文侯每次路过段干木的住宅，都要伏轼表示尊敬，并因此而获得尊重贤才的美名。魏文侯对人才的尊敬也带来了丰厚回报，曾计划攻打魏国的秦国，听说魏文侯礼敬贤士，国家上下团结一心，无隙可乘，就放弃了这个打算。

鲁仲连事迹见《史记·鲁仲连邹阳列传》③。鲁仲连为战国时齐国人，赵孝成王时，秦国攻打赵国，派将军白起围邯郸。魏安釐王使将军晋鄙救赵，却畏于秦威，止步不前。当时正好身在赵国的鲁仲连拜见赵平原君，并与魏国密使新垣衍辩论，最终说服新垣衍联赵抗秦，迫使秦国退兵，挽救了赵国的危局。

左思引这两个事典，首先，是呼应第一首"虽非甲胄士，畴昔览穰苴"，"铅刀贵一割，梦想骋良图"四句，表达自己对段干木、鲁仲连政治军事才能的崇拜，及对事功、军功的企慕。其次，是呼应第一首"功成不受爵，长揖归田庐"两句。这两句申明了左思的道德追求：为国效力，维护国家安全与和平，目的并不是追求个人的功名利禄，而是为了践行儒家的仁义之道的社会理想。段干木、鲁仲连都有不慕名禄的高节。《孟子·滕文公下》载："孟子曰：

① 《史记·儒林列传》："如田子方、段干木、吴起、禽滑釐之属，皆受业于子夏之伦，为王者师。"(汉)司马迁撰，(宋)裴骃集解，(唐)司马贞索隐，(唐)张守节正义：《史记》卷121，中华书局1959年版，第3116页。

② (汉)司马迁撰，(宋)裴骃集解，(唐)司马贞索隐，(唐)张守节正义：《史记》卷44，中华书局1959年版，第1839页。

③ 参见(汉)司马迁撰，(宋)裴骃集解，(唐)司马贞索隐，(唐)张守节正义：《史记》卷83，中华书局1959年版，第2459~2469页。

‘古者不为臣不见。段干木逾垣而避之……’”①段干木不愿被权势所役使，魏文侯前来拜访，他竟然跳墙而走，避而不见。因此，他得到魏文侯特殊的尊敬。与此鲜明对照的，是魏文侯对另一位高级人才的怠慢态度。《吕氏春秋》载：“魏文侯见段干木，立倦而不敢息。反见翟黄，踞于堂而与之言。翟黄不悦。文侯曰：‘段干木，官之则不肯，禄之则不受。今汝欲官则相至，欲禄则上卿至，既受吾实，又责吾礼，无乃难乎？’”②魏文侯得到段干木的相见时，丝毫不敢懈怠，即使站累了也不敢休息。同时，魏文侯见魏国贤士翟璜时，却是蹲坐于堂上与之交谈。翟璜不高兴，认为魏文侯厚彼而薄此。魏文侯就说出了自己的理由，段干木既不肯出仕做大官，对于他的封赏也一律谢绝，而翟璜于高官厚禄的要求都得到满足，因此就不能得到国君礼节上的高度尊敬。鲁仲连解救赵国危难后，平原君想封赏鲁仲连，鲁仲连辞谢后说：“所谓贵于天下之士者，为人排患释难解纷乱而无取也。即有取者，是商贾之事也，而连不忍为也。”③左思赞赏段干木、鲁仲连对物质利益的轻视，更崇尚他们拒绝臣服于君权之下，在政治权力之前保持人格独立的潇洒气节。

“连玺耀前庭，比之犹浮云”，先暗用苏秦典，以其热衷名利对比段、鲁的高节，后引孔子语加以渲染。玺在先秦指公私印章，秦代以后专指帝王、皇后的印章。“连玺”指成串的印章，身佩连玺应该指先秦时期身兼数职的大官。苏秦曾游说秦国武力霸取天下，却不被秦惠王所用，于是反向说服齐、楚、燕、韩、赵、魏六国合纵，联合对抗强秦的侵略，“于是六国从合而并力焉。苏秦为从约长，并相六国”④，苏秦佩六国相印的传说也流传开来。连玺

① （汉）赵岐注，（宋）孙奭疏：《孟子注疏》卷6，北京大学出版社1999年版，第174页。

② （汉）高诱注：《吕氏春秋》卷15，上海书店出版社1986年版，第167页。

③ （汉）司马迁撰，（宋）裴骃集解，（唐）司马贞索隐，（唐）张守节正义：《史记》卷83，中华书局1959年版，第2465页。

④ （汉）司马迁撰，（宋）裴骃集解，（唐）司马贞索隐，（唐）张守节正义：《史记》卷69，中华书局1959年版，第2261页。

应是暗指苏秦佩六国相印，以代指士人所达到的权力顶峰状态。“比之犹浮云”化用自孔子“不义而富且贵，于我如浮云”①，与“连玺耀前庭”句联用，写苏秦之属的富贵荣华终究只是暂时的现象，将如同浮云般很快逝去。两处用典都是对名利追求的否定。

其四

济济京城内，赫赫王侯居。
冠盖荫四术，朱轮竟长衢。
朝集金张馆，暮宿许史庐。
南邻击钟磬，北里吹笙竽。
寂寂扬子宅，门无卿相舆。
寥寥空宇中，所讲在玄虚。
言论准宣尼，辞赋拟相如。
悠悠百世后，英名擅八区。

余冠英评：“本篇歌颂扬雄穷居著书的生活，而以当时王侯贵族的豪华生活相比照。上半写豪华者，下半写扬雄。”②这首诗上下两半段，各写王侯贵族的豪华生活与学者扬雄的孤寂处境，写出反差极大的两个场景，其中的用典也遵循对比性结构。

诗中前四句写贵族宅邸的华丽，车驾往来的喧闹，第五、第六句引“金”、“张”、“许”、“史”四大家族典故，融入这一场景。“金”、“张”，指金日磾与张安世家族，见前引，此处代指士族大家。“许”指许广汉，汉宣帝许皇后父亲，汉宣帝封其为平恩侯，封许广汉二弟为博望侯，三弟许延寿为乐成侯，家族显赫。“史”指史高，汉宣帝祖母名史良娣，汉宣帝自小被史良娣之兄史恭抚养。汉宣帝即位后，史恭已死，即封史恭三子：长子史高为乐陵

① （三国魏）何晏注，（宋）刑昺疏：《论语注疏》卷7，北京大学出版社1999年版，第91页。

② 余冠英选注：《汉魏六朝诗选》，人民文学出版社1978年版，第158~159页。

侯，次子史曾为将陵侯，三子史玄为平台侯，史高之子史丹为武阳侯，满门富贵。“金”、“张”是世袭贵族，“许”、“史”是外戚大家，都是炙手可热的政治豪族。左思引此四个家族之名，指代当时盘踞朝野的皇亲国戚、士族与势族。

这首诗下半段，笔锋陡然一变，气氛由“济济”、“赫赫”转为“寂寂”、“寥寥”，引扬雄事迹编织寒士独居的场景。《汉书·扬雄传》载：

> 雄少而好学，不为章句，训诂通而已，博览无所不见。为人简易佚荡，口吃不能剧谈，默而好深湛之思，清静亡为，少耆欲，不汲汲于富贵，不戚戚于贫贱，不修廉隅以徼名当世。家产不过十金，乏无儋石之储，晏如也。自有大度，非圣哲之书不好也；非其意，虽富贵不事也。顾常好辞赋。①
>
> 家素贫，耆酒，人希至其门。②

扬雄不热衷于富贵名利，爱读圣贤之书，遵从儒家之道，修学至四十岁方游历京师，委身于低微官职，一生未曾显赫。扬雄既不巴结权贵以博声名，也未曾握有权势引人依附，对政治黑暗亦有批评，因此才有“门无卿相舆”、“寥寥空宇中”，门前冷落车马稀的境况。“所讲在玄虚”是说扬雄为承续儒家仁义之道，仿《周易》著《太玄》。“言论准宣尼”指扬雄仿《论语》作《法言》，以儒家之道批判诸子思想与谶纬神学。

“辞赋拟相如”与“作赋拟子虚”字面意义大致相同，后者是左思对司马相如文学成就的推重，前者指扬雄师从司马相如的汉赋理论与创作。司马相如的汉赋创作常寄托政治讽谏的意思，其《大人赋》有批评汉武帝迷信神仙妄求长生的寓意，但华丽的辞藻遮蔽了

---

① （汉）班固撰，（唐）颜师古注：《汉书》卷 87，中华书局 1962 年版，第 3514 页。

② （汉）班固撰，（唐）颜师古注：《汉书》卷 87，中华书局 1962 年版，第 3585 页。

寄托之意，汉武帝看后，“天子大悦，飘飘有凌云之气似游天地之闲意”①，未能达到预期的效果。扬雄评价这个事例说：“由是言之，赋劝而不止，明矣。”②扬雄早年崇拜司马相如，以《甘泉赋》、《羽猎赋》闻名于世，但当他发现赋这种文体并不能起到政治批判的功能，“非法度所存，贤人君子诗赋之正也”，加上统治者眼中汉赋作者的身份地位低下，“又颇似俳优淳于髡、优孟之徒，非法度所存，贤人君子诗赋之正也，于是辍不复为”③。扬雄晚年不再创作汉赋，说写赋是“童子雕虫篆刻”、“壮夫不为也”④，并提出“诗人之赋丽以则，辞人之赋丽以淫”⑤的观点。

左思继承了扬雄的赋论，其《三都赋序》曰：“盖诗有六义焉，其二曰赋。扬雄曰：‘诗人之赋丽以则。’班固曰：‘赋者，古诗之流也。’先王采焉，以观土风”⑥。“丽以则”是文辞华丽却有原则、法度，并有儒家政治讽谏的寄托，“丽以淫”是文辞华丽而过分。“诗人”与“辞人”实际是以是否依从儒家正统思想而言，扬雄之赋论流淌着极强的儒家正统文论血脉，左思对之颇为认同，其《三都赋序》甚至进而指摘司马相如、扬雄、班固、张衡等人赋作“假称珍怪”、“虚而无徵”，自夸《三都赋》“归诸诂训”，处处符合历史地理事实，即是“诗人之赋丽以则”思想在他作品中的显现。这两处用典，将司马相如、扬雄、左思的文学创作实践与文学思想串连成线，也为左思自况儒家文学正统的用意。

“悠悠百世后，英名擅八区”，化用自扬雄《长杨赋》中的“英华

---

① （汉）司马迁撰，（宋）裴骃集解，（唐）司马贞索隐，（唐）张守节正义：《史记》卷 87，中华书局 1959 年版，第 3063 页。

② （汉）班固撰，（唐）颜师古注：《汉书》卷 87，中华书局 1962 年版，第 3575 页。

③ （汉）班固撰，（唐）颜师古注：《汉书》卷 87，中华书局 1962 年版，第 3575 页。

④ 汪荣宝：《法言义疏》卷 3，中华书局 1987 年版，第 45 页。

⑤ 汪荣宝：《法言义疏》卷 3，中华书局 1987 年版，第 49 页。

⑥ （南朝梁）萧统编，（唐）李善注：《文选》卷 4，上海古籍出版社 1986 年版，第 173 页。

沈浮，洋溢八区，普天所覆，莫不沾濡”①，呼应第三首“比之犹浮云”，赞一时之富贵终究会如浮云散去，而扬雄之类正直学者的精神价值与文化贡献将百世流传。

其五

皓天舒白日，灵景耀神州。
列宅紫宫里，飞宇若云浮。
峨峨高门内，蔼蔼皆王侯。
自非攀龙客，何为欻来游。
被褐出阊阖，高步追许由。
振衣千仞冈，濯足万里流。

这首诗实际是第一首“功成不受爵，长揖归田庐”的展开。本篇也使用对比结构，余冠英评：“本篇和第一篇相似，完全是咏怀诗体。前半写皇都壮丽，侯门深邃。后半写自己志在隐居高蹈，和那些攀龙附凤者不同，要走出繁华的京师，投向雄伟广阔的天地。”②前半部写左思所见所闻的现实政治场景，后半部集中用典，引历史人物事迹阐发隐逸情趣，即从属于攀附权势求取富贵的游士，与躬耕隐居不慕富贵之隐士的对比。

“攀龙客”出自扬雄《法言·渊骞》：“或曰：‘渊、骞曷不寝？’曰：‘攀龙鳞，附凤翼，巽以扬之，勃勃乎其不可及也。’”③有人问，为何颜渊、闵子骞的声名不曾隐没无闻？扬雄答道，他们以孔子为师，就像攀附龙鳞，依附凤翼，乘着大风，故而声名勃勃直上。左思所用“攀龙客”，转化扬雄原典的褒义为贬义，用来指攀附权势、交游权贵以求取富贵之人，“欻来游”就是他们种种官场

① （南朝梁）萧统编，（唐）李善注：《文选》卷9，上海古籍出版社1986年版，第409页。

② 余冠英选注：《汉魏六朝诗选》，人民文学出版社1978年版，第159~160页。

③ 汪荣宝撰：《法言义疏》卷3，中华书局1987年版，第417页。

社交行为的概称。“欻”，迅疾义。“欻来游”当指急切的访游，源于《楚辞·卜居》：“宁诛锄草茅以力耕乎，将游大人以成名乎？”①“游大人”，即为求功名富贵而交游依附权贵。屈原之问②，所使用结构都是褒贬分明的对比结构，本诗所引这句以隐居田园与交游权贵作对比，左思这首诗结构与此类似。

左思引用“被褐”、“出阊阖”、“许由”、“振衣”、“濯足”五个典故，表露自己的独善其身、淡泊名利的心迹。“被褐”是“被褐而怀玉”的简称，“被褐”暗指布衣身份，“怀玉”隐喻富有才华，两者合用才是这一典故的完整意义。典故出自《老子》：“知我者希，则我者贵。是以圣人被褐怀玉。”③原文说，理解我的人是很少的，效法我的人更可贵，圣人穿着粗布的衣服，怀里却藏着宝贵的美玉。《孔子家语》也有：“子路问于孔子曰：‘有人于此，被褐而怀玉，何如？’孔子曰：‘国无道，隐之可也；国有道，则衮冕而执玉。’”④被褐怀玉有贤人归隐的意义。“出阊阖”化用张衡《思玄赋》：“出阊阖兮降天涂，乘焱忽兮驰虚无。”⑤《思玄赋》写的是张衡的心态转向，作者决心远离混乱的政治，转向个人道德情操的持养与学术典籍的研究。“阊阖”原指天门而代指宫廷，“出阊阖”即走出宫廷远离政治，驰向精神独立自由之境。“被褐出阊阖”有远离政治，修养个人高洁的情操之意。“许由”是传说中的古代贤人，据说尧要把天下让于他，他拒不接受并逃走隐居。“高步追许由”，

---

① （宋）洪兴祖：《楚辞补注》卷6，中华书局1983年版，第177页。

② 《卜居》在汉魏时代多认为是屈原所作，此文以屈原事迹背景，写屈原被放逐之后向太卜郑詹尹问卜。屈原向郑詹尹连续发问，在苟且偷生、随波逐流、依附权贵与人格独立、直言进谏、困于贫穷之间如何选择，在屈原的人生中，他实际上是选择了后者，而屈原在文中的问题，实际上就是对奸佞邪行的控诉。

③ 朱谦之：《老子校释》70章，中华书局1984年版，第281页。

④ 陈士珂辑：《孔子家语疏证》卷2，上海书店出版社1987年版，第60页。

⑤ （南朝梁）萧统编，（唐）李善注：《文选》卷15，上海古籍出版社1986年版，第675~676页。

说自己也要效仿许由，远离政治而隐居田园。“振衣”典出《楚辞·渔父》：“新浴者必振衣。”王逸注：“去尘秽也。”①“振衣”原指拍打衣服去灰尘，《渔父》这里引申为修养道德的意义，“濯足”典出《孟子·离娄上》所载孺子歌：“沧浪之水清兮，可以濯我缨；沧浪之水浊兮，可以濯我足。”②《渔父》也曾引用这句诗，受《楚辞》影响，后世诗作多沿用“振衣”、“濯足”的道德象征涵义。王粲《七释》即有“濯身乎沧浪，振衣乎高岳”③，“振衣千仞冈，濯足万里流”两句，继承楚辞传统，借鉴了《七释》的语言形式，取荡涤污秽、清洁精神、保持高节的道德象征义。

其六

荆轲饮燕市，酒酣气益震。
哀歌和渐离，谓若傍无人。
虽无壮士节，与世亦殊伦。
高眄邈四海，豪右何足陈。
贵者虽自贵，视之若埃尘。
贱者虽自贱，重之若千钧。

余冠英评：“本篇歌颂荆轲，以市井中的豪侠之士和那些朱门中的王侯相比较。作者认为荆轲虽不是理想中的壮士(像鲁仲连那样)，但比起那些只知食禄的贵人，却如千钧和尘埃之差。”④本诗也是以对比结构安排意象、场景、典故的。

从咏史的角度说，此诗只歌咏了荆轲一人事迹，若从用典视角看，诗中则引用两个典故。

---

① (汉)洪兴祖：《楚辞补注》卷6，中华书局1983年版，第180页。

② (汉)赵岐注，(汉)孙奭：《孟子注疏》卷7，北京大学出版社1999年版，第196页。

③ (南朝梁)萧统编，(唐)李善注：《文选》卷221，上海古籍出版社1986年版，第990页。

④ 余冠英选注：《汉魏六朝诗选》，人民文学出版社1978年版，第160页。

其一，引荆轲故事，荆轲为战国时著名豪侠之士，《史记·刺客列传》载："荆轲嗜酒，日与狗屠及高渐离饮于燕市。酒酣以往，高渐离击筑，荆轲和而歌于市中，相乐也。已而相泣，旁若无人者。"①诗中前四句即从《史记》原文化出。"虽无壮士节"，指荆轲刺秦王嬴政未能成功，"与世亦殊伦"认为即便如此荆轲也是卓立世间的精英之才。左思气势豪迈地推崇荆轲这样一个失败的英雄，是为与尸位素餐的豪右大族之士作比较。

其二，引《楚辞·卜居》语。《楚辞·卜居》屈原对比结构之问，其中有几句说："世溷浊而不清，蝉翼为重，千钧为轻；黄钟毁弃，瓦釜雷鸣；谗人高张，贤士无名。吁嗟默默兮，谁知吾之廉贞。"②诗人以蝉翼、千钧、黄钟、瓦釜，轻重、贵贱的所处地位悖于常理的非正常对转，控诉贤人放逐、小人当道这样颠倒黑白的现实。这首诗后四句就是引用其语意，以埃尘置换蝉翼，意象更加污秽。蝉翼、埃尘本为轻贱之物，千钧本为极重之物，两者构成一对比喻，权贵者虽当时巧取高位，自以为位高势尊，而贤人如屈原者虽当时放逐乡野，被认为是贫贱不达，但是历史终归会给他们真实的评价，使埃尘、千钧回归本来面目。

其七

主父宦不达，骨肉还相薄。
买臣困樵采，伉俪不安宅。
陈平无产业，归来翳负郭。
长卿还成都，壁立何寥廓。
四贤岂不伟，遗烈光篇籍。
当其未遇时，忧在填沟壑。
英雄有迍邅，由来自古昔。
何世无奇才，遗之在草泽。

① （汉）司马迁撰，（宋）裴骃集解，（唐）司马贞索隐，（唐）张守节正义：《史记》卷86，中华书局1959年版，第2528页。

② （宋）洪兴祖：《楚辞补注》卷6，中华书局1983年版，第178页。

本诗引了主父偃、朱买臣、陈平、司马相如四人故事。

“主父宦不达，骨肉还相薄”，引西汉主父偃故事。《史记·平津侯主父列传》载，主父偃为齐国临淄人，学纵横术，在齐地被众儒生排挤，游学四十余年籍籍无名不被重用，“家贫，假贷无所得”①。后来，他受汉武帝宠信，被任命为齐国相，“至齐，遍召昆弟宾客，散五百金予之，数之曰：‘始吾贫时，昆弟不我衣食，宾客不我内门；今吾相齐，诸君迎我或千里。吾与诸君绝矣，毋复入偃之门。’”②出于记恨亲朋好友在他贫贱时对他的嫌弃，后来虽然亲人极度热情，甚至有人迎接于千里之外，但是，主父偃还是以五百金断绝了与亲人们的关系，作为对他们早年行为的报复与惩罚。“骨肉还相薄”即是指“亲不以为子，昆弟不收，宾客弃我”③，他被父母兄弟冷落轻蔑的往事。

“买臣困樵采，伉俪不安宅”，引西汉朱买臣故事。朱买臣为会稽人④，因家贫而又爱读诗书，妻子弃他而去，夫妻离异。后来，汉武帝任命他为会稽太守。朱买臣只身走进会稽府衙，故意露出怀里的太守印绶给官吏们看，起初轻视朱买臣的人看到印绶后，纷纷骇然。朱买臣就任后，又把前妻与其丈夫接入府衙生活，一月后其妻羞愧自杀。

“陈平无产业，归来翳负郭”，引西汉陈平故事。陈平是辅佐汉高祖刘邦争霸天下的开国功臣，但他年轻时家贫，“家乃负郭穷

---

① （汉）司马迁撰，（宋）裴骃集解，（唐）司马贞索隐，（唐）张守节正义：《史记》卷112，中华书局1959年版，第2953页。

② （汉）司马迁撰，（宋）裴骃集解，（唐）司马贞索隐，（唐）张守节正义：《史记》卷112，中华书局1959年版，第2962页。

③ （汉）班固撰，（唐）颜师古注：《汉书》卷64，中华书局1962年版，第2803页。

④ 《汉书·朱买臣传》载：“家贫，好读书，不治产业，常艾薪樵，卖以给食，担束薪，行且诵书。其妻亦负戴相随，数止买臣毋歌呕道中。买臣愈益疾歌，妻羞之，求去。买臣笑曰：‘我年五十当贵，今已四十余矣。女苦日久，待我富贵报女功。’妻恚怒曰：‘如公等，终饿死沟中耳，何能富贵？’买臣不能留，即听去。”（汉）班固撰，（唐）颜师古注：《汉书》卷64，中华书局1962年版，第2791页。

巷，以弊席为门"①，住在背靠城郭的穷巷破房，以破席子为门。"长卿还成都，壁立何寥廓"，引司马相如故事。司马相如与卓文君私奔回家后，所见"家居徒四壁立"②，生活甚为穷困。

"四贤"两句说，四人最后都做出一番事业，功成名就，名列史册之上。史载，主父偃被汉武帝重用，一年中四次升迁，大权在握，众人畏惧。朱买臣后贵为会稽太守、丞相长史。陈平辅佐刘邦统一天下，后被委任为丞相。司马相如之《子虚赋》、《上林赋》是汉赋的经典作品，闻名遐迩。"当其"二句③，说四人未能发达之时，都面临饥寒交迫的窘境。这部分用典，暗含寒士最初不得志与后来飞黄腾达两种生存状态的对比。

"英雄有迍邅"二句，"迍邅"化用《周易》语，这两个字语义含量极其丰富，颇为耐人寻味。"屯"为仅次于《周易》"乾"、"坤"之后的第三卦，象征万物的初生状态，位置非常重要。《周易·屯》有"六二，屯如、邅如，乘马班如"，孔颖达疏："屯是屯难，邅是邅回。"④屯，"难也。象草木之出生也，屯然而难，从中贯一屈曲之也"⑤。屯字像植物种子刚长出来的形状，一横为地平面，弯钩上为草芽，下为草根，以屯命名象征事物初生。屯卦位列乾、坤两卦之后，象征乾坤刚开始交融产生新生事物，为艰难之象。"迍邅"同"屯邅"⑥，即"屯如、邅如"二字合称，含艰难之意。这一卦，卦辞与爻辞为：

① （汉）司马迁撰，（宋）裴骃集解，（唐）司马贞索隐，（唐）张守节正义：《史记》卷56，中华书局1959年版，第2052页。

② （汉）司马迁撰，（宋）裴骃集解，（唐）司马贞索隐，（唐）张守节正义：《史记》卷117，中华书局1959年版，第3000页。

③ "填沟壑"化用朱买臣妻《汉书·朱买臣传》"终饿死沟中耳"句。

④ （三国魏）王弼注，（唐）孔颖达疏：《周易正义》卷1，北京大学出版社1999年版，第35页。

⑤ （汉）许慎撰，（清）段玉裁注：《说文解字注》，上海古籍出版社1981年版，第21页。

⑥ 《王力古汉语字典》说："按，《说文》无迍字，原本作屯。"王力主编：《王力古汉语字典》，中华书局2000年版，第1422页。

屯：元、亨、利、贞。勿用有攸往，利建侯。

《彖》曰：屯，刚柔始交而难生。动乎险中，大亨贞。雷雨之动满盈。天造草昧，宜建侯而不宁。

《象》曰：云雷屯。君子以经纶。

初九：磐桓，利居贞。利建侯。《象》曰：虽“磐桓”，志行正也。以贵下贱，大得民也。

六二：屯如邅如，乘马班如。匪寇婚媾。女子贞不字，十年乃字。《象》曰：六二之难，乘刚也。十年乃字，反常也。

六三：即鹿无虞，惟入于林中，君子幾，不如舍。往吝。《象》曰：“即鹿无虞”，以从禽也。君子舍之，“往吝”穷也。

六四：乘马班如，求婚媾。往吉，无不利。《象》曰：求而往，明也。

九五：屯其膏。小贞吉，大贞凶。《象》曰：“屯其膏”，施位光也。

上六：乘马班如，泣血涟如。《象》曰：“泣血涟如”，何可长也？①

卦辞中说，“利建侯”，有利于诸侯建功立业及君子施展安邦治世之才，但前途多坎坷，要“勿用有攸往”，要谨慎行事，勿冒险伤身。爻辞中，初九的“磐桓”为徘徊不进，六二的“屯如邅如，乘马班如”为行路艰难。六三写君子打猎，鹿逃入林中，这时如果无充分准备，不了解山林地形，君子观察“幾”②而做出选择，不如舍

---

① （三国魏）王弼注，（唐）孔颖达疏：《周易正义》卷1，北京大学出版社1999年版，第33~37页。

② 幾指事情的苗头或预兆。《周易·系辞下》有：“子曰：知幾其神乎，君子上交不馅，下交不渎，其知幾乎？幾者，动之先见者也。君子见几而作，不俟终日。”（三国魏）王弼注，（唐）孔颖达疏：《周易正义》卷8，北京大学出版社1999年版，第308~309页。明智君子能从事物的先兆判断事件的走向与性质，自然可以趋吉避凶。

弃，而不应贸然涉险①。六四写车驾虽不通畅，但求婚仍能成功。九五写囤积油膏，比喻君子培养积蓄力量，小事则吉而大事则凶。上六则又是凶险之象，车驾不通，痛哭泣血。王弼曰："处艰难之极，而下无应援，进无适所，虽比于五，五屯其膏，不与相得，居不获安，行无所适，穷困闉厄，无所委仰，故泣血涟如。"②此卦卦爻辞中，君子前行之路反复曲折，极为艰难，因此需要逐渐积累力量，并谨慎行事。③

左思引"迍邅"并不是简单代指仕途艰难的意思，而是同时引入爻辞"君子幾，不如舍"、"屯其膏"语意，蕴含在仕途中时刻自警要谨言慎行以免涉险杀身，以及独善其身、修养学问的自我意识。前引主父偃、朱买臣二人，虽曾位列汉武帝心腹近臣之列，权倾一时，且衣锦还乡颇为风光，但最后都因政治斗争被武帝所杀。主父偃专横跋扈，大臣因恐惧争相贿赂，他到齐国为相后，逼迫齐王自杀，因此被武帝族诛。朱买臣曾位列九卿，因愤恨酷吏张汤欺压，与另外两个长史一起诬陷张汤有罪，张汤自杀，而武帝查知真相后，诛杀朱买臣等三长史。主父偃、朱买臣二人都不得好死。陈平富有智慧，能相机而动有进有退，屡次化解凶险，汉武帝、吕后、汉文帝三人都曾重用他，得以善终。司马相如除了有卓越的文学才能，也有平定西南的政治事迹，但他在写赋时常有劝谏的文辞，不喜欢攀附权贵，"其进仕宦，未尝肯与公卿国家之事，称病

① 王弼注曰："虽见其禽而无其虞，徒入于林中，其可获乎？幾，辞也。夫君子之动，岂取恨辱哉！故不如舍。"（三国魏）王弼注，（唐）孔颖达疏：《周易正义》卷1，北京大学出版社1999年版，第36页。尚秉和云："即鹿者，言至山足而从禽也，即就也，虞备虞也。……言田猎而无备虞，焉能有禽？……几者事之先见者也。舍去也，言君子见机而去也。"尚秉和：《周易尚氏学》卷2，中州古籍出版社1994年版，第37页。

② （三国魏）王弼注，（唐）孔颖达疏：《周易正义》，北京大学出版社1999年版，第37页。

③ 屯，此处指积聚，膏油脂，屯其膏本意积聚油脂。王弼云："屯难其膏，非能光其施者也。"（三国魏）王弼注，（唐）孔颖达疏：《周易正义》卷1，北京大学出版社1999年版，第37页。君子此时力量弱小，难以恩泽大众，因此办小事尚可，办大事就无力难成，君子应该逐渐积累力量，韬光养晦。

间居，不慕官爵”①，最后也得以善终。四人都生于贫贱，也都曾位列天子近臣，但因个人人格修养及行事方式的差异，有了杀身与全命的天壤之别。

最后两句，以“草泽”语引原宪典故②。孔子死后，弟子原宪隐居穷乡僻壤，子贡做卫国相后，乘驷马大车前来相见，见原宪衣着破烂，为其感到羞耻。原宪则说，没钱是贫困，学习儒家之道不能施行是困窘，自己现在是穷困而不是困窘，子贡羞愧而去。左思引此典，说明江湖草野的下层社会里，德才兼备的人是有的，只是没被发现与重用。同时，勾连“迍邅”典故中的“屯其膏”，君子放弃高官厚禄而修行学问德行，既可以暂时避开凶险的政治争斗，获得个人的人身安全，又可以等待时机有所作为，并非是应该羞愧的事。

其八

习习笼中鸟，举翮触四隅。
落落穷巷士，抱影守空庐。
出门无通路，枳棘塞中涂。
计策弃不收，块若枯池鱼。
外望无寸禄，内顾无斗储。
亲戚还相蔑，朋友日夜疏。
苏秦北游说，李斯西上书。
俯仰生荣华，咄嗟复雕枯。
饮河期满腹，贵足不愿余。
巢林栖一枝，可为达士模。

---

① （汉）司马迁撰，（宋）裴骃集解，（唐）司马贞索隐，（唐）张守节正义：《史记》卷117，中华书局1959年版，第3053页。

② 《史记·仲尼弟子列传》：“孔子卒，原宪亡在草泽中。子贡相卫，而结驷连骑，排藜藿入穷阎，过谢原宪。宪摄敝衣冠见子贡。子贡耻之，曰：‘夫子岂病乎？’原宪曰：‘吾闻之，无财者谓之贫，学道而不能行者谓之病。若宪，贫也，非病也。’子贡惭，不怿而去，终身耻其言之过也。”（汉）司马迁撰，（宋）裴骃集解，（唐）司马贞索隐，（唐）张守节正义：《史记》卷67，中华书局1959年版，第2208页。

这首诗第一、第二句，用《庄子·养生主》“泽雉”典故：“泽雉十步一啄，百步一饮，不蕲畜乎樊中。神虽王，不善也。”①生长在草泽间的野鸡，行十步才找到一粒食，行百步才觅到一口水，生存十分艰难，但它并不希求被人圈养在笼子里丧失自由的生活。笼子里的野鸡表面看起来精神旺盛毛色鲜亮，却没有自由。左思所引“笼中鸟”浓缩“草泽间的野鸡”与“笼中的野鸡”两者，既如前者生活困苦又似后者没有自由。笼中鸟举翅欲飞却四处碰壁，结合“落落穷巷士，抱影守空庐”，是比喻士人窘困的人生处境，与第四首“寂寂扬子宅，门无卿相舆。寥寥空宇中，所讲在玄虚”四句，所写场景相似。

“出门”两句，化用传为孔子所作《丘陵歌》的“枳棘充路，陟之无缘”②二句，写实现志向抱负与仕途上升的艰难。

“计策弃不收”句化用东方朔《六言》“计策弃捐不收”③，说计策不被当权者见重。“块若枯池鱼”引《庄子·外物》涸辙鲋鱼典故④，写生活之困境。

“亲戚还相蔑，朋友日夜疏”与“骨肉还相薄”意同，同引朱买臣“家贫，假贷无所得”，“身不得遂，亲不以为子，昆弟不收，宾

---

① （清）郭庆藩：《庄子集释》卷1，中华书局1961年版，第126页。

② 此诗见于《孔丛子》，是否确为孔子所作，难以确定，全诗为：“登彼丘陵，峛崺其阪。仁道在迩，求之若远。遂迷不复，自婴屯蹇。喟然回虑，题彼泰山。郁确其高，梁甫回连。枳棘充路，陟之无缘。将伐无柯，患兹蔓延。惟以永叹，涕霣潺湲。”逯钦立辑校：《先秦汉魏晋南北朝诗》先秦诗卷2，中华书局1983年版，第26页。

③ （南朝梁）萧统，（唐）李善注：《文选》卷21，上海古籍出版社1986年版，第992页。

④ 原文：庄周家贫，故往贷粟于监河侯。监河侯曰：“诺，我将得邑金，将贷子三百金，可乎？”庄周忿然作色曰：“周昨来，有中道而呼者。周顾视车辙中，有鲋鱼焉。周问之曰：‘鲋鱼来！子何为者耶？’对曰：‘我，东海之波臣也。君岂有斗升之水而活我哉？’周曰：‘诺，我且南游吴越之王，激西江之水而迎子，可乎？’鲋鱼忿然作色曰：‘吾失我常与，我无所处。我得斗升之水然活耳。君乃言此，曾不如早索我于枯鱼之肆！’”（清）郭庆藩撰：《庄子集释》卷26，中华书局1961年版，第924页。

客弃我”①，写亲戚朋友的冷眼相待。

“苏秦北游说”引用苏秦传说。苏秦北说赵王：“赵王大悦，封为武安君。受相印，革车百乘，绵绣千纯，白璧百双，黄金万溢，以随其后，约从散横，以抑强秦。”②“李斯西上书”引用李斯故事，李斯西说秦国被重用，位列丞相。“苏秦”两句意义勾连“亲戚”两句，自古寒士飞黄腾达的例子甚多，之所以引苏秦、李斯两人事迹，左思有两个目的：其一，是两人都曾被贫穷的生活羞辱，因此内心产生了极大而扭曲的名利欲望，其后努力奋斗，功成名就，而且两人留下了论富贵的著名评论；其二，两人虽都有飞黄腾达的辉煌，但晚年结局都很悲惨，死无全尸。

《战国策》载，苏秦学成后先西游说秦，却不被见用，钱财用尽，形容枯槁，铩羽而归。归家后，被亲人鄙视与羞辱，“归至家，妻不下纫，嫂不为炊，父母不与言。苏秦喟叹曰：‘妻不以我为夫，嫂不以我为叔，父母不以我为子，是皆秦之罪也。’”于是苏秦更加发奋读书，“读书欲睡，引锥自刺其股，血流至足”③。而后，苏秦游说六国抗秦成功被任命为纵约长。《史记》载：李斯“年少时，为郡小吏，见吏舍厕中鼠食不洁，近人犬，数惊恐之。斯入仓，观仓中鼠，食积粟，居大庑之下，不见人犬之忧。于是李斯乃叹曰：‘人之贤不肖譬如鼠矣，在所自处耳。’”④此后李斯辅佐秦王嬴政夺取天下，但晚年却因开罪赵高被腰斩于市并夷三族，苏秦也是被五马分尸的结局。“俯仰生荣华，咄嗟复雕枯”两句，即对二人生死富贵戏剧性转化的评价。

最后四句引《庄子·逍遥游》典：“尧让天下于其师许由……许

---

① （汉）班固撰，（唐）颜师古注：《汉书》卷6，中华书局1962年版，第2803页。

② 参见（汉）刘向集录：《战国策》卷3，上海古籍出版社1985年版，第85~87页。

③ （汉）刘向集录：《战国策》卷3，上海古籍出版社1985年版，第85页。

④ （汉）司马迁撰，（宋）裴骃集解，（唐）司马贞索隐，（唐）张守节正义：《史记》卷87，中华书局1959年版，第2539页。

由曰：'鷦鷯巢于深林，不过一枝；偃鼠饮河，不过满腹。'"①意为，偃鼠饮河水，喝饱即止，鷦鷯栖息林中，只需要一枝树枝安放巢穴即可，它们都不追求占有更多的物质，许由以此比喻自己对财富权力的轻视，拒绝尧的禅让。左思意图借两个典故传达这样的意义：动物的智慧可为旷达之士的楷模——人身有限，贵在知足，不应做欲望的奴隶，追求虚妄的名利。

作为《咏史》八首的最后一首，本诗带有总结性的意味，而所用典故的密度也达至顶峰。典故增多，却没有令人目迷五色，求其原因，对比仍然是第八首用典的重要结构。本首诗的用典布局，遵循的是仕与隐之心理架构。

诗中前半部写穷士的人生窘境，物质穷困、地位低下、才能难以施展、理想难以实行，与前几首互相呼应。寒士不同于一般穷人，他们受过教育，有学识有才能，因此对自我实现有着极高的期望，而亲戚朋友的鄙视与羞辱又极大地增加了他们出人头地的心理冲力。李斯学成后辞别老师荀子时曾说："故诟莫大于卑贱，而悲莫甚于穷困。久处卑贱之位、困苦之地，非世而恶利，自托于无为，此非士之情也。"②他认为，有识之士常处穷苦卑贱之位，是他们最大悲哀与屈辱。因此，出仕意味着上升之途，如能达至高位，其处境更是会有翻天覆地的变化。苏秦发达之后，家乡迎接他的却又是另一种景象：

> 将说楚王，路过洛阳，父母闻之，清宫除道，张乐设饮，郊迎三十里。妻侧目而视，倾耳而听；嫂蛇行匍伏，四拜自跪而谢。苏秦曰："嫂，何前倨而后卑也？"嫂曰："以季子之位尊而多金。"苏秦曰："嗟乎！贫穷则父母不子，富贵则亲戚畏

---

① （清）郭庆藩撰：《庄子集释》卷3，中华书局1961年版，第23~24页。

② （汉）司马迁撰，（宋）裴骃集解，（唐）司马贞索隐，（唐）张守节正义：《史记》卷87，中华书局1959年版，第2539~2340页。

惧。人生世上，势位富贵，盍可忽乎哉！”①

亲人对他态度冷热的前后反差如此之大，只不过是根据“势位富贵”的有无罢了。这虽是文学笔墨，却也符合人之常情。因此，出仕的冲动搅拌着穷士诸多的欲望与情结，显得极其炽烈。

诗中用《庄子》等语典及扬雄、苏秦、李斯事典，表露出左思出仕为官的雄心，在《咏史》第一首里，这种建功立业的渴望很强烈。但是，苏秦、李斯式的悲惨结局，又不能不让左思对现实中的政治沉浮心存畏惧。出仕的道路充满阻碍，而政治人物的命运也是充满陷阱，常使人顷刻间身不由己跌得粉身碎骨。一面是物质的困乏、地位的卑微与才能的自信、理想的激荡，催生出人头地的激情，另一面是险恶政治难以捉摸的不确定性以及人格束缚等造成的顾虑，两者的对立包含了巨大的心理张力。

《庄子》“偃鼠饮河”、“鷦鷯栖林”典故的引用，透露了左思缓解这一心理冲突的精神途径，那就是提升自己的心灵境界，抵制流俗的侵染，不为名利所困，不以畸形膨胀的名利欲作为人生进取的动力。左思的理想境界是“高士”或者“达士”，如同原宪、扬雄一般安贫乐道，与段干木、鲁仲连一样，“功成不受爵，长揖归田庐”。如此行事，既消解了贫困卑微带来的物质性与社会性压力，也能在有所作为后功成身退，保全个体生命的完整，作为仕与隐两难选择间的调和②。

---

① (汉)刘向集录:《战国策》卷3，上海古籍出版社1985年版，第90页。

② 终其一生，左思对仕途都一直抱有强烈的兴趣。即便到晚年，一方面，其《白发赋》中以戏谑口吻，借白发之口以前代典故辩解，“二老归周，周道肃清”，吕尚与辛甲辅佐周武王灭商，“四皓佐汉，汉德光明”，商山四皓暮年归汉，都曾对朝政有功，以此申明晚年壮志。另一方面，又慨叹“河清难俟”的现实，“随时之变，见叹孔子”，只能如孔子般在川上发出“逝者如斯夫，不舍昼夜”的叹息。左思有两首《招隐诗》，写访问隐逸之士途中所见山水景色，表露了对山林生活的向往，不过，左思终究与隐逸之士是两类人，隐逸只是某种心灵境界的安慰或是避难全身的暂时之策，而不能成为他乐于实行的现实选择。

第三节　抽象：历史事象的形成

一、借史咏怀与左思的人生经历

左思《咏史》八首所引用的典故，多来自前代著名历史人物与经典文献，而用典抒情言志是其为文动机，则他所引典故应当与其人生遭际有密切的对应关系。我们可以从左思之人生传记入手，进一步发掘他用典的用心。《晋书·左思》载：

左思，字太冲，齐国临淄人也。其先齐之公族有左右公子，因为氏焉。家世儒学。父雍，起小吏，以能擢授殿中侍御史。思少学钟、胡书及鼓琴，并不成。雍谓友人曰："思所晓解，不及我少时。"思遂感激勤学，兼善阴阳之术。貌寝，口讷，而辞藻壮丽。不好交游，惟以闲居为事。

造《齐都赋》，一年乃成。复欲赋三都，会妹芬入宫，移家京师，乃诣著作郎张载，访岷邛之事。遂构思十年，门庭藩溷，皆著笔纸，遇得一句，即便疏之。自以所见不博，求为秘书郎。及赋成，时人未之重。思自以其作不谢班张，恐以人废言，安定皇甫谧有高誉，思造而示之。谧称善，为其赋序。张载为注《魏都》，刘逵注《吴》《蜀》而序之曰："观中古以来为赋者多矣，相如《子虚》擅名于前，班固《两都》理胜其辞，张衡《二京》文过其意。至若此赋，拟议数家，傅辞会义，抑多精致，非夫研覆者不能练其旨，非夫博物者不能统其异。世咸贵远而贱近，莫肯用心于明物。斯文吾有异焉，故聊以余思为其引诂，亦犹胡广之于《官箴》，蔡邕之于《典引》也。"陈留卫权又为思赋作《略解》，序曰："余观《三都》之赋，言不苟华，必经典要，品物殊类，禀之图籍；辞义瑰玮，良可贵也。有晋征士故太子中庶子安定皇甫谧，西州之逸士，耽籍乐道，高尚其事，览斯文而慷慨，为之都序。中书著作郎安平张载、中书郎济南刘逵，并以经学洽博，才章美茂，咸皆悦玩，为之训诂；其山川土域，草木鸟兽，奇怪珍异，佥皆研精所由，纷散其义矣。余嘉其文，不能默已，聊藉二子之遗忘，又为之《略解》，祇增烦重，览者阙焉。”自是之后，盛重于时，文多不载。司空张华见而叹曰：“班张之流也。使读之者尽而有余，久而更新。”于是豪贵之家竞相传写，洛阳为之纸贵。初，陆机入洛，欲为此赋，闻思作之，抚掌而笑，与弟云书曰：“此间有伧父，欲作《三都赋》，须其成，当以覆酒瓮耳。”及思赋出，机绝叹伏，以为不能加也，遂辍笔焉。

秘书监贾谧请讲《汉书》，谧诛，退居宜春里，专意典籍。齐王冏命为记室督，辞疾，不就。及张方纵暴都邑，举家适冀州。数岁，以疾终。①

此文所载与20世纪30年代河南郾城发现的左思之妹左棻的墓志略有出入，《左棻墓志》云：

左棻，字兰芝，齐国临淄人，晋武帝贵人也。永康元年三月八日薨。四月廿五日葬。

父熹，字彦雍，太原相弋阳太守。兄思，字泰冲。兄子髦，字英髦。兄女芳，字惠芳。兄女媛，字纨素。兄子聪奇，字骠骑，奉贵人祭祀。嫂翟氏。②

文中，左雍、左思、左芬的名字文字有异，本文统一为左棻。

《晋书·左贵嫔》载：“左贵嫔，名芬(棻)。兄思，别有传。芬

---

① (唐)房玄龄等：《晋书》卷92，中华书局1974年版，第2375~2376页。

② 赵超：《汉魏晋南北朝墓志汇编》，天津古籍出版社1992年版，第10~11页。

少好学，善缀文，名亚于思，武帝闻而纳之。泰始八年，拜修仪。"①左棻于泰始八年(272 年)入宫，其时应不超过 16 岁②，生年应不早于 256 年，因此其兄左思生年当在此之前③。张方受河间王司马颙任命，率兵赴洛阳附近与司马攸作战，在 303 年至 305 年，左思应当去世于 305 年至 310 年间。在 250 年至 310 年，左思生平与所见大事如下：

(1)约 250 年或之前出生，居住于临淄，处曹魏时代，此时魏皇帝曹芳在位(239—254 年)。

(2)265 年，左思青少年时代，晋武帝司马炎建立晋朝。撰写《齐都赋》。

(3)272 年，左思青年时代，妹妹左棻因文名被司马炎征召入宫，迁往京都洛阳。

(4)280 年，左思而立之年，晋武帝征服吴国，统一全国。开始撰《三都赋》。

(5)290 年，晋武帝司马炎去世。公元 291 年，晋惠帝司马衷登基。参与贾谧"二十四友"文人集团，任秘书郎。大约在此时，《三都赋》撰成。

(6)300 年 3 月，左棻去世。同年 4 月，贾谧被诛杀，左思隐居宜春里。301 年，齐王司马冏任命为记事督，左思借口疾病原因辞官。

(7)约 303 年，避张方之乱，移居冀州。

---

① (唐)房玄龄等：《晋书》卷 31，中华书局 1974 年版，第 957 页。

② 徐传武先生通过对当时皇室婚姻年龄进行考证后，发现"当时婚俗年龄一般都在十五六岁"，据此推测"左棻入宫时的年龄当在十七岁虚岁以下"。徐传武：《左思左棻行年考辨》，见徐传武：《左思左棻研究》，中国文联出版社 1999 年版，第 2~3 页。

③ 学者对左思生年考证观点不一，陆侃如判为公元 250 年。陆侃如《中古文学系年》，人民文学出版社 1985 年版，第 664 页。徐传武判为生于公元 248 年。徐传武：《左思左棻行年考辨》，见徐传武：《左思左棻研究》，中国文联出版社 1999 年版，第 4 页。本文非考证类研究，只做大致推断而不作精确论证，粗略设定 250 年为左思生年。

(8)约305—310年，左思去世。

读《左思传》，可以知晓：(1)左思是出身庶族的文人。(2)左思是外戚。(3)左思有卓越的文学才能，作品名重一时。(4)左思在政治上无太大作为，也未曾受到过分的政治迫害。

左思诗中用典，是依托他所在的世界来进行的，我们可以从他的出身、个性、才能几方面，挖掘他用典源起的个人情结。

第一，左思出身、身份与典故的择取。

首先，左思出身庶族，是寒士①。

左思先祖为齐国贵族，到他这一代已经非常久远。父亲左雍，小吏出身，授殿中侍御史，主管朝廷监察事宜，权力不大。在势族专权的时代，庶族出身的士人难登高位而有所作为。陈寅恪曾论汉末魏晋士族与庶族阶层政治斗争，及其政治命运的沉浮。他认为汉末至曹魏时代的士大夫，主要出身于地方豪族，比如汉末服膺儒教的河内司马氏、汝南袁氏、弘农杨氏等家族，而魏国曹氏出身寒族，曹操为了巩固政权，发起了一系列打击豪族的政治与思想运动，豪族势力暂时得到压制，但是在曹操死后，士族与势族势力支持司马氏重新夺回了权力。② 此后，士族把持政权的现象重新出现，曹魏时代的"唯才是举"政治新风过去了，左思此类寒族出身文士，靠才能而得重用的道路难以走通了。

左思对同为出身庶族寒士的前代名人颇为认同，诗中用典所及的诸多人物：贾谊、司马相如、司马穰苴、张衡、冯唐、段干木、

---

① 左思出身，既不是累世为大官的士族家族，比如金日磾家族、张安世家族，也不是手握大权的势族家族，如琅琊王氏、太原王氏、河内司马氏与河东裴氏，其当属于寒士。关于寒士，唐长孺先生说："东晋南朝自称或被称为'寒士'的，有的是自谦，有的是有意贬低，而大都是先代官位不显的士人，或者士族中的衰微房分。最基本的一点，他们仍是士人，不是寒人，这一点却往往易被忽视。"唐长孺：《魏晋南北朝史论拾遗》，中华书局1983年版，第253页。东晋南朝所指寒士实际是贵族中的没落分子，并非平民，本文以寒士泛指左思及前代家庭背景衰微不显的文人知识分子，并不一定为贵族后代。

② 参见陈寅恪：《魏晋南北史讲演录》，黄山书社1987年版，第1~21页。

鲁仲连、苏秦、孔子、李斯、扬雄、荆轲、主父偃、朱买臣、陈平、原宪、李斯等，或为没落贵族，或为下层寒士，都不是出身大富大贵之家，却皆因政治、军事、文化等成绩而有一番作为，青史留名。即便是苏秦、李斯、主父偃、朱买臣等人，其人其事常有负面评价，左思在引用其典故时也多寓批判之意，尽管如此，左思对他们因贫贱之辱而激发出的强烈名利欲，也不无同情①。

左思幼年时并不显得聪明，小时候学习钟、胡书及鼓琴，都不成功，连他的父亲左雍对他都有小看的意思，认为左思还不及自己小时候聪慧。这种轻视反而激发了左思的学习愿望，投入艰苦的学习。由轻视激发出人生奋斗的动力，成为左思的早年记忆。左思其人，容貌丑陋，口齿拙笨，在极为崇尚人的容貌、风度、口才的魏晋时代，不免常常受到歧视，给他造成沉重的心理压力。《世说新语·容止》篇载："潘岳妙有姿容，好神情。少时挟弹出洛阳道，妇人遇者，莫不连手共萦之。左太冲绝丑，亦复效岳游遨，于是群妪齐共乱唾之，委顿而返。"②美男子潘岳容貌俊美、气质优雅，年轻时外出游玩，因貌美被很多妇女围观，引起轰动。左思也想效仿潘岳之游，结果妇女们碰到他因为嫌弃他的丑陋，而一起朝他吐口水，他只能无精打采地回来了。左思效潘岳之游未必确有其事，但这则故事也能暗示几分时人对他容貌的歧视，与对其自负的反感。

外在的歧视，更加刺激了左思出人头地的强烈愿望，李斯所说"故诟莫大于卑贱，而悲莫甚于穷困"，苏秦所谓"人生世上，势位富贵，盍可忽乎哉"，这种极度的名利欲，与左思的心理有着内在的一致性。故此，即便主父偃的诸多言行颇为人诟病，左思还是把他这位老乡，与朱买臣一起归入"四贤岂不伟，遗烈光篇籍"的行列，大加赞扬。而贤人原宪，德行、学问都很好，却既没有得到有

① 在左思其他文学作品中的用典也常表现对寒士阶层的偏爱，比如《蜀都赋》中的司马相如、严君平、王褒、扬雄，四人都属寒族出身。参见［日］兴膳宏：《左思与咏史诗》，见［日］兴膳宏著，彭恩华译：《六朝文学论稿》，岳麓书社 1986 年版，第 59 页。

② 徐震堮：《世说新语校笺》卷下，中华书局 1984 年版，第 335 页。

权有势者的敬重，也没有受到丝毫的物质赏赐，名声也不响亮，左思即只以引语式用典，隐藏于“草泽”两字中，若不是细心考察，几乎难以辨别。以此，可以看出左思并不真心安于贫穷困窘、落寞无名的生活。极大的成功欲与现实中实现条件的阙如，在左思心中造成极大的矛盾。

其次，左思是外戚。

世人熟知左思兄妹故事：他妹妹左棻，有文学才能，被晋武帝司马炎选入后宫为妃。左棻入宫主要因其才名而非容貌①，《晋书》亦载左棻“姿陋无宠”②，司马炎荒淫无度，貌丑而有才的左棻只不过是他装点门面的文学弄臣，实在是难以被宠幸。左思有《悼离赠妹诗》二首，作于左棻入宫两年后，诗中夸赞左棻的才华，怀念兄妹的感情，未必没有以外戚身份炫耀之意③。左思青年时颇有投身伐吴战争，成就一番事业的意图，可惜天不遂人愿，这条迈向成功之路没走通，左思既有外戚的身份，产生借此身份获取功名富贵的想法是正常的。程千帆就说：“盖太冲自其妹芬(棻)入宫，颇思则效前代外戚之立功名，取富贵。所怀不遂，因假古人以寓言。”④除了大批寒士之外，左思诗中还引了金、张、许、史四家，抨击当时门阀士族世代专权的弊政。门阀士族垄断政权高位，弊端

① 皇后杨艳生性妒忌，不愿他人入宫与自己争宠，故意以借口使美丽女子落选，左棻等入选者多是相貌平常者。《晋书·杨皇后》载：“泰始中，帝博选良家以充后宫，先下书禁天下嫁娶，使宦者乘使车，给驺骑，驰传州郡，召充选者使后拣择。后性妒，惟取洁白长大，其端正美丽者并不见留。时卞藩女有美色，帝掩扇谓后曰：‘卞氏女佳。’后曰：‘藩三世后族，其女不可枉以卑位。’帝乃止。司徒李胤、镇军大将军胡奋、廷尉诸葛冲、太仆臧权、侍中冯荪、秘书郎左思及世族子女并充三夫人九嫔之列。”(唐)房玄龄等：《晋书》卷31，中华书局1974年版，第957页。

② (唐)房玄龄等：《晋书》卷31，中华书局1974年版，第958页。

③ 《世说新语·文学》“左太冲作《三都赋》初成”条，刘孝标注引《左思别传》：“思为人无吏干，而有文才，又颇以椒房自矜，故齐人不重也。”徐震堮：《世说新语校笺》卷上，中华书局1984年版，第134页。

④ 程千帆：《左太冲咏史诗三论》，见程千帆：《程千帆文集》第8卷，河北教育出版社2000年版，第412页。

百出自不待言，但就这四家事迹而言，此处用典却有着相当中性的色彩。金日磾为人忠诚谨慎，辅佐汉武帝颇有建树。张安世为人谨慎，为官廉洁，常举贤荐能，拥立汉宣帝有功。许广汉家族与史高家族，都对汉宣帝早年有恩，汉宣帝即位后，两家外戚对巩固汉宣帝权威，平定霍禹之乱也立下功劳。左思引四家故事，虽然是曲折地影射时世，但是不能排除期望以外戚身份被皇帝重用，干一番事业而功成名就的想法。在诗中的寒士与豪右的对比中，左思同情于寒士这一方，在古今历史的对比中，左思又希望他的人生像历史那样发展，他又部分认同于金、张、许、史一方。左思的用典有着多层叠加交错的色彩。

第二，左思个人性格、才能与典故的选择。

《咏史》八首用典述及三位赋家。

关于司马相如：

作赋拟子虚。（其一）

辞赋拟相如。（其四）

长卿还成都，壁立何寥廓。（其七）

关于扬雄：

寂寂扬子宅，门无卿相舆。寥寥空宇中，所讲在玄虚。（其四）

英名擅八区。（其四）

自非攀龙客。（其五）

关于张衡：

长揖归田庐。（其一）

被褐出阊阖。（其五）

三人中，最被推重的是司马相如，左思三次引用都是明引其事，都是肯定性引用，且诗中明言以司马相如作品为榜样。其次是扬雄，一次明引其事，用四句铺陈，两次引其语。最后是张衡，两次引其作品中语言。左思对三人的偏爱，并不能仅用他作为辞赋名家，对前代作家作品的熟悉来概括，他的引语式用典，与引事性用典，同样包含着价值判断，通过比对原典与现实之关系，方能理解其隐含的用意。

三位辞赋大家的性格、才华与左思颇多相似。左思“貌寝，口讷，而辞藻壮丽。不好交游，惟以闲居为事”。他相貌丑陋，言谈迟钝，不喜欢人际交往，却有卓越的文学才能。而司马相如“口吃而善著书”，“其进仕宦未尝肯与公卿国家之事，称病间居，不慕官爵”①。扬雄也有口吃的毛病，“口吃不能剧谈”，喜爱哲学深思，“默而好深湛之思”，为人淡泊名利，“清静亡为，少耆欲，不汲汲于富贵，不戚戚于贫贱，不修廉隅以徼名当世。家产不过十金，乏无儋石之储，晏如也”②。司马相如、扬雄、左思三人都是当时一流的文学大家，却都不善言谈，性格也颇类似，不喜欢与权贵交游，乐于个人闲居。司马相如写赋时常常对汉武帝的不羁行为寄劝谏之意，汉武帝也稍有接受，而且，他还有安抚西南地方政权，维护国家统一的事功。在左思看来，司马相如有文学才能也有政治才能，更有儒家士人的操行，绝非一般玩弄侈丽文辞的文学弄臣，因此，对其给予高度的尊敬是顺理成章的。正是类似的人生经历、社会身份与政治局势，才使左思对司马相如作出高度的认同。左思同样期望着得到如汉武帝一样的明君赏识重用，施展政治才能，为平定西部少数民族的侵扰、征服东吴政权、统一天下，建立自己的功绩。

左思对扬雄的偏爱，不仅是崇拜他《甘泉赋》、《羽猎赋》、《长杨赋》的文学成就，也肯定其《太玄》、《法言》、《方言》等学术著作成绩，以及对儒家思想的提倡。扬雄不贪恋富贵功名，而是闭门治学，追求精神价值的长存。张衡也不好交游，“常从容淡静，不好交接俗人”③，除以《二京赋》闻名外，还有《灵宪》、《周官训诂》等学术著作。他为官刚正不阿，曾屡次上书抨击弊政及谶纬迷信，为河间王相时严厉打击不法之徒，颇有政绩。但是，张衡也因此遭人嫉恨，被奸佞陷害，为此张衡写《思玄赋》、《归田赋》，以探究

① (汉)司马迁撰，(宋)裴骃集解，(唐)司马贞索隐，(唐)张守节正义：《史记》卷57，中华书局1959年版，第3053页。

② (汉)班固撰，(唐)颜师古注：《汉书》卷87上，中华书局1962年版，第3514页。

③ (南朝宋)范晔：《后汉书》，中华书局1965年版，第1897页。

玄理与归隐田园为远离政治浊流，维护独立人格的归宿。左思引张衡《思玄赋》、《归田赋》语，与引扬雄典故一致，是以前贤为模范，崇尚闭门治学的境界。

除了文学，左思“兼善阴阳之术”。阴阳之术①就是推测吉凶祸福的方术，流派众多。左思既擅长这种方术，在凶险的政治湍流中，他必然常常在仕途进退举棋不定时，问卜于神灵。左思引“迍邅”或许即源于他对《周易》占卜的熟悉。“迍邅”之卦，“君子幾，不如舍”、“屯其膏”等要求君子要头脑清醒，敏锐判断，善于舍弃，重视修身治学的思想，对左思的人生选择似乎起了一定的启发作用。齐王司马冏任命左思为记室督，这似乎是一次亲近王侯有益仕进的好机会，但左思却以疾病原因，很快辞去官职。左思辞官的深层原因应该是他对当时王权倾轧的险恶有了清醒的认识。其后，在著名的八王之乱中，司马冏与司马攸激战兵败，被后者所杀，同列“二十四友”之列的陆机、陆云也命丧其间。左思的这次人生选择，保全了他生命与名誉的完整。

二、历史与个人

其一，典故的有序分类。

程千帆将左思《咏史》八首所咏人物，归纳为几种不同的类型：

> 析而言之，冯唐、主父偃、朱买臣、陈平、司马相如为一系。潜郎终身汩没，四贤初仕屯蹇，则作者所为况譬者也。段干木、鲁仲连一系，功成身退，爵赏不居，则作者所引为仰慕者也。许由、扬雄一系，当时尊隐，来叶传馨，则作者所引为慰藉者也。苏秦、李斯一系，福既盈矣，祸亦随之，则作者所

① 阴阳之术指阴阳家的理论学术。阴阳家始于战国时期，精通天文历法，并以阴阳五行学说解释社会人事，司马迁《论六家要旨》将阴阳家列为六家之首。汉代董仲舒将之引入天人感应的理论体系，建立起一套宇宙观。魏晋以后的阴阳之术融合天文、历法、择吉、占卜、风水、相术、养生等各类方术，种类不一。左思的阴阳之术或许是基于《周易》的一种方术。

> 引为鉴戒者也。独荆轲之事，若无关涉，殆可谓寂寥中之奇想，而归本于自贵自贱，是与他篇固亦相通。①

程氏发现，左思诗中所引用的历史人物具有可归类的类别与结构，左思是以“况譬”、“仰慕”、“慰藉”、“鉴戒”等情志为出发点，选择人物事迹咏入诗中。从用典视角扩充来看，明引的人物故事，与暗引的人物，以及用引语方式引入的人物、事迹、典籍，也可以进行类似的结构与类别的归类。左思从个人经历出发，引人事入诗，在诗中抒发认同、赞赏、仰慕、警戒等情感态度，既让诗歌充满了沧桑的历史感，也在历史与现实、历史与个人之间进行对比之后，使个人获得了历史的心理支撑。

《咏史》组诗中的典故，大部分指向人的某种行为或者状态。归类如下：

第一，出身下层的士人，虽有才能，但不被重用时生活贫苦而仕途维艰。包括：主父偃，朱买臣，陈平，司马相如，冯唐，草泽（原宪），枳棘充路（孔子《丘陵歌》），泽雉（《庄子·逍遥游》），计策弃捐不收（东方朔《六言》），枯池鱼（《庄子·逍遥游》）。

第二，出身下层的士人在国家、人民危难之时，运用自己的才智解救危局、化解危机，但却功成身退，不受君王的封赏，保持人身自由与人格独立。包括：段干木，鲁仲连，许由，长揖（郦食其），浮云（孔子），被褐（《老子》），出阊阖（张衡《思玄赋》），振衣（《楚辞·渔父》），濯足（《孟子》），偃鼠饮河、鹪鹩巢林（《庄子·逍遥游》）。

第三，出身下层的士人带着强烈的建功立业的愿望，通过个人奋斗，在政治上干出一番事业，极大地提升了自身的社会地位，占有了大量的物质财富。包括：司马穰苴，主父偃，朱买臣，陈平，司马相如，苏秦，李斯，铅刀一割（班超）。

第四，出身下层的士人，政治事业虽然失败，但仍被后世崇

① 程千帆：《左太冲咏史诗三论》，见程千帆：《程千帆文集》第8卷，河北教育出版社2000年版，第413~414页。

敬。包括：荆轲，蝉翼为重、千钧为轻(《卜居》)。

第五，出身下层的士人，在政治混乱、小人当道时，善于判断局势有进有退而明哲保身。包括：陈平，迍邅(《周易》屯卦“君子幾，不如舍”)。

第六，出身下层的士人，不迷恋于富贵功名，远离政治，专心于学术研究与文学创作，取得很大成就。包括：司马相如，张衡，扬雄，草泽(原宪)，浮云(孔子《论语》)。

第七，出身下层的士人位居高官后，过于迷恋权力与金钱，不能言辞谨慎、修养德行，在政治斗争中被杀，不得善终。包括：主父偃，朱买臣，苏秦，李斯，连玺(苏秦)，游大人以成名(《卜居》)。

第八，皇帝登基后重用外戚，封官、加爵、重赏。包括：许广汉，史高家族故事。

第九，政治大家族世代垄断政府高官职位，把持朝政。包括：金日磾，张安世，许广汉，史高家族故事。

归纳起来，就是一个出身下层的文人(寒士)，在政治道路上的成功与失败、阻力与借力的种种可能，或者说，一个寒士的个人历史模型。

其二，抽象：分类用典的心理动机。

魏晋时期的某些诗歌，与咏史诗只咏一事不同，运用历史典故时，常多典一起引用，以并置性或叠置性用典形式出现。如郦炎《见志诗》中三联：

陈平敖里社，韩信钓河曲。
终居天下宰，食此万钟禄。
德音留千载，功名重山岳。

兴膳宏分析道：

> 此诗并非从起始即咏陈平、韩信的，也不是以他们的事迹为全诗主题。作者在上述引用部分之前另有两句“通塞苟由己，志士不相卜”，接着为了把自己的这种人生观具体化才引

> 证了两位古人，就是说列举古人乃是为了更好地说明论旨。上文所举咏史诗都是以一个故事为全篇题材，郦炎之作显然与之相异。班固王粲等人的咏史诗是以叙述故事为一大目的，而在郦炎的诗中，故事或历史人物却只是工具而已。①

兴膳宏指出此诗与班固咏史诗的用典技巧——以典故说明作者自身的某种意见，即刘勰所谓“援古以证今”，在此过程中史事本身的叙事性被削弱。而后兴膳宏又考察了三曹乐府诗中历史典故的引用，并以曹植的乐府诗《豫章行》，曹丕的《折杨柳行》为例，说：

> 总的说来，上述曹氏父子乐府所追求的命题与其说是个人的、具体的，还不如说是作为一般人的问题广泛地延伸开去，从而具有普遍的、抽象的特性。曹植《豫章行》第一首的主题是人的命运经常为偶然性所支配；第二首的主题是骨肉至亲原来应该是人世间最可信赖的对象。当然，诗中包含着曹植在当时环境下所产生的个人感慨，但是其构思的出发点也确实是把人生的普遍性命题包括在内。其次，曹丕的《折杨柳行》表现了对神仙的存在的疑惑，应该说是广泛地关心了一般人的命运。因此，与其说是在具体的日常世界的景象中去追求这种命题，还不如说是在抽象的思辨的立场上来展开这种命题。历史人物正是从这一立场出发按照作者的指导来表现赋予他们的演技。②

兴膳宏发现，三曹乐府诗中历史典故的运用，是从属于铺展一般的、抽象化的诗歌命题的需要，换句话说，此类用典是为表现某些非个人化的、超出一定时间和空间维度的文学主题，比如人生命运

① ［日］兴膳宏：《左思与咏史诗》，见［日］兴膳宏，彭恩华译：《六朝文学论稿》，岳麓书社 1986 年版，第 35 页。

② ［日］兴膳宏：《左思与咏史诗》，见［日］兴膳宏著，彭恩华译：《六朝文学论稿》，岳麓书社 1986 年版，第 36~37 页。

的无常、亲情的重要等，是从属于某种抽象的表达需要。

左思精于阴阳之术，任何有理性的人都清楚，完全靠求神问卜作出人事之决定是极不靠谱的，但问卜者通过对卦象、卦辞的参悟，获得某些人生智慧，倒是可以存在的。左思对屯卦的倚重，可以看出他的人生心得。左思的《咏史》诗中的“史”，偏重个别历史人物的事迹而不是大的政治历史事件，他基于自身的性格、才能、出身、身份，以用典的方式，在诗中引入古人的行为事迹片断。这些所用典故，可以归为不同的类别，同类的人物事迹聚合在一起，这一类别的意义就显现出来，不同个人的事迹综合起来，寒士的人生模型就建立起来，这也是一种高度的历史抽象。

这种抽象有其内在的心理根源。W. 沃林格的《抽象与移情》曾经深入分析过造型艺术中抽象技巧发生的心理根源，对笔者不无启发。沃林格提出，源于“世界感”的“艺术意志”最终决定艺术现象，“艺术意志”，即人们在生活世界中积累的对世界的印象、感受与看法。“艺术意志”可以表现为“形式意志”（一种强烈的形式冲动），也可以表现为移情冲动与抽象冲动。艺术正是因为它的形式满足了人们内心的深层需要，抽象冲动常与形式意志相契合，给人带来极大的审美愉悦。在“抽象冲动”驱使下，艺术家运用抽象原则在艺术表现中把世界加以简化，成为较抽象的形式，比如人类早期艺术与东方艺术中，自然的三维空间被简化为二维空间。“抽象冲动”是“艺术意志”的表现，“艺术意志”又必须从人的“世界感”中寻找根源。人类文明的早期阶段，人类的力量比起自然是弱小的，生存艰难的人类常常陷于一种恐惧、焦虑、不安的情绪体验，于是内心自然产生一种寻求安定、平和的急切需要。这种需要既体现于宗教、巫术，也体现于艺术活动，呈现于形式意志与形式冲动，艺术家们在艺术中把世界加以简化与抽象，以获得心灵的慰藉。沃林格说：

他们在艺术中所觅求的获取幸福的可能，并不在于将自身沉潜到外物中，也不在于从外物中玩味自身，而在于将外在世界的单个事物从其变化无常的虚假的偶然性中抽取出来，并用近乎抽象的形式使之永恒，通过这种方式，他们便在现象的流逝中获得了安息之所……把事物外在显现方式的制约性以及与混乱的外在生命的关联降低到最低限度，并以这种方式使事物摆脱一切对它所作的迷乱的感官把握，从而使之获得解救。①

在造型艺术中，抽象原则的运用体现在两个方面：第一，抑制对空间的表现，以平面表现为主。第二，抑制具象的物体，以几何线形式为主。

沃林格的研究主要针对造型艺术，不过他的审美心理学视角，对左思《咏史》诗的研究仍有一定的启发意义。抽象冲动下的艺术创作，作者在艺术形式中尽可能地减弱个人色彩，超越现实中的个体性自我，将视角扩充为群体或更广大的空间，来把握世界的内在规律，以缓和未知世界对人类的认知能力带来的强烈压迫感与焦虑感，在高度追求必然性与规律性的抽象形式中，获得心理的慰藉。左思《咏史》以用典方式对历史事象的抽象与人生模型的建构，基于八首诗中对寒士命运的强烈关注，再融入咏史的诗歌形式表现出来，实质也是对历史、现实的一种抽象化，这种排除了种种历史纷扰的诗歌精神世界，作者首先获得的是精神的安慰与逃避②。

左思生年，始于曹魏晚期，一生经历魏晋易代、西晋灭吴、八王之乱等重大历史事件。前代曹魏代汉与少年时的晋代魏，两次皇

① ［德］W. 沃林格著，王才勇译：《抽象与移情》，辽宁人民出版社1987年版，第17~18页。

② 王钟陵也曾注意到，左思《咏史》八首所体现的心理退缩，以及诗中历史感的生成超越了个人命运的感叹与哀伤，将诗人引向理性和深远的思考，最终造成个人心灵世界的丰富展示："在现实的压抑面前……他把自己收缩起来，缩小到三寸鷦鷯小鸟和小小田鼠的地步。在这种自我蜷缩之中不正是弥漫着一种对于社会世情的厌倦和冷漠?""左思在这里正是把握到了一个有着长久意义的深刻的社会问题。由于这种历史思考成分的渗入，左思那自我蜷缩的对于社会世情的冷漠感中，就更多了一种深沉和严肃的意味。"王钟陵：《中国中古诗歌史——四百年民族心灵的展示》下卷，人民出版社2005年版，第292页。

权的“禅让”，摧毁汉代几百年的正统观念以及君权神授的神圣性，最高权力的攫取完全遵守丛林法则。政治的混乱、社会道德的虚伪与社会风气的败坏令人窒闷。士族重新夺取政权与世家大族九品中正制的政治垄断，阻断了寒族文人的发展道路，唯才是举已不可能。司马氏王族对最高政治权力的争夺，又强行把众多文人卷入其中，诸如嵇康、陆机、陆云等名士最后都陷于悲剧命运。士人陷入极大的心理恐慌，对正统的效忠也让位于机会主义与现实主义的考虑。儒家经世致用思想安身立命的传统被打破，也推动了士人的人格独立与思想自由，士人对自身的命运与选择有了更加深刻的思索。汉末以来士人的人生轨迹，令左思迷惑、痛苦、彷徨、悲愤，左思《咏史》只引用先秦两汉的典故，实际上并没有回避魏晋时代的社会语境，而是出于全身避害的考虑，如阮籍咏怀诗般用更委婉的方式来处理。这种间接性造成的时空距离加大，削弱了诗歌情感的现实指向性。

左思的《咏史》以用典组织起诸多人事，建立的寒士的可能生活世界，不能与某一人的个人史妥帖对应，而是多人人生片段集合而成。《咏史》用典建构的世界，为一种强烈的形式冲动的体现，是惶惑内心的诗性表达，也是左思对历史的反思与人生的思索成果，是自己人生路向的参考，在无法安身立命的时代，左思以此指引自身的人生选择。美国学者高友工在分析唐诗的用典时说，典故的基本成分包括两个极点：现实问题与历史事件，通过互相比较，显示它们之间的相似之处，以使诗人有机会描述或评论现实的问题。“当一个典故出现于诗中时，它所指涉的不仅是与之相似的过去或现在的事件，而且是永恒的原型。无论是描写事物还是叙述事件，一首诗通常至少有两层意义：具体意义和原型意义。因此，近体诗所表现的世界是相当稳固、持久的，具体的人、事来去匆匆，不断变换，但原型的存在却是永恒不变的。”①左思《咏史》所引典故，于诗歌结构中互相勾连、内比成型，

① ［美］高友工、梅祖麟，李世耀译：《唐诗的魅力——诗语的结构主义批评》，上海古籍出版社1989年版，第168页。

同样也指向某种个人史原型。

左思博引先秦至两汉的寒士相关典故，而这群典故既有着清晰的序列，又因是晋代之前代典故而巧妙地设立了诗境与现实之间的距离感，于是一个颇为抽象的人生模型被建立。诗中用典虽指向原典的历史、人事，但更多地指向这个自足、超历史、超个人抽象模型，凭借典故与当下某人、某事的对比就能获得丰富的意义。至此，典故就摆脱了史实原有的叙事性特质，成为一种灵活的诗歌形式要素。

三、对比性用典结构

对左思《咏史》八首，本书秉持用典视角，突破传统研究所受咏史体式的拘牵，深入发掘其用典技术，为从宽广之视角探析其诗歌美学提供了可能。从用典看来，明引、暗引、引事、引语都是值得重视的。借历史人物来抒发情志，是左思的诗思所在，而从以上八首诗中典故所作分析来看，诗中以暗引、引事、引语的用典方式，引入的古人事迹、典籍名言，在诗歌结构中同样发挥了不可替代的作用，意义不可忽视。如“长揖”、“连玺”、“浮云”、“被褐”、“出阊阖”、“振衣”、“濯足”、“迍邅”、“草泽”、“枳棘”等，均非寻常词语，而是有意地以用典方式引原语境的特定意义入诗，融合成八首有隐有秀、含蓄文雅的文学织体。众多典故的组织、对比是主导性结构。

（一）“比体”：咏史诗之溯源

以古代历史故事、人物为题材的诗歌，出现很早。① 朱自清在《诗言志辨》中提出：

> 《楚辞》的“引类譬喻”实际上形成了后世“比”的意念。后世的比体诗可以说有四大类。咏史，游仙，艳情，咏物。咏史

---

① 《诗经》中《生民》、《公刘》、《绵》、《皇矣》、《大明》、《崧高》、《召旻》等诗，记述了周民族从发源、兴盛到衰弱的整个历史。这些诗作是类似于史诗的作品，有着集体创作的特点，重在民族历史记忆的保存与传承。

> 之作以古比今，左思是创始的人，钟嵘在《诗品》上说他“得讽喻之致”。……游仙之作以仙比俗，郭璞是创始的人。《诗品》中说他“辞多慷慨，乖远玄宗……乃是坎禀咏怀，非列仙之趣也。”……艳情之作以男女比主臣，所谓遇不遇之感。……咏物之作以物比人，起于六朝。如鲍照《赠傅都曹别》，述惜别之怀，全篇以雁为比。……艳情之作以男女比主臣，以寄托遇与不遇之感。……这四体的源头都在王注《楚辞》里。①

他认为，“咏史”、“游仙”、“艳情”、“咏物”四大类诗同属“比体”诗，咏史诗体的核心特征是以古比今的结构，发源于《楚辞》，创始于左思。朱氏说“比体”诗，继承了王注《楚辞》“譬喻”的技巧，无论是“以古比今”、“以仙比俗”、“以男女比君臣”还是“以物比人”，所利用的历史史事、神仙鬼怪、男女爱情、花鸟虫鱼等种种意象，都不过是某种志向、怀抱、情感的寄托。

屈原《离骚》、《天问》等诗篇中引用了大量古代人事，刘安《离骚传》评：“上称帝喾，下道齐桓，中述汤武，以刺世事。明道德之广崇，治乱之条贯，靡不毕见。”②班固《离骚传序》说：“上述尧、舜、禹、汤、文王之法，下言羿、浇、桀纣之失，以风。”③王逸云：“《离骚》之文，依诗取兴，引类譬喻，故善鸟香草，以配忠贞；恶禽臭物，以比谗佞；灵修美人，以媲于君；宓妃佚女，以譬贤臣；虬龙鸾凤，以讬君子；飘风云霓，以为小人。”④三人都以为，屈原诗篇中大量引用人事典故，与善鸟香草、恶禽臭物、男女君臣、人神之恋一样，都以讽喻楚怀王、抒发个人政治怀抱、书写个人政治命运为目的，具有极强的现实针对性，或者可以说，是一种政治美学或政治诗学。这种古为今用的诗歌技巧，以古代事迹隐

① 朱自清：《诗言志辨》，见朱自清：《朱自清古典文学论文集》，上海古籍出版社 1981 年版，第 269 页。

② （汉）司马迁撰，（宋）裴骃集解，（唐）司马贞索隐，（唐）张守节正义：《史记》卷 84，中华书局 1959 年版，第 2482 页。

③ （宋）洪兴祖：《楚辞补注》卷 1，中华书局 1983 年版，第 51 页。

④ （宋）洪兴祖：《楚辞补注》卷 1，中华书局 1983 年版，第 2~3 页。

喻当代人事的结构，对后世咏史诗的形成确有深远影响。

楚辞对四大类诗启发作用诚然十分重要，不过，就左思《咏史》而论，其运用历史事象寄托个人怀抱已为学者公论，但这种寄托怀抱和钟嵘所谓的“讽喻”，与汉代儒家政治美学流行的“比兴”式政治讽喻应当是不同的。钟嵘《诗品》评左思之作：“其源出于公干。文典以怨，颇为精切，得讽谕之致。虽野于陆机，而深于潘岳。谢康乐尝言：‘左太冲诗，潘安仁诗，古今难比。’”①钟嵘误认左思诗艺源于刘祯，或许是因二人诗中皆包含遒劲深沉之情感特色，清刘熙载也曾说“刘公干、左太冲诗壮而不悲”②，雄壮的情感经过引史用典技术的收束，故呈现“文典以怨”的艺术风貌。在崇尚华丽纤巧的南朝文风下，钟嵘虽称左思诗作语言质朴，不如陆机之华丽，但仍与谢灵运同样肯定其艺术成就，推为上品。钟嵘是反对诗中过度用典的③，而他却对左思诗中用典“因物寓志”，借典故以寄托“怨”情的技术，给予“精切”二字的评价，评左思诗为五言诗用典的典范之作。左思成就的取得，源于他的“比体”咏史诗对“正体”（史传体）咏史的改造与发展。

学界公认最早出现的咏史诗体，是班固的《咏史》：

三王德弥薄，惟后用肉刑。
太苍令有罪，就递长安城。
自恨身无子，困急独茕茕。
小女痛父言，死者不可生。
上书诣阙下，思古歌鸡鸣。
忧心摧折裂，晨风扬激声。

---

① （南朝梁）钟嵘撰，陈廷杰注：《诗品注》卷上，人民文学出版社 1980 年版，第 28 页。

② （清）刘熙载：《艺概》卷 2，上海古籍出版社 1978 年版，第 54 页。

③ 钟嵘反对齐梁时代重视用典与声律的诗学，曾言：“直乎吟咏情性，亦何贵乎用事？……观古今胜语，多非补假，皆由直寻。颜延、谢庄，尤为繁密，于时化之。故大明泰始中，文章殆同书抄。”（南朝梁）钟嵘撰，陈廷杰注：《诗品注》序，人民文学出版社 1980 年版，第 4 页。

圣汉孝文帝，恻然感至情。
百男何愦愦，不如一缇萦。

全诗以直白语言叙述孝女缇萦救父的故事情节，全诗只咏一事，如王夫之所说“或缛其简，或节其余，就彼语结赞，无事溢词”①，诗后发出感叹，与史书正文讲述人物事迹，文后以论赞形式（如《史记》文后“太史公曰”）加以品评类似，班固无非是用诗的形式把同样可以用史书记述的人事说了一遍，因有“史笔诗才”“合辙”的高妙，也能予人以审美享受。此诗意义体现于五言诗体对咏史题材的开创及试验。就诗作本身而言，难以看出运用了“讽喻”、“寄托”、“比兴”的诗歌技巧，而隐含某些政治批评或政治主张。学界有一种观点认为，班固这首诗，是为了寄托个人的生命体验。班固对缇萦救父事迹的感叹，是源于自己晚年被不肖子孙所累而逮捕入狱的遭遇②，“百男”当有所指。不过，这首诗尽管可以说有对“孝”这种伦理道德价值的肯定，但与宏大的政治批评还是两样的。

此类咏史诗，还有曹植、阮瑀所作《三良诗》，结构类似班固《咏史》，大量叙述故事情节，后加以评论，抒发某种道德观念（臣子的效忠与国君的体恤）。

（二）对比技巧的引入

班固《咏史》是一首标准的正体咏史诗，其内容主体是情节叙述，其中所写缇萦救父故事是题材，并非用典。汉末文人诗中，引用古事的用典技巧是常见的，除去诗中少量用典的诗作，那些诗句

---

① （清）王夫之，张国星校点：《古诗评选》，文化艺术出版社 1997 年版，第 151 页。

② 《后汉书·班固传》载：“固不教学诸子，诸子多不尊法度，吏人苦之。”班固府中一个下人醉后阻挡洛阳令种兢车架，并当众辱骂，种兢慑于窦宪势力敢怒不敢言，怀恨在心。窦宪伏诛后，众官吏对班固家人及其奴婢的怨恨一同爆发，将班固下狱，后班固死于狱中。参见（南朝宋）范晔：《后汉书》卷 40 下，中华书局 1965 年版，第 1386 页。后有多位学者据此推论，《咏史》为班固下狱时感诸子不肖所作。刘永生编：《汉魏诗选》，天津古籍出版社 1997 年版，第 10 页。

中大量用事的作品，其早先的技巧是以多个同类典故的叠置，获取意义。例如，曹操四言诗《善哉行》大量引用古代人事：

古公亶甫，积德垂仁。
思弘一道，哲王于豳。
太伯仲雍，王德之仁。
行施百世，断发文身。
伯夷叔齐，古之遗贤。
让国不用，饿殂首山。
智哉山甫，相彼宣王。
何用杜伯，累我圣贤。
齐桓之霸，赖得仲父。
后任竖刁，虫流出户。
晏子平仲，积德兼仁。
与世沈德，未必思命。
仲尼之世，王国为君。
随制饮酒，扬波使臣。

诗中引述周太王、周太伯以德治国，伯夷、叔齐让位，仲山甫辅佐周宣王，管仲辅助齐桓公，晏子治理国家，孔子恢复周礼等事迹，明君贤臣事迹的并置，暗示了曹操自身治国安邦的抱负。这种罗列典故的形式虽属于简单的用典技术，但突破了写一人一事的史传体咏史诗形式，数则典故并用，以典故内容之间的相似点自然生发出个人寄托。

这种借人事典故来寄托个人怀抱的诗歌技巧，也见于建安时期的五言诗，如三国魏杜挚《赠毋丘俭》：

骐骥马不试，婆娑槽枥间。
壮士志未伸，坎轲多辛酸。
伊挚为媵臣，吕望身操竿。
夷吾困商贩，宁戚对牛叹。

食其处监门，淮阴饥不餐。
买臣老负薪，妻畔呼不还。
释之宦十年，位不增故官。
才非八子伦，而与齐其患。
无知不在此，袁盎未有言。
被此笃病久，荣卫动不安。
闻有韩众药，信来给一丸。

杜挚此诗，用八个典故诉穷苦之状向友人吁求援助。诗中所引述伊尹出身媵臣，姜尚半生不遇，管仲经商谋生，宁戚贩牛商旅，郦食其委身监门小吏，韩信求食漂母，朱买臣夫妻离异，张释之十年不用等事迹，都属贤臣早年贫贱不遇之事，后引仙人韩众服药成仙代指向友人求取的救援。胡应麟评为："魏杜挚《赠毋丘俭》，叠用八古人名，堆垛寡变。"①细看诗中并非只是叠用人名，引用八个历史人物时，截取他们代表性事迹，叙事的因素已经大大压缩，只是八个同类人事的引入过于繁复、冗长、单调而乏味，艺术性较差。

汉末孔融的《岩岩钟山首》中也引用古代人事寄托抱负，巧妙地使用了对比的技巧，引史用典与自然意象的描写都遵从对比的结构，全诗进至浑合一体的诗境：

岩岩钟山首，赫赫炎天路。
高明曜云门，远景灼寒素。
昂昂累世士，结根在所固。
吕望老匹夫，苟为因世故。
管仲小囚臣，独能建功祚。
人生有何常，但患年岁暮。
幸托不肖躯，且当猛虎步。
安能苦一身，与世同举厝。

① (明)胡应麟：《诗薮》外编卷2，上海古籍出版社1958年版，第147页。

由不慎小节，庸夫笑我度。
吕望尚不希，夷齐何足慕。

这首诗开头以极寒的钟山顶与极热的南方路对比，后写当权者的狂放气焰对卑微者咄咄相逼，以对比式的比喻意象写贵人与寒士的处境，与左思诗歌的对比式结构有颇多相似之处。诗中引用吕尚与管仲故事，取两人因明君重用而摆脱贫贱有一番作为的事迹，言说贫贱者遇机会垂青就能得到改变的看法，抒发自己的远大怀抱，有明志与自励用意。左思《咏史》其七，引用寒士不遇之窘状，事迹与《赠毋丘俭》类似，但数量减去一半，精心选择事典放入对比性结构，增强了反差效果，艺术成就更上一层楼。《岩岩钟山首》这种借典故寄托怀抱的技术，以及若干典故与贤士不遇主题的连接，以及对比性诗歌结构，为左思的《咏史》八首用典美学的先导。

左思《咏史》中，对比性用典已经成为一个重要的结构①，这一用典结构体现出左思娴熟的典故操控能力。曹操《善哉行》四句咏一事，杜挚《赠毋丘俭诗》一句或两句咏一事，用典的密度加大。而左思《咏史》中的部分用典，密度更大，有一句引两典的，如“长揖归田庐”(其一)，“朝集金张馆，暮宿许史庐”(其四)，“被褐出阊阖”(其五)，这种高密度用典，典面顺之做了调整。“金”、“张”、“许”、“史”四典，以一字浓缩一个政治家族数代人的事迹，容量不可谓不大，有言简意赅的鲜明效果。左思将密集用典纳入对比结构，“朝集金张馆，暮宿许史庐”两句对偶甚为工整，典面的浓缩与排列顺应了诗歌格律化的趋势，是诗人形式冲动的鲜明表现，游戏意味逐渐显露。

① 左思的对比性用典技术更多可能源于赋体写作的对比技巧。在他《咏史诗》“梁习持魏郎，秦兵不敢出。李牧为赵将，疆场得清谧”，引史用典采用一种均衡的对比模式，其中仍保留有较多的叙事性成分。他的《招隐诗》中，也运用了对比技巧描写自然景色，顾彬评论说：(《招隐诗》其一)“为人所熟悉的结构便是如北(山阴)与南(阳林)、远(第五、六句)与近(第七、八句)等的对比句式。”[德]W. 顾彬著，马树德译：《中国文人的自然观》，上海人民出版社1990年版，第126页。

（三）对比结构的诗歌功能

班固《咏史》写缇萦救父事迹，事件本身虽有起伏悲喜的情节结构，但其依时间线顺序展现的线性叙事特征非常明显。杜挚《赠毋丘俭》虽然突破了班固《咏史》一人一事的模式，但引用的八个寒士不遇典故性质类似，虽然杜挚引前六个典故时一句一典，后两个典故两句一典，节奏略有变化，但整体看来，用典结构平均用力，节奏单调重复，索然无味，因而令人生发堆垛之感。左思《咏史》用典即打破了这种单一节奏的重现，把典故放入对比性结构中，打破了诗歌叙事与情感的线性发展，通过情感色彩的强烈反差，获得一种摇曳多姿的艺术节奏，增强了诗歌的整体感。

第一首，左思引贾谊《过秦论》、司马相如《子虚赋》、《司马穰苴兵法》三个典故，形成学术才能、文学才能的对比，及其二者与军事才能的两次对比，展示自己追求文武双全的人生目标，也隐含了对其多方面能力的自信。两次对比，一环套一环，前后相合又有递进，结构紧密，避免了线性叙事的松散性，作为才能的多方面展示，也削弱了线性叙事的时间性。第一首诗下半段引了三个典故，引"铅刀一割"典，表露了左思为国献身的强烈志愿，而引"长揖"、"归田"典又体现了左思对自身独立人格的高扬。对左思来说"铅刀一割"写的是仕，"长揖"、"归田"写的是隐，两者可谓是其人生志愿的两面，这一对比结构又总领全组诗。这首诗的用典用了三次对比的结构，以三次节奏跳跃，完整写出左思人生志向怀抱。

第二首，从全诗来说，也有三处对比结构，其中后两处用典。第一，前四句以山顶的稚嫩草苗与山脚遒劲松柏的意象，形成自然现象的对比。第二，第五、六句"世胄蹑高位，英俊沉下僚"，以对偶句将比喻身处高位但却平庸无能的士族官员与地位卑微而德才兼备的庶族寒士的政治处境写出，是社会人事的对比。前四句与五、六句实际是自然—人事的比喻结构。第三，最后四句，引金日磾家族与张安世家族的七世为高官典故，世世佩戴华贵貂尾的贵族们与老年冯唐的满头白发，形象色彩之反差巨大，这是一个对比。第三个对比举著名势族与寒士，将之转化为鲜明的审美意象，融入这一对比结构。三个对比重复展现自然、人事、历史，人、事、物处于颠倒位置的鲜明意象，强化了此类现象抽象的普遍性，对比两端的相互映衬与发明，恰如阴阳对举的宇宙之道，暗喻不合理社会制度的强大力量，与第一首作者才能的高度自信对照，方显出悲愤之情的力度。

第三首，全诗赞赏士人不附权贵、不贪名利的高节，以及国家危急时慷慨赴难、维持正义、挽救危局的气节与功绩，而用典于对比结构的形成起到了重要的托载作用。前部引段干木、鲁仲连典，是褒其高节，暗用苏秦典，是贬其贪婪。全诗十二句，前八句，引段、鲁二人故事，第九、十句"临组不肯绁，对圭宁肯分"与也前两个典故语义相承，逐渐过渡到末二句。末二句引"连玺"、"浮云"两个典故对比，前引苏秦事为否定性引用，后引孔子语为肯定性引用，批评士人的追逐名利、利令智昏的行迹，在对比结构中支撑申言高节之部分。前十句是赞赏，后两句是否定，因此对比结构中前部分容量很大，用明引与引事的手法，后部分着墨不多，用暗引与引语的手法，形成一强一弱的显著节奏，与褒贬之结构相合。

第四首，全诗十六句，前后两部分字数均等，平分秋色。前八句引金日磾家族、张安世家族、许广汉家族与史高家族史事，写世家大族的繁华兴旺，后八句引扬雄典故，写庶族寒士门庭冷落，从场景上看，两者一热一冷，一众一寡，一闹一静，在听觉、视觉、触觉上形成了鲜明的色彩对比。同时，金、张、许、史故事与扬雄典故又暗含古今之比。金日磾、张安世后人位居高官，许广汉家族与史高家族受汉宣帝重封，是与扬雄生活大致同时之事，因此，全诗所写色彩之对比可视为真实场景的想象性重现。但是，在左思的时代，汉、魏时代的人事早成前尘往事，金、张、许、史的富贵权势早已烟消云散，但是扬雄的名声却比生前更加显赫，其文学与学术成就受到众多士人的景仰。这意味着，当时场景的冷与热、闹与静、穷与达等色彩发生了极大的反转，强弱节奏的反差与循环达到了极致。

第五首，全诗十二句，前六句为一个场景，写首都皇城的光辉壮丽，贵族豪宅的雄伟奢华，而后六句密集用典，写左思企慕高节、愿远离政治、隐居世外的情怀。引"攀龙客"、"欻来游"，代指士人贪恋富贵、趋炎附势之行为，以“被褐”、“出阊阖”、“许由”、“振衣”、“濯足”表露自身的高洁追求，形成鲜明的对比结构。从典故密度来说，前两个是否定性引用，后五个是肯定性引用，前少后多，前轻后重，有弱与轻之变化。从全诗来说，前半段的场景，所写的是世俗政治权力的巨大力量与富贵名利的强烈诱惑，形象光辉灿烂，色彩浓郁，而后半段引入七个典故，大频度用典，改变了诗歌的线性节奏，通过历史典故的引用，融入空间性因子，以强大历史感支撑还归田园的个人选择。前半段节奏的强烈色彩，随着典故的引入迅速削弱，以至于由强变弱，过渡为新的弱与强的对比。

第六首，引荆轲典，写下层江湖之士的自信与豪情，同样也是为了与豪右即尸位素餐的士族官员的对比。而引《卜居》语，配合屈原事迹，在古今对比背景下将语意翻转，肯定性色彩得到强化。

第七首，诗中先引主父偃、朱买臣、陈平、司马相如四人故事，写他们未发达时的生活窘状，而后感叹自古有才之士多磨难，或者如原宪寄身草泽度过一生。引四人事迹，是为了以他们人生的穷困与显达做对比，诗中虽只写出不得志时的境遇，但对照史书可以知道四人后来都做出一番事业，名利兼收，且名入史籍。特别是主父偃、朱买臣二人，贫困时都遭屈辱，发达时都有过衣锦还乡的戏剧性事迹。汉武帝任命朱买臣会稽太守后说：“富贵不归故乡，如衣绣夜行，今子何如？”①朱买臣果真照此办理，其周围人前倨后恭的姿态，充满了夸张的戏剧性效果，有着强烈的对比效果。

此诗的用典，其对比的结构潜入更深的层面，触摸到了左思潜隐的内心冲突，也含蓄地表露了左思徘徊于仕与隐之间的心理矛盾。主父偃四人都曾摆脱贫贱，闯入上流社会，有人陷入政治斗争的漩涡，不得善终，但也有人小心谨慎而安享富贵。左思当时所处

① （汉）班固撰，（唐）颜师古注：《汉书》卷64上，中华书局1962年版，第2792页。

的西晋时代，自汉末以来发生的政治动荡一直持续，前代孔融、嵇康，同代的贾谧等著名文人的被杀，无不对当时的士人产生极大的心理冲击。“迍邅”典，透露出左思战战兢兢、徘徊犹豫的消极心态，他不敢贸然行事，要有所舍弃，倾向于选择如“草泽”典中的原宪，“屯其膏”，如扬雄般退而治学读书，既可以全身避害，又可以等待时机。这也符合孔子“邦有道，则仕。邦无道，则可卷而怀之”①的君子之道。

如果说，引四人人生贫贱与发达的对比，说明左思对出仕还抱有很大的希望，那么四人中两人遇害、两人善终的对比，则显出左思对政治之路的犹豫，而“迍邅”、“草泽”典则有更多消极退缩的考虑，三个对比的环环相扣，给此诗的结构带来了丰富的节奏变化，相异色彩的叠加，使得诗歌织体显得异常饱满。

第八首，所抒发的诗情怀抱，承第七首而来，以仕与隐之间心理冲突的为全诗架构。所引用的“泽雉”、“枳棘充路”、“计策弃捐不收”、“枯池鱼”等典故主要说明下层寒士在生活上、政治上的困境造成的物质困窘与心理疲惫，引李斯、苏秦典，一方面引他们论人生道路、获取富贵以摆脱贫贱的悲哀与耻辱的名言，认同其个人奋斗的合理性，另一方面引他们过于迷恋权力与金钱，迷失于政治沉浮而死无全尸之事迹，贬斥他们的贪婪与昏聩。后引庄子“偃鼠”、“鹪鹩”典，引入道家逍遥精神，以对物质的超越来消解物质的痴迷。秉持出世的精神，不汲汲于名利，无论是入世为官有一番作为，或隐居山林著书立说传承文化，或许都是士人明智的人生态度。此诗以仕与隐的对比结构组织典故成诗，但又通过个人精神境界的提升适度消解了心理冲突的强度，升华为更高层次的情感和谐。

通过以上分析，我可以把对比结构的美学意义归纳为以下几点：

(1)形式要素的整合。对比结构是赋体作品常用的技巧，左

① (魏)何晏注，(宋)刑昺疏：《论语注疏》卷15，北京大学出版社1999年版，第209页。

思《咏史》八首中对比技巧或许就是源于赋体技巧的迁移，其所化用的《楚辞·卜居》"蝉翼"、"千钧"典亦可见出这种痕迹。《咏史》八首中，对比结构是形式的核心，借由此一结构，糅合典故、意象、人事成一整体，兴发出作者与读者无尽的审美感受。

(2)对比的反差性造成的自洽性。对比两端的事物相互间成为差异的同类事物，这种不同具有很强的反差性、戏剧性效果，但是这种对比的结构在自然、社会、人事中是普遍存在的现象。第二首中"郁郁涧底松"与"离离山上苗"，"世胄"与"英俊"，"金张"与"冯公"，三组自然、人事、典故的对比，形象鲜明、反差极大，读者从中迅速感受到强烈的错位感。每组组成的两端各指向一个极点，形成一组对子，凝成一个自洽性结构，产生巨大张力，这一结构感发读者力量强大。这种自我指向性的加强，削弱了意象与典故的现实、道德指向性。"松"与"草"在儒家比德传统中，是有褒与贬的差异的，在这组意象中，这种道德象征已经大大减弱。"世胄"与"英俊"、"金张"与"冯公"两组人物意象与典故意象，作为势族专权与寒士贫贱的比喻，本身具有极强的感发性，现实指向性较弱，笔者可以认定这是左思对不公政治制度的批评与抱怨，但"世胄"、"金张"并不能贸然落实于左思当时的具体某一权贵或家族。这意味着，诗中意象与现实人生已经拉开了一大段距离，减弱了直接现实关怀的力量，后者被审美化了。

(3)线型叙事的减弱。改变诗史的情节性叙述，减弱了历史人事的叙事性，形式更加紧凑，诗歌的叙述性成分减少，抒情性增强。

(4)用典的形式化。左思凭借对比原则将历史典故转化为结构中审美意象，对比两端的映衬与发明造成的自洽性，在削弱政治与道德的象征意义以后，在形式冲动下，将其转化为一种灵活的形式材料——即历史事象——参与到诗体的结撰。

王夫之曾说："风雅之道，言在而使人自动，则无不动者。太冲一往，全以结构养其深情，三国之降为西晋，文体大坏，古度古心不绝于来兹者，非太冲其焉归？”①前人评左思《咏史》诗多注意“左思风力”的价值，以及这种风格对李白等人的影响，王夫之也高度评价左思在西晋时期绮靡雕采文风下，对前代建安风骨的继承与发扬，不过，他“以结构养深情”的观点需高度注意。其所言“结构”，应当指左思以对比结构为中心、以用典技术为基础的历史事象的运用，正因为有此精切的结构，才有“壮而不悲”、“文典以怨”的审美境界。

左思的诗歌抽象带来了重要的形式变化。他在探究天人之际、总结历史模型的内在冲动推导下，形诸于诗咏时，朱自清所谓“比体诗”之借史抒怀的特征即被弱化了。左思引用的典故大大淡化了典故的现实象征意义，刘安、班固、王逸所解读的《楚辞》中对君臣关系、政治道德等直接而狭隘的现实隐喻，在左思《咏史》中是微弱的，我们可以从左思的身份、经历去揣测其用典动机，但难以如汉代《诗经》解释学一般，将左思用典与其身边事件中的某一人、某一事一一坐实②。《咏史》八首中，典故已经进化为一种较为纯粹的形式材料，一种灵活独立的历史事象，历史时空被形式化了，臻于纯粹审美之境。左思的另一创造是充分发挥辞赋写作中积累起来的对比技巧，延续孔融等人在五言诗中的尝试，出色地以对比技巧组织全诗的意象、语言与典故，将历史事象纳入时空对比的宏大结构，直接启发了后世诗歌特别是近体诗引史入诗的时空对比结构。

左思作为文学大家，凭《三都赋》的辉煌成就，在辞赋上的地位自不待言，而他在五言诗上的巨大成绩也应受到更高的评价。其《招隐诗》(其二)，大量的山水自然描写，已经从刘安《招隐士》中可怖的自然，变为个人体验到的可亲可居的风景，顾彬评说：“左思的另一首《招隐诗》，用的虽是旧题目，但山水诗的气息已相当

① (清)王夫之评选，张国星校点：《古诗评选》卷4，文化艺术出版社1997年版，第174页。

② 阮籍《咏怀》诗用典尽管“寄托遥深”，但现实指向性仍然很强。

浓厚。”①在中古诗歌运动以“感知优先抒情”为特征的境化潮流中，左思也写下浓重的一笔。尽管五言诗并非左思的主攻方向，他仍然凭借赋体写作中训练出的对比技术，组织起八首《咏史》诗，以极具开拓性的精神，创造出结构与诗情俱佳的不朽诗作，为后世诗歌引史类用典技术铸就了范典，成为中古诗歌运动以“形式范导抒情”为要旨的律化运动中重要的一家。

① ［德］W. 顾彬著，马树德译：《中国文人的自然观》，上海人民出版社 1990 年版，第 131 页。

第四章　典入织体：律诗用典美学

第一节　永明诗歌：用典与声律联璧的先声

一、沈约“文章三易”说

沈约曾提出著名的“文章三易”说，其内容与永明声律理论密切相关，兼及用典、炼字等技巧。沈约语载《颜氏家训·文章》，原文为：

> 沈隐侯曰：“文章当从三易：易见事，一也；易识字，二也；易读诵，三也。”邢子才常曰：“沈侯文章，用事不使人觉，若胸臆语也。”深以此服之。祖孝徵亦尝谓吾曰：“沈诗云‘崖倾护石髓。’此岂似用事邪？”①

此段首先引沈约“三易”说，其后引邢邵、祖珽二人对沈约诗文中用典的评论。“三易”之一为“易见事”，“事”指用事之事，即典故，“易见事”要求诗中用典易于被读者领会、接受。“三易”之二，为“易识字”，要求诗歌文字易读易认，不用生僻晦涩的文字。“三易”之三，为“易读诵”，要求诗歌字句声律和谐，朗朗上口，避免佶屈聱牙的声音效果。“易见事”、“易识字”是“易读诵”的前提条件，用典艰涩难以理解，用字生僻难以辨别，都会给阅读、朗诵带

---

① 王利器：《颜氏家训集解》(增补本)卷4，中华书局1993年版，第272页。

来困难。沈约“三易”说，是从文学接受者角度提出的文学批评与诗歌美学标准，其中“易读诵”的标准落实为永明诗歌运动，即声律美学的提出与实践，也是永明体诗派与于诗歌发展贡献最大者，而“易见事”、“易识字”两则所提出的用典美学、形式美学，是对前代诗歌风潮的回应，也具有很大的正面价值。

首先，“三易”说是对元嘉诗风的反拨。

萧子显《南齐书·文学传论》曾论及在元嘉三大家谢灵运、颜延之、鲍照影响下，盛行于齐梁诗坛的三个流派：

> 今之文章，作者虽众，总而为论，略有三体。一则启心闲绎，托辞华旷，虽存巧绮，终致迂回。宜登公宴，本非准的。而疏慢阐缓，膏肓之病，典正可采，酷不入情。此体之源，出灵运而成也。次则缉事比类，非对不发，博物可嘉，职成拘制。或全借古语，用申今情，崎岖牵引，直为偶说。唯睹事例，顿失清采。此则傅咸五经，应璩指事，虽不全似，可以类从。次则发唱惊挺，操调险急，雕藻淫艳，倾炫心魂。亦犹五色之有红紫，八音之有郑、卫。斯鲍照之遗烈也。三体之外，请试妄谈。若夫委自天机，参之史传，应思悱来，勿先构聚。言尚易了，文憎过意，吐石含金，滋润婉切。杂以风谣，轻唇利吻，不雅不俗，独中胸怀。①

三大流派分别学谢灵运、颜延之、鲍照，萧子显对当代文坛的批评，实际也蕴含着对三大家以来三种诗风、诗法的批评。《文心雕龙·明诗》曾记述刘宋文坛的风气：“宋初文咏，体有因革。庄老告退，而山水方滋；俪采百字之偶，争价一句之奇，情必极貌以写物，辞必穷力而追新，此近世之所竞也。”②此时诗坛玄言诗隐退，山水诗乍兴，诗人注意摹写自然山水，张扬诗法上的创新，专注对

① （南朝梁）萧子显：《南齐书》卷52，中华书局1972年版，第908页。

② （南朝梁）刘勰著，黄叔琳注，李详补注，杨明照校注拾遗：《增订文心雕龙校注》卷2，中华书局2000年版，第65页。

偶、丽辞、用典在诗歌形式中的运用。

萧子显评谢灵运影响下的诗风有“迂回”、“疏慢阐缓”、“酷不入情”等弊病。谢诗注意以稳定的程式、绵密的文字、丰富的对句、大量的用典，摹写自然外物，印证玄言哲理，但也因此造成繁复、拖沓、迂回的弊病。

颜延之诗辞藻艳丽，如错彩镂金，诗中大量使用对偶和用典，即萧子显所谓“缉事比类，非对不发”与“全借古语，用申今情”，于诗歌美学有极大创造，但缺点亦颇多，如“职成拘制”、“崎岖牵引”等，古今以来颇受诗论家指摘。钟嵘《诗品》批评道：“至于吟咏情性，亦何贵于用事？‘思君如流水’，既是即目；‘高台多悲风’，亦惟所见；‘清晨登陇首’，羌无故实；‘明月照积雪’，讵出经、史？观古今胜语，多非补假，皆由直寻。颜延、谢庄，尤为繁密，于时化之。故大明、泰始中文章殆同书钞。”①“喜用古事，弥见拘束，虽乖秀逸，是经纶文雅才。”②颜诗之弊在于过度依赖对偶与用典，虽有华丽典雅的形式，却削弱了诗歌的可读性，反而淹没了诗人真情的表达。

萧子显对鲍照诗风影响的批评，主要集中于他的语言特色，“发唱惊挺，操调险急”，指诗歌声调上的险怪、急迫，“雕藻淫艳，倾炫心魂”指辞藻雕琢上的奇异、不经。萧子显将鲍照诗比附于“五色之有红紫，八音之有郑、卫”，体现儒家正统文学观的影响，对三大家的评价带有偏见。曹植以来，绮丽诗风已逐渐盛行，三大家只是其中之一环而已。

萧子显在分说三体之后，提出自身的诗歌美学标准：“言尚易了，文憎过意”指语言的平易通俗；“吐石含金，滋润婉切”指语言的文雅优美；“杂以风谣，轻唇利吻”指语言的易于诵读；“不雅不俗，独中胸怀”是对前几项的总结，要求语言在文雅与通俗间的平

① （南朝梁）钟嵘著，陈延杰注：《诗品》总论，人民文学出版社1961年版，第4页。

② （南朝梁）钟嵘著，陈延杰注：《诗品》中卷，人民文学出版社1961年版，第43页。

衡。这与沈约“三易”说颇为接近，“易见事”、“易识字”、“易读诵”不过是另一种更通俗的表达。

其次，沈约诗歌美学体现了对声律美的高度重视。

“三易”说与“四声”说、“八病”说内在精神一致，都是侧重于声律美学的要求，不过其提出角度不同。前者是从文学接受者角度，后者是从文学创造者角度，前者主要依据欣赏者的阅读、吟诵体验，后者则详细探讨了创作者所应依从的创作法则。沈约对当时诸多诗人的评价，都体现出声律美学的中心观念。

《文心雕龙·明诗》云：“四言正体，则雅润为本；五言流调，则清丽居宗。”①“清丽”被定为五言诗之流行美学标准，这能代表时人的意见②。谢朓之诗，以清丽见长，沈约屡次激赏于谢朓之作品③。大、小谢均侧重于山水诗的创作，但小谢之诗已经更好地处理了景物描写与个人抒怀的关系，在对偶、用典、辞藻上的处理也更加成熟，更为重要的是他成功地实践了永明体的声律理论。谢朓诗语言清新流畅，去除了晦涩的哲理玄言、艰涩的生词僻典，诗文中常加有口语化的语句，如“望山白云里，望水平原外”，将读者引入平易的诵读体验。谢朓曾云：“好诗圆美流转如弹丸。”④这可谓是他诗学观与诗歌特色的极佳概括。球形弹丸本身呈现优美的弧线，而它的运动轨迹也因其外形显得轻快、润滑、悠长，作为诗歌的阅读体验比喻，与“易见事”、“易识字”、“易读诵”是一致的。

---

① (南朝梁)刘勰著，黄叔琳注，李详补注，杨明照校注拾遗：《增订文心雕龙校注》卷2，中华书局2000年版，第65页。

② 刘勰之文学观与沈约较为相近，《梁书·刘勰传》云：“勰自重其文，欲取定于沈约。约时贵盛，无由自达，乃负其书，候约出，干之于车前，状若货鬻者。约便命取读，大重之，谓为深得文理，常陈诸几案。”(唐)姚思廉：《梁书》卷50，中华书局1973年版，第712页。

③ 《南史·谢朓传》载，沈约曾赞谢诗“二百年来无此诗也”。(唐)李延寿：《南史》卷19，中华书局1975年版，第533页。谢朓死后，他作《伤谢朓》一首：“吏部信才杰，文锋振奇响。调与金石谐，思逐风云上。岂言陵霜质，忽随人事往。尺璧尔何冤，一旦同丘壤。”

④ (唐)李延寿：《南史》卷22，中华书局1975年版，第610页。

沈约对谢朓的看重，也当是从“三易”的诗学观而来，对谢朓诗歌形式美学成就的肯定。

“好诗圆美流转如弹丸”原见于沈约引用，是为借此语评王筠诗：“谢朓常见语云，‘好诗圆美流转如弹丸’。近见其数首，方知此言为实。”①沈约对王筠的赞赏，也是从声律美学角度出发的。《梁书·王筠传》载：

> 尚书令沈约，当世辞宗，每见筠文，咨嗟吟咏，以为不逮也。尝谓筠：“昔蔡伯喈见王仲宣称曰：‘王公之孙也，吾家书籍，悉当相与。’仆虽不敏，请附斯言。自谢朓诸贤零落已后，平生意好，殆将都绝，不谓疲暮，复逢于君。”约于郊居宅造阁斋，筠为草木十咏，书之于壁，皆直写文词，不加篇题。约谓人云：“此诗指物呈形，无假题署。”约制《郊居赋》，构思积时，犹未都毕，乃要筠示其草，筠读至“雌霓(原注：五激反)连蜷”，约抚掌欣抃曰：“仆尝恐人呼为霓(原注：五鸡反)。”次至“坠石磓星”，及“冰悬坎而带坻”，筠皆击节称赞。约曰：“知音者希，真赏殆绝，所以相要，政在此数句耳。”筠又尝为诗呈约，即报书云：“览所示诗，实为丽则，声和被纸，光影盈字。夔、牙接响，顾有余惭；孔翠群翔，岂不多愧。古情拙目，每伫新奇，烂然总至，权舆已尽。会昌昭发，兰挥玉振，克谐之义，宁比笙簧。思力所该，一至乎此，叹服吟研，周流忘念。昔时幼壮，颇爱斯文，含咀之间，倏焉疲暮。不及后进，诚非一人，擅美推能，实归吾子。迟比闲日，清觏乃申。”筠为文能压强韵，每公宴并作，辞必妍美。约常从容启高祖曰：“晚来名家，唯见王筠独步。”②

此段话中，沈约把王筠赞为谢朓之后第一诗人，甚至声称自己诗艺逊于王筠。其中值得注意的是，沈约评论王筠诗作时，常把声律的

---

① (唐)李延寿：《南史》卷22，中华书局1975年版，第610页。

② (唐)姚思廉：《梁书》卷33，中华书局1973年版，第484~485页。

讲究作为重点，如“每见筠文，咨嗟吟咏”、“含咀之间，倏焉疲暮”句所明示，必有“吟咏”、“含咀”等吟诵、品读之程序。他对王筠诗盛加赞赏，“兰挥玉振，克谐之义，宁比笙簧”，将诗语之美比喻为玉石振动、笙簧演奏，且引用《尚书·舜典》之“诗言志，歌永言，声依永，律和声。八音克谐，无相夺伦，神人以和”①句，突出他对王筠诗声律之美的肯定。

从沈约评语可见，他对谢朓、王筠诗歌的赞赏出于一以贯之的诗歌美学标准，其核心即是对诗歌语言声律和谐美的追求，其直觉感受即“好诗圆美流转如弹丸”，其理论形式的总结即“易见事”、“易识字”、“易读诵”的“三易”诗评观。这些理论批评与诗歌评论，从另一个侧面构成了沈约的诗歌理论，与“四声说”、“八病说”共同建构了一套涵盖诗歌创作、欣赏的诗歌美学。

二、意义对比的经验

元嘉三大家之诗风，不仅颜延之属“缉事比类，非对不发”，其余二人也极为喜用对偶。谢灵运山水诗，在写景状物时大量使用山、水对峙的对偶句，宋严羽发现“灵运之诗，已是彻首尾成对句矣”②，明胡应麟称“骈俪已极”③，明王世贞云“谢氏俳之始也”④，这都是对谢客五言诗发展对偶传统的高度评价，日本古田敬一更是提出，“在中国对句史上，谢灵运是一个完成者、集大成者，是一个站在顶点的诗人”⑤。元嘉体喜用对偶的风气，被永明

---

①　(汉)孔安国传，(唐)孔颖达疏：《尚书正义》卷3，北京大学出版社1999年版，第79页。

②　(宋)严羽著，郭绍虞校释：《沧浪诗话校释》，人民文学出版社1961年版，第158页。

③　(明)胡应麟：《诗薮》内编卷2，上海古籍出版社1958年版，第29页。

④　(明)王世贞著，罗仲鼎校注：《艺苑卮言校注》卷4，齐鲁书社1992年版，第173页。

⑤　[日]古田敬一著，李淼译：《中国文学的对句艺术》，吉林文史出版社1989年版，第150页。

诗人承续，且推波助澜至新的高峰。

杜晓勤统计元嘉三家中，“颜延之五言诗无通篇对仗者；谢灵运 92 首五言诗中，通篇对仗者有 6 首，占 6.52% ；鲍照 165 首五言诗中，通篇对仗者 20 首，占 12.12%”①，而永明体骈偶化更显登峰造极之势，永明新体诗代表，五言二韵诗《永明乐》大多用通篇对仗形式，而五言新体诗通篇对仗者也甚多：

> 如谢朓 141 首五言诗中，通篇对仗者 18 首，占 12.77%，其中四韵及以上者 10 首，占通篇对仗诗的 55.56%；王融 83 首五言诗中，通篇对仗者 34 首，占 40.96%，其中四韵及以上者 13 首，占通篇对仗者 38.24%；沈约 156 首五言诗中，通篇对仗者 42 首，占 26.92%，其中四韵及以上者 13 首，占通篇对仗诗的 30.95%；萧子良现存五言诗 4 首，皆通篇对仗，四韵以上 1 首，占 25%；萧纲 250 首五言诗中，通篇对仗者 56 首，占 22.4%，四韵及以上者 28 首，占通篇对仗诗的 50%；庾肩吾 85 首五言诗中，通篇对仗者 32 首，占 37.65%，四韵及以上者 15 首，占通篇对仗诗的 46.88%；萧绎 107 首五言诗中，通篇对仗者 18 首，占 16.82%，四韵及以上者 7 首，占通篇对仗者 38.89%。②

这种骈俪诗风显露出诗人强烈的形式冲动，这种对偶的文字游戏除了易于结构诗句，也易于对比性地描写自然风景，如同谢灵运那样山景水景的交替成对一样。

孙康宜曾剖析谢灵运乐于写作山水对句的内在原因，是一种哲学观念的推动：

---

① 杜晓勤：《盛唐“齐梁体”诗及相关问题考论》，《北京大学学报》（哲学社会科学版）2011 年第 2 期。

② 杜晓勤：《盛唐“齐梁体”诗及相关问题考论》，《北京大学学报》（哲学社会科学版）2011 年第 2 期。

> 它最成功地传达了中国人的一种认识——世间一切事物都是并列而互补的。明显不同于实际旅行的向前运动，谢灵运在其诗中将自己对于山水风光的视觉印象平衡化了。他的诗歌就是某种平行并列的模式，在他那里，一切事物都被当作对立的相关物看待而加以并置。
>
> ……
>
> 谢灵运"同时的描写"不过是中国传统宇宙哲学的一种反映。中国人认为对应(parallelism)是宇宙间天生的法则。诗人试图发现存在于自然界汇总的对立关系，以便将这些对立关系组织起来，铸造为诗中"对仗"。①

中国哲学中的世界，是由相对存在的事物而组成的，所谓"一阴一阳之谓道"②，诗人也按二元对立的模式而不是游览顺序来描写所见的景物，对偶描写的对立关系也是自然规律的呼应，诗句消解了叙事性而增加了空间性。诗人这种象征自然的形式冲动，促使对比的哲学观念转化对偶的审美经验。

对比原则运用于意义对偶的成功，永明诗人是切身体会到的，当四声说发明为音声的对比提供新的可能性后，诗人迅即将声律美学的课题提上了日程。《乐记》云"大乐与天地同和"③、"乐者天地之和也"④，嵇康《声无哀乐论》云"音声有自然之和"⑤，音乐的和谐与自然的和谐有着类似的同构关系，音乐象征宇宙之和的哲学

① ［美］孙康宜著，钟振振译：《抒情与描写：六朝诗歌概论》，三联书店2006年版，第69~70页。

② （三国魏）王弼注，（唐）孔颖达疏：《周易正义》卷7，北京大学出版社1999年版，第268页。

③ （汉）郑玄注，（唐）孔颖达疏：《礼记正义》卷37，北京大学出版社1999年版，第1087页。

④ （汉）郑玄注，（唐）孔颖达疏：《礼记正义》卷37，北京大学出版社1999年版，第1090页。

⑤ 戴明扬校注：《嵇康集校注》卷5，人民文学出版社1962年版，第208页。

观，无疑使诗人建构诗歌内在音乐性的冲动更加炽烈，也使诗人的音声游戏更有趣味。

三、永明体的新发展

永明声律美学是中古诗歌运动重要的一波，在诗歌史上有着强有力而深远的影响。齐、梁、陈、隋、唐这些朝代的更迭并未造成永明声律说的中断，诗人们仍然有效地利用着前人的理论成果与创作经验。齐梁体、宫体诗、徐庾体、上官体、沈宋体这些不同时代的流行诗歌形式，其声律上的成就，都奠基于永明诗人群体的探索。

永明体之后的诗作，律化程度进一步提高。杜晓勤统计，南朝梁大同年间，徐庾体流行，徐摛、徐陵父子和庾肩吾、庾信父子占据诗坛中心时，诗歌中粘式律所占比例明显上升，“庾肩吾新体诗中粘对律占 22.72%，比沈约等人的比率翻了一倍多”，“范云、丘迟、何思澄、刘孝绰、萧子晖、江洪、朱超、戴暠等人，此时粘式律的平均比率也升至 15.54%”①。庾信的“庾信体”诗，“粘式律已占 16.66%”②，而徐陵“新体诗中粘式律占 57.14%”③。庾信半生滞留北朝，诗人对庾信体极为推重。徐陵也曾出使北朝并羁留数七年，李昶《答徐陵书》称其“久已京师纸贵，天下家藏，调移齐右之音，韵改河西之俗”④，两人对普及格律技术，作出巨大贡献。陈、隋两代诗人诗歌律化水平的显著提升，多是承二人成就而来。

永明体之后的五言诗声律技巧发生了一些变化，是永明声律理论的发展，这一演变主要表现在两个方面：一是四声多元化向平仄

① 杜晓勤：《从永明体到沈宋体——五言律体形成过程之考察》，见荣新江：《唐研究》第 2 卷，北京大学出版社 1996 年版，第 125 页。

② 杜晓勤：《从永明体到沈宋体——五言律体形成过程之考察》，见荣新江：《唐研究》第 2 卷，北京大学出版社 1996 年版，第 128 页。

③ 杜晓勤：《从永明体到沈宋体——五言律体形成过程之考察》，见荣新江：《唐研究》第 2 卷，北京大学出版社 1996 年版，第 128 页。

④ (北周)李昶：《答徐陵书》，见(清)严可均编：《全上古三代秦汉三国六朝文》集 13《全后周文》，商务印书馆 1999 年版，第 170 页。

二元化的简化趋势加剧，二是永明体重视五言诗句第一、第五的调声与重视第二、四字的调声法则的兼行与消长。律化运动中以上两条线索联系紧密，在永明体理论与创作中已经初见端倪。沈约的新体诗作中，平头、蜂腰两病实际上存在着对平声的要求比仄声宽松的现象，这已经为平仄二元化的走向埋下伏笔。

律化潮流中重第二、四字调声法则的兴起，在沈约同时代已经发生。《文镜秘府论》曾引隋刘善经释读“蜂腰”之规定，刘善经又引沈约与刘滔语并对其内在机理进行了解释：

> 蜂腰者，五言诗第二字不得与第五字同声。古诗曰：“闻君爱我甘，窃独自雕饰”是也。此是一句中之上尾。沈氏云：“五言之中，分为两句，上二下三。凡至句末，并须要杀。”即其义也。刘滔亦云：“为其分句之末也。其诸赋颂，皆须以情斟酌避之。如阮瑀《止欲赋》云：‘思在体为素粉，悲随衣以消除。’即‘体’与‘粉’、‘衣’与‘除’同声是也。又第二字与第四字同声，亦不能善。此虽世无的目，而甚于蜂腰。如魏武帝《乐府歌》云‘冬节南食稻，春日复北翔’是也。”①

平头是五言诗头两字同声调的避犯，上尾是五言诗末字同声调的避犯。沈约云，五言诗句的五字实际上可以分为两个分句，前两字与后三字，两个分句的音节响度重心在于分句末字，即第二字与第五字。刘善经云，蜂腰的提出与上尾依循的是同样的逻辑，分句末字也要注意同声调的回避。“闻君爱我甘，窃独自雕饰(平平去上平，入入去平入)”两句，上句第二、第五字重平声，下句第二、第五字重入声，都是犯蜂腰病。刘滔与沈约是同时代的诗人，其声律观点与沈约不同。刘滔同意诗句中分句末字的回避，但他的注意焦点却在于五言句第二、第四字，“冬节南食稻，春日复北翔(平入平入上，平入入入平)”两句，上句第二、第四字与下句第二、第四

---

① ［日］弘法大师原撰，王利器校注：《文镜秘府论校注》，中国社会科学出版社 1983 年版，第 412~413 页。

字都是重入声，即是犯此种声病。刘滔认为这种与蜂腰类似的声病，虽然没有名目却比蜂腰的危害更重，这种观点类似于唐律的二四字平仄交替规则。尽管刘滔与沈约在具体调声方法上存在歧异，但他们的立论之基，同是分句末字的声调避忌，而且刘滔的观点似乎是从蜂腰病的研究中引出的。

刘滔的声律论是促成永明声律说向唐代近体诗格律过渡的重要推手，不过，在直至初唐律诗定型时期，四声说、八病说都有着极大的影响力，齐梁体写作也代不乏人，直至五言律诗、七言律诗完全定型且与古体诗分立之势完全形成时，永明声律说与永明体的影响才淡出诗人视野，消解于新体诗中。

永明诗人、永明体的诗学成就与影响，主要集中于声律运动提出的诗歌美学与诗歌技巧。永明声律运动的基本美学目标，就是在高度推崇音乐美的追求下，最大限度地实现文人徒诗的内在音乐性，使其从直觉摸索阶段过渡为有规则可遵从的自觉创作阶段。工整、规则的音义对比是唐代近体律诗的核心形式特征，其又可以分为意义对比(对偶)与音声对比(声律)两个层次。意义对比是赋的一个基本技巧，汉大赋至魏晋小赋的大量创作，已经积累了丰富的相关审美经验，“元嘉三大家”谢灵运、鲍照、颜延之在迁移赋体意义对比的技巧，发展五言诗对偶技术上取得了很大成就。而音声的对比，直至在印度语言、学术的刺激下的四声说诞生后，永明诗人才得以创造出一套可操作的技巧与理论，并付之于诗学创作实践。永明诗人激荡起的南朝诗歌形式实验，以声韵调的对比为炼句、结体的基本原则，积累了丰富的审美经验，其中有些逐渐被后代诗人放弃，另一些则被发展与继承并融入新的诗歌形式创造之中。永明体、齐梁体有明确、严格、有体系的声律规则，是近体格律诗的诞生起点。

永明诗人在声律美学上的创造，被南朝梁、陈及隋、唐诗人传承不绝。永明体重视声律、对偶的诗风，对宫体诗、徐庾体、上官体、沈宋体都有深刻影响。初唐的诗格类著作：上官仪《笔札华梁》、《文笔式》、《诗格》、元兢《诗髓脑》、崔融《唐朝新定诗格》、李峤《评诗格》、王昌龄《诗格》等，对永明体的声律理论、对偶形式均有研究与归纳，特别是律体出现后，永明诗体逐渐被称为齐梁体、齐梁调诗，其四声、八病的形式特征亦被确定下来。入唐以后，齐梁体绮艳的诗风、琐碎的声病讲究、通篇对偶的形式，已经难以适应诗人的审美理想，在此背景下，对齐梁诗体的消化与改造成为诗歌形式美学发展的新潮流。

第二节　初唐宫廷诗的用典与律化

唐代是我国古典诗歌的黄金时代，自南宋江西诗派开始至明清诗坛，师法唐诗的美学境界与诗歌技术，一直被主流诗人认为是继承中国诗歌遗产的正宗路径。唐代诗歌美学的发展具有阶段性特点，李白、杜甫等大诗人艺术成就的取得，奠基于初唐诗人群体对六朝诗的总结与发展，初唐诗歌是中国诗歌史上承前启后的重要一波。

初唐诗歌的审美经验主要累积与活跃于宫廷诗歌活动的几代诗人的探索与创造。宫廷之外，大诗人也不乏其人，比如王绩与王梵志。不过，王绩虽然在唐代因辞官隐居脱离于宫廷诗人的群体之外，但是他的诗歌技术与诗歌主题实际上仍然源于南朝诗歌，与诸位由隋入唐的初唐诗人并无二致。王梵志的诗歌在当时及以后虽有一定的影响，却游离于主流文学的范围之外，明清之时基本已经失传，以至清康熙年间编纂《全唐诗》竟未收其诗。到了清末，敦煌遗书中王梵志诗的重新大量发现，加之白话文运动中胡适出于宣扬白话诗的目的，在《白话文学史》中对王梵志诗高度赞赏，王梵志的研究才渐成风气，影响日渐扩大。因此，当代学者，如美国宇文所安以宫廷诗为中心展开对初唐诗坛的考察中，暂且忽略王梵志，仍然可以推导出源于文学史发展原貌的学术观点。本书遵从学界研究的惯例，以宫廷诗为主要研究对象，还原及考察初唐诗歌用典审美经验的变迁与创造。

一、初唐宫廷诗的分期

宫廷诗，从字面来看，主要指帝王的文学侍从及有文学才能的高官、贵族，在宫廷生活（主要是君臣游宴赏心与奉和应制）范围内写作的诗歌，不过当宫廷诗形成一种稳定体式、风格、结构以后，其衍生于宫廷以外的诗人与创作也属于宫廷诗的范围。唐初宫廷诗指唐朝初年的宫廷诗歌活动。明杨慎《升庵诗话》云："唐贞观至景龙，诗人之作，尽是应制。命题既同，体制复一，其绮绘有余，而微乏韵度。"①此语对唐初宫廷诗的年代、体制与风格均有评论。贞观（627—649 年）为唐太宗（599—649 年）年号，景龙（707—710 年）为唐中宗李显（656—710 年）年号，至唐玄宗李隆基开元（713—741 年）年间，宫廷诗的繁荣逐步消退。贞观至景龙的约百年时间，是初唐宫廷诗的极度活跃时期②。

初唐宫廷诗的流变又可以分为三个时段：

第一，以唐太宗李世民为中心的贞观诗人群体。这一群体以李世民③为首，包括虞世南、陈子良、魏徵、李百药等人。他们的诗歌写作以君臣的唱和、属臣的应制奉答、饮宴游乐时赋诗等为主，内容包括歌颂帝王的功绩、宫室景物的描写、动植物的歌咏等，形式上吸收南朝文学对偶、丽辞、声律等形式技巧，风格追求一种典雅宏丽之美。

第二，唐高宗李治龙朔年间的诗人群体。上官仪及其作品风格为这群诗人创作的代表。上官体气魄虽然不如李世民时诗人作品宏大，不过写景状物却更加细腻、婉转、精致，风格"绮错婉媚"。

第三，唐高宗李治后期与武后时期，以"文章四友"与"沈宋"

---

① （明）杨慎：《升庵诗话》卷 8，见（清）丁福保辑：《历代诗话续编》，中华书局 1983 年版，第 787 页。

② 从聂永华的统计中可以看出初唐宫廷诗的盛况："《全唐诗》收录 94 年间存有作品的诗人共 220 余家，其中 210 多家是宫廷君臣、后妃，占初唐诗人总数的百分之九十强"，"在这 220 多位诗人中，剔除重出和一些诗人入唐前的作品，共得 2444 首，其中可以确定认为写于宫廷范围的诗约 1520 首，余下仅 920 首"。聂永华：《初唐宫廷诗风流变考论》，中国社会科学出版社 2002 年版，第 5 页。

③ 《全唐诗》收李世民诗 86 首，数量居此宫廷诗人群体之冠，其题材以纪行、咏怀、写景、咏物为主。

为代表的诗人群体。“文章四友”指崔融、李峤、苏味道、杜审言，“沈宋”指沈佺期、宋之问，诗歌格律化成就更高。

以初唐诗歌律化进程审视，三个时期可以概括为两个小段，第一段，主要表现为贞观至龙朔年间的诗人群体对南朝文学经验的继承，以及以上官仪为代表的对对偶与声律的发展；第二段则是武后朝，初唐四杰、文章四友、沈宋等诗人群体对律诗的定型。

二、初唐宫廷诗的形式规则

初唐宫廷诗是南朝文学包括宫体诗在内全面继承者，既继承了其成绩，也接受了其中的负面遗产。在艺术技巧上，宫廷诗比起宫体诗来，并未有跃升性或断裂性的变化，更多的是文学题材与文学风格的调整，例如李世民诗所具有的宏大气魄。宫廷诗从南朝文学那里，吸取了一整套成熟的文学技巧，涵盖主题处理、结构安排、用典、声律、辞藻等诸多方面。尽管有学者将初唐宫廷诗划分为不同的阶段与主题类型①，不过，它们实际上都遵循着同样一套固定文学形式与文学技巧。美国学者宇文所安将初唐宫廷诗从六朝诗那里继承的遗产称为“惯例”，他说唐朝宫廷诗时代普遍存在的诗歌惯例，“主要见于初唐诗，但都可以在南朝宫廷诗中找到源头”，“这些惯例作为一种特殊的、一致的时代风格，开始于五世纪，逐渐地演变成一套代表诗歌高雅趣味的约束法则”②。

宇文所安将这些文学惯例总结为两点：第一，“首先使人感觉到的是题目和词汇的雅致”③。宫廷诗常采用固定的题目，如“赋得”、“应制”等，标示出其一定的写作氛围与主题。宫廷诗有一套封闭而固定的词汇系统，它们高度文雅化，其中排斥了日常生活用

① 如葛晓音将初唐宫廷诗划分为三个阶段，“箴规型”、“颂美型”、“娱乐型”。参见葛晓音：《论宫廷诗人在初唐诗歌艺术发展中的作用》，见葛晓音：《诗国高潮与盛唐文化》，北京大学出版社 1998 年版，第 24~25 页。

② ［美］宇文所安著，贾晋华译：《初唐诗》，生活·读书·新知三联书店 2004 年版，第 7 页。

③ ［美］宇文所安著，贾晋华译：《初唐诗》，生活·读书·新知三联书店 2004 年版，第 7 页。

语与古语，排斥了描写强烈感情的真实语言，而游戏化、虚拟化的高雅情感却比比皆是。“宫廷诗的标准措辞基于几种特定的程式，这些程式与我们所认为的古典语言的标准相背离。在这里我们发现对隐晦词语、曲折句法、含蓄语义及形象化语言的普遍偏爱”①，委婉、含蓄、曲折、隐喻，以及通过描绘人物的姿势、行为、器物及服装，来间接描写他们的行动，都是宫廷诗语言的显著特点。第二，宫廷诗有固定的结构程式，“我们将其基本模式叫作‘三部式’，由主题、描写式的展开和反应三部分构成”②，这一形式起源很早(可追溯至魏晋时期的文人诗)，直到盛唐仍然被广泛运用于大部分律诗与古体诗。这种程式，在前部铺陈主题，点出人物的行为与发生的背景；在中间用两联或者更多诗联(多是对偶句)来引申主题、详细描写场景；结尾用诗人对景物的某种情感反应来完成整首诗，这种反应常是高度程式化、套路化的，比如在宴会诗的结尾留有余兴未尽、意犹未已之感。

他进而指出宫廷诗的诗学意义，“在这一时期里，诗歌语言被改造得精炼而灵巧，成为八九世纪伟大诗人所用的工具。从宫廷诗人对新奇表现的追求中，演化出后来中国诗歌的句法自由和词类转换的能力。从他们对结构和声律的认识中，产生出律诗和绝句。从他们对单个语词在诗句中的突出作用的注意，发展到对风格和措词的特别关注，使得后来从杜甫到王士祯的诗人各具个性”③。宫廷诗与诗人另一个重要意义是，通过这些程式化的结构、辞藻、典故等形式技巧，它使得不必是文学天才的文人与大臣也可以通过学习来掌握作诗的技巧。

在以点缀升平、歌舞盛世与取悦帝王的美学氛围里，宫廷诗成为一种点缀宫廷生活的形式游戏，以美刺比兴寄托儒家政治批评的

① ［美］宇文所安著，贾晋华译：《初唐诗》，生活·读书·新知三联书店 2004 年版，第 8 页。

② ［美］宇文所安著，贾晋华译：《初唐诗》，生活·读书·新知三联书店 2004 年版，第 8 页。

③ ［美］宇文所安著，贾晋华译：《初唐诗》，生活·读书·新知三联书店 2004 年版，第 10 页。

美学技巧被回避，抒发个人真情的风格被压抑。这种审美游戏迫使诗人只能在诗歌结构、句法、字法、声律、对偶、辞藻等诗歌形式上反复琢磨，才能在大量写法雷同的诗作中脱颖而出。形式主义的诗风与儒家政治诗学观的内在背离，让此时的诗歌活动饱受批评，不过，诗人们在文学技巧上的经验与创新，促使了近体律诗的最终成熟。

三、上官体的律化贡献

上官体因诗人上官仪而得名，《旧唐书·上官仪传》载，宰相上官仪“本以词彩自达，工于五言诗，好以绮错婉媚为本。仪既贵显，故当时多有效其体者，时人谓为上官体”①。上官体以五言为主，以上官仪“词彩”、“绮错婉媚”的风格为代表。“词彩”二字，“词”指文辞，“彩”指华丽，这大约是说上官体语言的雕饰艳丽。“绮错”，有学者考证班固《西都赋》最早使用这个词，其意义是指“以参差不齐的形式呈现出交错的样貌”，或“同类异目的众物杂汇丛交的意思”②。《旧唐书》这里的绮错，是形容上官仪诗善用对偶造成的分类文辞交错之形式特征。“婉媚”，是指文辞的婉约优美，这与王梵志诗的口语化特点，与建安诗歌刚健、俊爽、遒劲的阳刚风格，及魏晋士人慷慨任气的抒情方式完全相异。典雅、婉约、优美是宫廷诗歌语言的一般特点，而“绮错”是更为值得注意的诗歌形式，“绮错”代表的是初唐诗人对理论与创作中于对偶的高度重视。李商隐《漫成五章》之一云：“沈宋裁辞矜变律，王杨落笔得良朋。当时自谓宗师妙，今日惟观对属能。”③李商隐对沈佺期、宋之问、王勃、杨炯的文学声名颇不以为然，只把他们的文学成就限定于对偶的技巧上，这是对初唐形式主义诗风的辛辣批评，不过，仅

① （后晋）刘昫等撰：《旧唐书》卷80，中华书局1975年版，第2743页。

② 参见朱晓海：《“绮错”、“绮靡”解》，《清华学报》1995年25卷第1期，第27～49页。

③ （清）彭定求等编：《全唐诗》卷540，中华书局1960年版，第6216页。

就初唐来说，上官仪之于对偶的重视与研究可谓是集大成者，是沈、宋、王、杨的先驱。

（一）上官仪诗的对偶形式

上官仪被武后诛杀后，诗歌散佚较多。《全唐诗》中只存上官仪诗 20 余首，其最大特点就是对偶的密集使用。其中：五言诗 15 首，全诗对偶的有 7 首，为《奉和过旧宅应制》、《早春桂林殿应诏》、《奉和颍川公秋夜》、《咏雪应诏》、《奉和山夜临秋》、《奉和秋日即目应制》、《从驾闾山咏马》；七言诗 3 首，全诗对偶的有 2 首，为《咏画障》、《春日》。另有 9 首诗，不用对偶的诗联主要是首联与末联，如：

《安德山池宴集》，末联“方惜流觞满，夕鸟已城阛”。

《酬薛舍人万年宫晚景寓直怀友》，第八联“金狄掩通门，雕鞍归骑喧”，末联“别有青山路，策杖访王孙”。

《谢都督挽歌》，末联“怅然郊原静，烟生归鸟度”。

《和太尉戏赠高阳公》，第三联“倾城比态芳菲节，绝世相娇是六年”，末联“南国自然胜掌上，东家复是忆王昌”。

《王昭君》，末联“缄书待还使，泪尽白云天”。

《江王太妃挽歌》，末联“别有南陵路，幽丛临叶疏”。

《故北平公挽歌》，末联“寂寂琴台晚，秋阴入井干”。

《高密长公主挽歌》，末联“寂寞平阳宅，月冷洞房深”。

《入朝洛堤步月》，首联“脉脉广川流，驱马历长洲”。

此外，《八咏应制》二首是杂用三、五、七言诗句的诗歌，两首除了首联“启重帷，重帷照文杏”，“入丛台，丛台裛春露”两联上下句字数不一致，其他诗联上下句字数相同。如果这两首诗除去第一联，只是第二首第四联“攀折殊未已，复值惊飞起”不用对偶，其余联句也是对偶结构。

在初唐诗中，末联不用对偶是常见现象，为诗歌惯例。除末联之外，诗中不用对偶的诗联只有三首。这似乎暗示：对偶在上官仪看来更多的是一种审美形式的追求，而非完全受到描写、表意、抒情需要的控制与牵引。上官仪所撰《笔札华梁》论对偶重要性时说

“在于文章，皆须对属，其不对着，只得一处、二处有之”①，他自己的诗作与他的理论主张是一致的。要进一步探究上官仪这种颇受后人诟病的对偶至上主义诗风，还需要进一步讨论他的理论主张。

（二）上官仪的对偶理论

上官仪曾撰写《笔札华梁》，该书全本在南宋之前已经失传，今人张伯伟以《定本弘法大师全集》第六卷《文镜秘府论》为底本辑出，收入《全唐五代诗格汇考》。从目前所见资料来看，上官仪于对偶与声律两方面颇为留心。今本《笔札华梁》有《八阶》、《六志》、《属对》、《七种言句例》、《文病》、《笔四病》、《论对属》等章节，其中：《八阶》是谈诗的八种主题；《六志》是谈六种抒情写意的技巧，《属对》、《论对属》两篇谈对偶；《七种言句例》是从一字句到七字句七种诗歌句式的举例，《文病》、《笔四病》论诗文声律。《笔札华梁》论对偶与声律的部分是其中较为重要者，值得注意。

1. 对偶、类书与用典美学

上官仪对偶观所提出的事物相对于物类观，首先是时代诗学观念的折射，体现了初唐诗人创作语境。唐代存有大量类书，虽然如闻一多批评的那样，类书的风行助长了“文学被学术同化”②的风气，但类书对诗人撰写诗歌、游戏文字的文学活动提供了重要帮助，先秦成书的《尔雅》，就将文字词义分类集合，排比介绍。自从魏文帝时《皇览》创类书体式，南北朝至唐朝时期类书日渐繁荣。南北朝时，类书有刘杳《寿光书苑》、刘峻《类苑》、徐勉《华林遍略》、祖珽《修文殿御览》等，唐代类书高度发达，代表者有虞世南《北堂书钞》、欧阳询《艺文类聚》、徐坚《初学记》和白居易《白氏六帖》等。类书编纂依循分类原则，如将天文、地理、山、水、鸟

① （唐）上官仪：《笔札华梁》，见张伯伟：《全唐五代诗格汇考》，江苏古籍出版社 2002 年版，第 67 页。

② 闻一多：《类书与诗》，见闻一多：《唐诗杂论》，上海古籍出版社 1998 年版，第 3 页。

兽、草木等，归为自然现象类；将帝王、后妃、职官、礼、乐等，归为政经、文化、仪礼类；居处、服饰、器物等，归为社会生活类。每一类下，将古人文献中相关诗、文、故事、典故等集合附之于后。

类书的价值，首先使对偶的写作变得轻而易举。对偶所要求的同类相对、意义相反或意义相合，客观上对诗人的诗歌意象、历史故事、典故的记忆储备要求很高，类书的编纂使得诗人的对偶构思变得有迹可循。常备案头的类书，随时备检，为诗人的诗歌创作提供了可资借鉴的重要资源，于是即使是资质平庸的文人，也能拟出几句像模像样的诗句了。如果说诗歌的“惯例”是语言的法则，则类书中的经典诗句就是运用语法规则的“言语”之经典形式，诗人从中朝夕学习揣摩，涵咏吟哦，“语感”逐渐滋养深厚，自然写出精美诗句。此外，类书中除收古人诗文经典外，收入大量古代神话、历史、传说、文献、掌故等内容，对诗人熟悉古代典故的意义、语境与内涵大有裨益。诗人熟读类书，是诗人用典技艺的必要训练，如此写诗时典故方能信手拈来，自然贴切。大量甚至通篇对偶的上官仪诗作，或许正是依靠初唐几大类书的支持，才能将自然意象、社会人事、历史意象及典故冶于一炉，熔铸成上官体精美的诗句。

上官仪现存 20 余首诗作中，直接以“应制”、“应诏”、“宴集”、“奉和”、“挽歌”命名者有 13 首，另有咏物 2 首，朋友酬和 2 首，其余三首《王昭君》、《入朝洛堤步月》、《春日》为咏史、写景题材。上官仪之诗主要范围还是游宴赏心、奉和应制、咏物写景等宫廷诗之传统主题为主，其中《入朝洛堤步月》为稍逾出这个主要界限而较清新自然者。全诗为：

脉脉广川流，驱马历长洲。
鹊飞山月曙，蝉噪野风秋。

即便是这首与宫廷诗之主题略显不同的四句小诗，其中所体现的技巧仍然来自于宫廷诗人群体的既有“惯例”。

这首诗作于唐高宗龙朔(661—663)年间，当时上官仪高居宰相之职，位高权重，声名显赫，他自己也颇为得意。刘餗《隋唐嘉话》载："高宗承贞观之后，天下无事。上官侍郎仪独持国政。尝凌晨入朝，巡洛水堤，步月徐辔。"①诗兴萌动，此诗脱口而出。当日清晨上官仪领百官与东都洛阳之皇城等候上朝。皇城傍临洛水，众人即在岸边之洛堤上等候，所在位置正与皇城隔落水相望。"脉脉广川流，驱马历长洲"，"广川"即代指洛水，"长洲"代指洛堤，这里是宫廷诗技巧中以华丽辞藻、神话传说、汉代文物建筑等代指眼前真实景物的技巧。"脉脉"两字诗引语式用典，化用的是《古诗十九首·迢迢牵牛星》"盈盈一水间，脉脉不得语"句意。《迢迢牵牛星》以牵牛织女传说为题材，写二人的爱情别离，在儒家政治诗学阐释学传统中，这种男女爱情关系被类比为君臣政治关系，牵牛、织女的别离即是君臣隔阂或者臣子被流放、疏离的一种比喻。上官仪则反用了这个典故，"驱马历长洲"即暗示他与皇帝的关系是没有"大河"相隔的，随时可以有"长洲"可以驱马悠然而通行，君臣关系是信任的、融洽的。这个典故的巧妙运用，充分暴露了上官仪的志得意满。

这首即兴之作首联没有用对偶，末联却是工对。"鹊飞山月曙，蝉噪野风秋"两句是写秋景，呼应牛郎织女七夕相会的初秋季节。一个秋天的早晨，夏蝉那聒噪的蝉鸣已经被秋蝉的凄鸣代替，清晨的秋风与山头的月亮都带来阵阵寒意，只有被晨曦惊起的喜鹊，用它的鸣叫提醒诗人，白天已经到来，温暖的阳光将驱除人们身上的凉意。这两句诗看似写景，实际仍然是运用典故组织场景，委婉而含蓄地传达诗人之意。

"鹊飞山月曙"是引用曹操《短歌行》的词语、意象与寓意，《短歌行》有"月明星稀，乌鹊南飞，绕树三匝，何枝可依。山不厌高，海不厌深，周公吐哺，天下归心"。乌鹊高飞寻求停靠的枝干，是士人寻找贤君明宰为政治之依靠的隐喻，曹操自负是人才可以依靠的主公，诗句中有招揽士人之意。上官仪此句，颇有以曹操自比，

① (唐)刘餗：《隋唐嘉话》，中华书局1979年版，第32页。

自夸治理朝政之功，以及招揽、庇佑人才为大唐效力的意思。“蝉噪野风秋”，化用南朝陈张正见《赋新题得寒树晚蝉疏》：

寒蝉噪杨柳，朔吹犯梧桐。
叶迥飞难住，枝残影共空。
声疏饮露后，唱绝断弦中。
还因摇落处，寂寞尽秋风。

蝉的成虫在高高的树枝上独鸣，只以吮吸植物的汁液为生，很有不食人间烟火的仙气。古代诗人运用这一意象时，常常把它纳入儒家比德传统，作为高洁人格的象征。① 这一用典传统被宫廷诗所继承。上官仪诗中的蝉有与之类似的意涵，却不止于此。

自然中常见栖身树枝的蝉有夏蝉、秋蝉两种，《礼记》云：“仲夏之月……蝉始鸣”“秋之月……寒蝉鸣”。② 夏蝉鸣声单调、感觉热烈，秋蝉常孤独地鸣叫，声音有强弱起伏的节奏，感觉略显凄凉。在魏晋文学传统中，蝉又常以其弱小被鸟、虫攫食，而被诗人赋予自身难保的比喻。曹植《赠白马王彪》有两联：“踟蹰亦何留，相思无终极。秋风发微凉，寒蝉鸣我侧。”此诗饱含身处政治斗争漩涡而丧失自我命运控制力量的无助，正直品行被诬陷的冤屈交织在一起，上官仪所咏《入朝洛堤步月》所写之蝉，或许也饱含此种寓意③。上官仪虽然被高宗宠幸，却因建议废立武后而被武后憎恨，终于他还是被武后指使许敬宗以谋反罪诬陷而处死。上官仪位列宰相之职时，或许常常也会因卷入唐高宗与武后的权斗，而对个

① 曹植《蝉赋》里有这样的句子：“皎皎贞素，侔夷节兮；帝臣是戴，尚其洁兮。”赵幼文：《曹植集校注》卷1，人民文学出版社1984年版，第93页。

② 参见（汉）郑玄注，（唐）孔颖达疏：《礼记正义》，北京大学出版社1999年版，第498~521页。

③ 与上官仪时代较近的骆宾王有《在狱咏蝉》诗，所咏主题与比兴技术与曹植一致，诗云：“西陆蝉声唱，南冠客思侵。不堪玄鬓影，来对白头吟。露重飞难进，风多响易沉。无人信高洁，谁为表予心？”

人前途与安全产生忧虑。旷野秋风中的蝉鸣，说出了几分上官仪的志高气满，也说出了几分他的忧思与彷徨。这种奇妙的诗中韵味，混合在一起，隐藏在一幅完整的风景图画中，而它的层层皴染与准确解读都需要依靠深厚的典故学养。这首小诗体现出上官仪的深厚文人修养，而读者若想完全破译诗中的蕴藉，也同样需要对类书一类的著作高度熟悉。

类书的存在，不仅促进了初唐诗人的用典美学，从另一个角度来说，则为诗人的形式游戏建立一个典故的百科全书与辞藻的语料库，诗人可以借此以引语或引事的途径，将古诗文语言重新转化组合，迅速拟句成诗。这类似于组装积木的游戏。上官仪高超对偶技巧的磨砺，与此类著作的支持应该大有干系。① “鹊飞山月曙，蝉噪野风秋”用了对偶的形式，同时也是严格的对仗(其格律为“仄平平仄仄，平仄仄平平”)。这两句剪裁化用前人语句技巧高超，“鹊飞山月曙”，“鹊飞”是压缩“乌鹊南飞”，“山月曙”则是加长了“月明”两字，“蝉噪”是从“寒蝉噪杨柳”挑出主谓结构两字凝缩原意，“野风秋”是将“寂寞尽秋风”的“秋风”两字拈出，再颠倒后加一字而成。在引语式用典时，典面是高度灵活的，诗人可以根据对偶与平仄的需要对典面自由地凝缩、剪裁与挑选。

2.《笔札华梁·属对》论对偶

《属对》篇列举了9种对偶的类别，为：“的名对”、“隔句对”、“双拟对”、“联绵对”、“异类对”、“双声对”、“叠韵对”、“回文对”、“同类对”。9类对偶，有些是从声韵的角度来划分的，如“双声对”、“叠韵对”；有些是从词类的角度来划分的，如“的名对”、“异类对”、“同类对”；有些则是从字词的位置与诗句形式特点来划分的，如“联绵对”、“隔句对”、“双拟对”、“回文对”等。关于对偶的划分，自从《文心雕龙·丽辞》提出“正对、反对、言对、事对”四种划分以来，初唐诗论、诗法类著作诸如《诗髓脑》、

---

① 《入朝洛堤步月》中，出句所用曹操诗典收于《艺文类聚》卷92“鸟部下”“鹊”条目下，对句所用张正见诗典收于《艺文类聚》卷97“鳞介部下”“虫豸部”“蝉”条目下。这或许源于上官仪对《艺文类聚》的熟悉。

《诗议》、《文笔式》等有多种划分，对偶是诗人讨论的重要诗歌议题之一，《文镜秘府论》将之集合整理为 29 种。诗人对对偶研究的发展，既体现为对偶形式类别划分的细化，也伴随着美学观点的提炼。

《文心雕龙·丽辞》云："故丽辞之体，凡有四对：言对为易，事对为难；反对为优，正对为劣。言对者，双比空辞者也；事对者，并举人验者也；反对者，理殊趣合者也；正对者，事异义同者也。"①其中，言对指语言上的对偶，事对指用事（用典）上的对偶，正对指对偶前后两方事例不同而性质相同，反对指对偶前后两方事例不同而性质也不同。刘勰对对偶的分类，实际上侧重于语言表达内容的关系来判断，对"言对"的语言形式（能指）仍是语焉不详的。上官仪的对偶分类用心精微，比之刘勰更加深入至对偶句中每一个的音、义、位置考察对偶效果的成立，这是他的重要贡献。

上官仪对偶分类的另一个重要贡献在于，其"双声对"、"叠韵对"等分类将声律讲究带入诗句对偶的创造。律诗之对仗不仅讲究对句词语词性、意义的相对、相联，更讲究平仄的相对，双声、叠韵等声韵观念的引入，对声音效应的重视，必然会与和谐声律美的追求合流，成为对偶向对仗发展的一个推动力。对偶律化之途的开启，与"联绵对"、"隔句对"、"双拟对"、"回文对"等对偶类别浓厚的游戏意味一致，都为唐人诗歌审美游戏注入新的规则与趣味。

《笔札华梁·属对》是对偶理论上的深入探析，因此卓异于同类著作中诸多繁琐的对偶类别划分②。《属对》中提出了他的对偶美学观：

---

①　（南朝梁）刘勰著，黄叔琳注，李详补注，杨明照校注拾遗：《增订文心雕龙校注》卷 7，中华书局 2000 年版，第 447 页。

②　初唐时期诗格类著作中，对偶分类有：佚名《文笔式》有的名对、隔句对、双拟对、联绵对、互成对、异类对、赋体对、双声对、叠韵对、回文对、意对、头尾不对、总不对对。佚名《诗格》有的名对、隔句对、双拟对、联绵对、互成对、异类对、赋体对。元兢《诗髓脑》有正对、异对、平对、奇对、同对、字对、声对、侧对。崔融《唐朝新定诗格》有切对、双声对、叠韵对、字对、声对、字侧对、切侧对、双声侧对、叠韵对。以上内容参见张伯伟：《全唐五代诗格汇考》，江苏古籍出版社 2002 年版，第 68~138 页。

> 凡为文章，皆须对属；诚以事不孤立，必有配匹而成。至若“上”与“下”，“尊”与“卑”，“有”与“无”，“同”与“异”，“去”与“来”，“虚”与“实”，“出”与“入”，“是”与“非”，“贤”与“愚”，“悲”与“乐”，“明”与“暗”，“浊”与“清”，“存”与“亡”，“进”与“退”，如此等状，名为反对者也。(原注：事义各相反，故以名焉。)除此以外，并须以类对之：“一二三四”，数之类也；“东西南北”，方之类也；“青赤玄黄”，色之类也；“风云霜露”，气之类也；“鸟兽草木”，物之类也；“耳目手足”，形之类也；“道德仁义”，行之类也；“唐虞夏商”，世之类也；“王侯公卿”，位之类也。及于偶语重言，双声叠韵，事类甚众，不可备叙。①

上官仪说：“凡为文章，皆须对属。”“文章”大于诗的概念，这种对对偶在文学作品中地位高度强调，与南朝骈俪文风的巨大影响密不可分，不但宫廷诗中对偶为不可或缺的基本技巧，而且骈体文在唐代仍然盛极一时。上官仪现存诗作中，对偶的数量密度极高，对偶可谓是上官体诗体形式要旨所在，也是上官仪中心组织原则。“故援笔措辞，必先知对”②，对偶竟被当作诗人学诗、写诗的先决条件。上官仪诗的对偶形式与近体诗的形式规律相同，可以视为近体诗律化规律的某种较为成熟、趋于固定的示范。

上官仪将对偶密集运用的理由，首先是“诚以事不孤立，必有配匹而成”，自然事物或某种观念都不是孤立存在的，而是相对而

① (唐)上官仪：《笔札华梁》，见张伯伟：《全唐五代诗格汇考》，江苏古籍出版社2002年版，第69页。

② (唐)上官仪：《笔札华梁》，见张伯伟：《全唐五代诗格汇考》，江苏古籍出版社2002年版，第42页。

生的①，如“上下”、“尊卑”、“有无”、“同异”、“去来”、“虚实”、“出入”、“是非”、“贤愚”、“悲乐”、“明暗”、“浊清”、“存亡”、“进退”等，同组概念却取义相反，成对子的存在。这种对比式观念的产生，与中国的阴阳对比哲学有很大关系。《文心雕龙·丽辞》也持这种看法：“造化赋形，支体必双；神理为用，事不孤立。夫心生文辞，运裁百虑，高下相须，自然成对。”②自然事物的成对存在被认为是一种本体性的规律，前人因此在用语言讲述内容时常常会用对偶式的语言形式，而后对偶被写作者自觉使用时，它似乎就被赋予了象征宇宙万物内在秩序的功能与意义。其次，自然、社会、人事、历史等客观存在物，都可以归为“类”。类，就是一些性质相似的事物集合，“一二三四”，属于数字类；“东西南北”，属于方位类；“青赤玄黄”，属于色彩类；“风云霜露”，属于气象类；“鸟兽草木”，属于自然物类；“耳目手足”，属于人体类；“道德仁义”，属于社会行为类；“唐虞夏商”，属于历史世代类；“王侯公卿”，属于爵位类。依据类的观念，所有自然物、社会现象、人事、精神观念等客观存在都可以归为不同的类别，每一类中都有多种性质近似的物。这种分类很类似于《尔雅》中“天、地、丘、水、草、木、虫、鱼、鸟、兽、畜、宫、器、乐”的分类，《尔雅》本是词典，在解释词义的同时，也将同类的字、词汇集在一个小组。分类组织的类书，也可以视为一部辞典。

当宫廷诗人作诗时，诗歌主题、结构是高度程式化的，组合关系较为固定，诗人就在聚合关系上用功，比如在咏梅时诗人就将与梅有关的典故、诗句、辞藻这组聚合关系调动起来，择取最美丽的诗句配合最精妙的表达形式，组合成诗。谁的形式质料准备得更充分，谁就可能创造更加耳目一新的诗句，这或许是初唐类书容量日

① 沈约的声律论以颜色、声音的多样对比的和谐性存在类比文学声律与刘勰《文心雕龙·原道》以道类比文，都是借由自然形式美与文艺形式美类比的方法论，作为立论之基。

② （南朝梁）刘勰著，黄叔琳注，李详补注，杨明照校注拾遗：《增订文心雕龙校注》卷7，中华书局2000年版，第447页。

渐增大的动因之一，有些诗人甚至不满通行的诸多类书内容而自行纂集，如白居易的《白氏六帖》(《经史类要》、《事类集要》)。

在上官仪的对偶美学里，对偶的美学意义、撰写技巧、形式特征得到充分的研究，这为他在作品中对诗歌空间性的充分开掘，夯实了基础。

3. 用典、对偶与诗歌形式的空间性

文字逐个呈现造成的线性结构，是诗歌的重要形式特点，“声音的延续即时间的流动”①，诗歌具有时间性艺术的特点。上官仪诗歌凭借类书的熟读博用，创造了精湛的对偶、用典技巧，此美学技术还具有重要的空间性意义。上官仪诗中有不少对句上下句意思相近，近于合掌对，比如《奉和秋日即目应制》“楼台相掩映，城阙互相望”等诗句，不过总体来说，标准的合掌对在上官诗诗中还是乏见的。即以此诗为例：

奉和秋日即目应制

上苑通平乐，神池迩建章。
楼台相掩映，城阙互相望。
缇油泛行幔，箫吹转浮梁。
晚云含朔气，斜照荡秋光。
落叶飘蝉影，平流写雁行。
槿散凌风缛，荷销裛露香。
仙歌临枍诣，玄豫历长杨。
归路乘明月，千门开未央。

此诗写的是随皇帝出游观览林苑秋景，全诗都由对偶句组成，句式节奏一致，都是二——二式。第一联，上林苑、平乐观、建章宫都是汉代宫观、园林名，这是沿用宫廷诗追求典雅的一般用法，以

① 袁行霈：《中国古典诗歌语言的音乐美》，见袁行霈：《中国诗歌艺术研究》，北京大学出版社 1987 年版，第 116 页。

汉代建筑代指唐代的风景，为了适应五言诗的节奏，上苑、平乐、建章是原词(上林苑、平乐宫、建章宫)凝缩后的用法。第一联，上句写宫观与园林相通，下句写宫观与池沼相连，林与水的对比。第二联，上句写近景，楼台交错掩映，下句写远景，皇宫前面两边的楼台分立两旁遥遥相望，远与近的对比。第三联，上句写皇帝、贵族出游时如波浪起伏的红色屏风之流，下句写浮桥上游行队伍鼓噪出的音乐声，这是视觉与听觉的对比。第四联，上句中云是遥远的物象，寒冷的空气是由触觉感受到的，下句中傍晚的阳光投射在大地上给景物与人群披上华丽的紫红色，这是由视觉感受到的近景，这一联有远景、近景、视觉、触觉的对比，同时晚云与晚霞中景物色调是接近的，这又是统一。第五联，上句写秋蝉飘飞的影子掠过地上层积的落叶①，下句写大雁南飞的队列反射在秋日平缓的水面上，林间单飞的蝉与空中成群的雁有大小的差异，这仍是近景远景的对比。第六联，写岸上的木槿花与水里的荷花已经凋谢，景物位置有对比。第七联，“仙歌”、“玄豫”都是代指皇帝出游队列的套语，诣宫、长杨宫都是汉代宫阙名，这里仍是代指所游览的地方。第八联，皇帝回宫的景象，未央也是汉宫名。

日本学者古田敬一曾指出中国诗歌的象征性特点，此处的象征性并非指以形象代指某种抽象的意义或者现实的、政治的隐喻，而是指“举出吟咏对象的一部分而描绘对象的整体形象”②。对句的上下句结构相同，所写的意象组成一个单位，这些单位基本上都可以归入时间和空间两个大的维度，通过选择时间、空间上的两点，比如朝与夕、今日与明日、山与水、天与地等，以个别体现整体，可以创造超出两点之上的新的世界，“这就是对句的象征性”③。上官仪此诗的对句，就其所指来说，有些是写皇家林苑的处所与景

① 此句中“蝉影”仍是用陈正见《寒树晚蝉疏》诗典故，取秋日寒蝉的字面意义。

② [日]古田敬一，李淼译：《中国文学的对句艺术》，吉林文史出版社1989年版，第185页。

③ [日]古田敬一，李淼译：《中国文学的对句艺术》，吉林文史出版社1989年版，第186页。

色，有些是写皇帝大臣游览队伍的行动，第二联至第六联描写景色的对句，主要在空间维度展开。

在这首诗的对句中，“仙歌临枍诣，玄豫历长杨”说的只是皇帝出游的简单意义，徒有其表的华丽句子纯粹只是一种文字游戏，尽管如此，这个对句在诗歌的形式建构上也并非毫无意义。第三联至第七联文字结构相同，都用中间一个动词将前后来两个名词(物象)连接一起，用两句强调一个意思，首先是强调节奏，其次以平行呈现的画面改变了直线性的诗歌叙事。诗歌的线性叙事方式，是典型的时间型艺术的形式，如果说“仙歌”句只是将线性节奏略有调整，而众多描写景物的对句充分展开了空间维度的铺展。在选取表征秋日节气的标志性景物中，上官仪用了蝉与雁、木槿花与荷花的组合，这是四种对季节高度敏感的动植物，概括出皇家花园乃至自然世界中动物、植物，在秋天来临时迁徙、蛰藏、死亡、枯萎、凋谢的生命表现。诗中近景与远景，天上的景物与身边的景物，宏大的景色与细微的物象等组成，远、近、大、小物象的配合成了有近景、中景、远景的立体图画。在记录诗人的观察时，有视觉、听觉、触觉不同的渠道，诗人的印象通过意象的并置，对比性地展开空间的渲染。

在三部式的诗歌结构中，中间描写部分，大多采用对偶句的形式描写自然物象与风景，这种结构最大程度地强化了诗歌的空间性，弱化了诗歌的线性(时间性)呈现方式，时间、空间的两线交错融合创造出审美空间，也比时间维度的单独发展，具有更强的宇宙象征意义。

四、律体的定型

现存南朝五言诗中可以找到若干合乎唐代律诗格律的诗作，但这些作品数量有限，在各个诗人作品中只是偶然发现，更为重要的是，从理论上说明律诗粘对规律的“换头”技巧是见于初唐文献的。早期文献中，常把律诗的定型与沈佺期、宋之问联系起来，如《新唐书·文艺传》：

唐兴，诗人承陈、隋风流，浮靡相矜。至宋之问、沈佺期等，研揣声音，浮切不差，而号“律诗”，竞相研习。①

《新唐书·宋之问传》：

魏建安后迄江左，诗律屡变，至沈约、庾信，以音韵相婉附，属对精密。及之问、沈佺期，又加靡丽，回忌生病，约句准篇，如锦绣成文，学者宗之，号曰沈、宋。②

唐元稹《唐故工部员外郎杜君墓系铭》：

唐兴，学官大振，历世之文，能者互出，而又沈宋之流，研炼精切，稳顺声势，谓之为律诗。③

唐皎然《诗式》：

洎有唐以来，宋员外之问、沈给事俭期，盖有律诗之龟鉴也……凡此之流，尽是诗家射雕之手。④

宋严羽《沧浪诗话·诗体》：

风雅颂既亡，一变而为离骚，再变而为西汉五言，三变而

---

① （宋）欧阳修，（宋）宋祁：《新唐书》卷201，中华书局1975年版，第5738页。

② （宋）欧阳修，（宋）宋祁：《新唐书》卷202，中华书局1975年版，第5751页。

③ （唐）元稹：《唐故工部员外郎杜君墓系铭》，见清董皓等编：《全唐文》卷654，上海古籍出版社1990年版，第2946页。

④ （唐）皎然注，李壮鹰校注：《诗式校注》，人民文学出版社2003年版，第205~206页。

为歌行杂体，四变而为沈、宋律诗。①

明王世贞《艺苑卮言》：

> 五言至沈、宋始可称律。律为音律法律，天下无严于是者，知虚实平仄不得任情而度明矣。②

这些文献都将沈、宋视为律诗定型的关键人物，以及律诗美学成就的典范。

也有学者将律诗的定型与更多的诗人联系起来，如明胡应麟云：

> 五言律体，兆自齐梁，而极盛于唐。唐初四子，靡缛相矜，时或拗涩，未堪正始。神龙以还，卓然成调，沈宋苏李和轨于先，王孟岑高并驰于后。③

胡应麟此说，将神龙(705—707 年)以下时期，视为律体定型(成调)的阶段，他将沈佺期、宋之问与苏味道、李峤并提，虽不像元稹等人将律体完成之功只归于沈、宋二人，不过其对初唐四杰的律化成就评价只给予“拗涩”的较低评价。现代学者中，刘大杰论沈、宋成就时云：“律诗到他们的手里，是完全成熟，后人再无需修改了。不管这些诗的格调是如何的低，宫体的气味是如何的浓厚，他们在诗史上，总是有相当地位的。”④此种观点在 20 世纪上半叶仍

---

① (宋)严羽著，郭绍虞校释：《沧浪诗话》，人民文学出版社 1961 年版，第 48 页。

② (明)王世贞著，罗仲鼎校注：《艺苑卮言校注》，齐鲁书社 1990 年版，第 160 页。

③ (明)胡应麟：《诗薮》内编卷 4，上海古籍出版社 1958 年版，第 58 页。

④ 刘大杰：《中国文学发展史》，百花文艺出版社 1999 年版，第 27~32 页。

有较大影响。

20世纪末以来，五律定型于沈宋之手的传统观点受到强烈的质疑。徐青列举沈约、王融、徐陵、庾信数首合律诗作后提出："五律的形成还要推前一个时代，是在南北朝齐梁之交产生，经梁、陈两代诗人的努力而形成起来的。"①刘宝和提出，五言律诗成熟于杨炯、骆宾王、李峤、杜审言等多人之手②，葛晓音揭示了《李峤百咏》确立与普及律诗形式范式的功能③，韩成武、陈菁怡探索了杜审言的五律、五排定型成就④，以上研究都提示律诗定型的复杂性。邝健行提出，元兢《诗髓脑》提出的换头术是律诗粘对法则的成熟与建立的标志，因此律诗的成熟应当在唐高宗后期，初唐五言新体诗格律的统计与分析也证明，沈、宋作品的合律并非极为突出者，故而传统认为沈宋确立律调的看法值得商榷。⑤

马茂元论沈、宋诗歌成就时曾云："高宗之末以至中宗景龙之际，律风大畅，作者云兴，人握灵珠，家持玉尺，沈、宋于此种风气下，总结前代积累之经验与时人创作之成果，因势利导，遂使诗歌古今体之分，成为定局。世言律诗而必推沈、宋者，盖以其篇什繁丽，纂组精工，举为诗体发展之过程。非谓沈、宋之外，同时诗人遂无律体之佳构也。"⑥郑振铎提出，"五言律"在"初唐四杰"的时代已经流行，而沈、宋最大的成就是促进了七言律的成立，并且

① 徐青：《南北朝律诗和诗律概要》，《湖州师专学报》1993年第2期。

② 参见刘宝和：《律诗不完成于沈宋》，《中州学刊》1984年第3期。

③ 参见葛晓音：《创作范式的提倡和初盛唐诗的普及——从〈李峤百咏〉谈起》，《文学遗产》1995年第6期。

④ 参见韩成武、陈菁怡：《杜审言与五律、五排声律的定型——兼述初唐五律、五排声律的定型过程》，《深圳大学学报》(人文社会科学版)2003年第1期。

⑤ 邝健行：《初唐五言律体律调完成过程之观察》，《唐代文学研究》1992年第3辑。

⑥ 马茂元：《读两〈唐书·文艺(苑)传〉札记》，见马茂元：《晚照楼论文集》，上海古籍出版社1981年版，第105~106页。

“他们的倡始号召之功，似较他们的创作为更重要”①。重视沈、宋二人对律诗诗体的时代影响，同时并不忽视同时代其他诗人的创作成就，是客观稳妥的看法。

笔者认为，唐前严格合律五言诗的个案，更多的是诗人多种尝试中的一种路径，直至初唐早期，严格合律的五言诗也未成为一股主流的力量，但这种形式游戏与文学实验也创造了一种新的诗歌审美经验，为初唐诗人的诗学变革提供了借鉴。将律诗定型的成就简单归功于沈、宋的观点，贬低了沈、宋之前与其同时诗人的律诗成就，也遮蔽了律诗的定型的历时性与群体性的特点，对于这种新审美经验的诞生的运动进程未能全面呈现。从创新理论的提出到大量诗人的反复尝试，再到技巧经验的总结最后至诗体定型的完成，是一个历史的进程。如杜晓勤对邝健行论点提出的不同意见，他说，尽管元兢发现了换头术，但因个人的保守而没能让更多的诗人知晓，但是沈、宋二人“奉之为‘律’，且通过自己在诗坛上的感召力，使得朝野之士纷纷仿效，严遵此‘律’”②，因此会有文学史上的较高评价。这种动态的考察更符合于唐诗律化运动的实际。

第三节　律诗用典美学的成熟

一、王绩的诗歌成就

在初唐诗人中，王绩在律化意识与创作成绩上是突出者，有学者甚至要推翻沈宋定型律体的传统观点而将奠基之功归于王绩③，未免言过其实，而杜晓勤评论“王绩完全可以称得上是唐初律化意

① 郑振铎：《插图本中国文学史》第二册，人民文学出版社 1957 年版，第 297 页。

② 杜晓勤：《从永明体到沈宋体——五言律体形成过程之考察》，见荣新江主编：《唐研究》第二卷，北京大学出版社 1996 年版，第 155 页。

③ 王志华：《五言律奠基者旧说应予推翻——重评王绩在诗歌史上的地位》，《晋阳学刊》1990 年第 3 期。

识最强烈的诗人"①，却符合实际。宇文所安曾云：(王绩)"的作品表现了对于宫廷诗传统的自觉排斥。"②具体看来，语言上，王绩朴素自然的诗语卓异于宫廷诗高雅尊贵的词汇；主题上，王绩通过模范与引用继承陶渊明，恢复了宫廷诗中缺失的隐逸、田园、饮酒的主题。但是，虽然可以强调王绩与宫体诗传统的对立，我们却不能忽视王绩至少在声律层面上与宫廷诗共享的南朝文学遗产。

薛道衡曾看到王绩的《登龙门忆禹赋》，赞叹道："今之庾信也！"③这恐怕不是简单类比，而是王绩受到庾信文学体式极大影响的一种概括。葛晓音曾提出："王绩在艺术方面也并未得到陶渊明的真传，而是从风格到艺术表现都肢解继承了庾信的田园诗。"④杜晓勤进而提出："王绩之所以能在新体诗声律方面取得如此巨大的成就，主要得益于他对庾信新体诗声律技巧的继承与发展。"⑤庾信、庾肩吾与徐摛、徐陵父子的"徐庾体"吸收了永明声律论的成就，是齐梁文学的重要代表诗体。庾信入北魏后，在北方诗坛影响很大，"庾信体"可谓北方诗人推崇的诗歌经典，王绩受其影响是自然的事⑥。

---

① 杜晓勤：《从永明体到沈宋体——五言律体形成过程之考察》，见荣新江主编：《唐研究》第二卷，北京大学出版社 1996 年版，第 131 页。

② ［美］宇文所安：《初唐诗》，生活·读书·新知三联书店 2004 年版，第 3 页。

③ 吕才：《王无功文集序》，见周绍良主编：《全唐文新编》第 1 部第 3 册卷 131，吉林文史出版社 2000 年版，第 1871 页。

④ 葛晓音：《山水田园诗派研究》，辽宁大学出版社 1993 年版，第 94 页。

⑤ 杜晓勤：《从永明体到沈宋体——五言律体形成过程之考察》，见荣新江主编：《唐研究》第二卷，北京大学出版社 1996 年版，第 131 页。

⑥ 杜晓勤从两个方面分析了王绩对庾信新体诗声律技巧的继承与发展：第一，庾信、王绩诗中运用最多的都是 a、b、A、B 四种律句形式；第二，庾信、王绩诗中运用的主要联式是都是 bA 联与 aB 联，大大增加了粘式律的形成机会。从杜晓勤的统计数据来看，庾信与王绩在四种句式与 bA 联、aB 联的分布比例很近似。以上内容参见杜晓勤：《从永明体到沈宋体——五言律体形成过程之考察》，见荣新江主编：《唐研究》第 2 卷，北京大学出版社 1996 年版，第 131～134 页。

王绩著名的《野望》的平仄结构为：

东皋薄暮望，（平平仄仄仄）
徙倚欲何依。（仄仄仄平平）
树树皆秋色，（仄仄平平仄）
山山唯落晖。（平平平仄平）
牧人驱犊返，（仄平平仄仄）
猎马带禽归。（仄仄仄平平）
相顾无相识，（平仄平平仄）
长歌怀采薇。（平平平仄仄）

这是一首标准的五言律诗，其律联格式为 bA · aB · bA · aB。这首诗的写作运用了"三部式"（主题引入、描写式展开和情感反应）基本模式，宫廷诗中同样得到了广泛使用。王绩自号东皋子，东皋即山西河津县东皋村，是王绩隐居的所在地。"东皋薄暮望，徙倚欲何依"展现的是东皋村外一个秋天傍晚的景色，自然地引入了田园隐居的主题。中间两联用工整的对仗描绘郊外的景色，展开主题。"树树"与"山山"的叠字，暗示作者所见浓密错落的树林灌木与层层叠叠高岭低峦混杂的景象，层次感丰富。秋天的树林黄、红、绿、白、黑五色交叠，傍晚的霞光又在山林上染上一层浓重的暖色，优美的景色里，牧人与猎人在晚霞中归来。中间两联类似于陶渊明"山气日夕佳，飞鸟相与还"两句，但颇有玄学与佛理内蕴的飞鸟意象，却被生活气息浓厚的牧人与猎人代替，诗的结尾也没有引向某种哲理的领悟与玄思。尾联一句"相顾无相识"，将中间两联悲秋的氛围引出，转向一种孤独感的呈现，末句引《诗经 · 召南 · 草虫》"陟彼南山，言采其薇。未见君子，我心伤悲"句，收束全诗而余味无穷。有人将末句典故的引用解释为某种政治、道德的象征含义，以为前代有商亡后，伯夷、叔齐不食周粟，上山采薇度日的典故，王绩用这一典故表露对隋代灭亡的哀伤。沈德潜对之进行了有力的驳斥，他说："通首只无相识意，'怀采薇'，偶然兴寄古人也。说诗家感隋之将亡，毋乃穿凿！”①沈德潜之论颇有道理，王绩“长歌怀采薇”，语义延续上句“相顾无相识”，是以文雅、沉潜的方式寄寓内心深处的强烈孤独感，而非政治寄托。

王绩是初唐前期律化成就最高的诗人，他学习的是庾信后期诗风，有意与宫体诗的风格、主题与辞藻保持距离，但他所使用的主要诗歌技巧与宫廷诗一样，仍然来自于齐梁诗人的创造。王绩将三部式与律化潮流的进一步结合，为后来诗人提供了可供借鉴的新鲜审美经验。王绩将五言诗从宫体诗的狭隘范围内解放出来，将更广大范围内的自然、社会意象入诗，既不同于宫廷诗人束缚的应制赋诗，也并非儒家政治诗学的实践，而是开创了另一种取向的自由创造的审美游戏。王绩的诗歌实践，对初唐律诗的定型无疑具有先驱性意义。

二、审美织体：律诗诸形式要素的整合

上官体风行时期，唐代近体诗律化水平持续提高，而唐高宗麟德元年(664 年)，上官仪因参与废黜武后事被武则天诛杀，上官仪文人集团的成员也有多人被牵连，上官体也迅速成为众人摒弃的对象，这股文坛动荡造成宫廷文学活动暂时沉寂。上官仪之后登上诗坛的诗人大多曾旗帜鲜明地反对过上官体，不过这并不意味着宫廷诗文学惯例的断绝与审美经验的湮没，实际上这更多的是一种政治表态。宫廷诗的基本技巧，如介绍、描写、反应的三部式，文学典故系统，诗歌辞藻语汇，以及声律模式，都被新一代诗人继承并整合。

左思《咏史》八首里，对比是一个基本的技巧，由自然意象、社会人事、历史典故组成的对比结构，将组诗带入一种浑融的整体美学境界。南朝以后，由左思开创的用典技巧作为一个基本技术融入律诗的形式美学，并继续发展。鲍照《芜城赋》以吴王刘濞所修广陵城的繁华喧嚣，与 450 年、459 年两次战争屠城后广陵

① (清)沈德潜选注：《唐诗别裁集》卷 92，上海古籍出版社 1997 年版，第 88 页。

的废弃展开对比，在强烈的感觉震荡中将诗人与读者的思绪引入历史的感叹与思考。《芜城赋》所开创的古今对比的模式，被众多初唐诗人借鉴，成为流行的新诗歌技术，创造了一种别具特色的审美经验。

先看一首初唐的怀古诗，李百药的《郢城怀古》。

郢城怀古

客心悲暮序，登墉瞰平陆。
林泽窅芊绵，山川郁重复。
王公资设险，名都拒江隩。
方城次北门，溟海穷南服。
长策挫吴豕，雄图竞周鹿。
万乘重沮漳，九鼎轻伊谷。
大搜云梦掩，壮观章华筑。
人世更盛衰，吉凶良倚伏。
遽见邻交断，仍睹贤臣逐。
南风忽不竞，西师日侵蹙。
运圮属驰驱，时屯恣敲朴。
莫救夷陵火，无复秦庭哭。
鄢郢遂丘墟，风尘俄惨黩。
狐兔时游践，霜露日沾沐。
钓渚故池平，神台层宇覆。
阵云埋夏首，穷阴惨荒谷。
怅矣舟壑迁，悲哉年祀倏。
虽异三春望，终伤千里目。

在班固《咏史》一类的史传体咏史诗中，诗中前半段叙写史实人事，结尾简要地抒发作者的评价、议论与感叹，是一个常见的结构。在李百药的这首《郢城怀古》中，古老的咏史诗结构发生了很大的变化。首先，体现在三部式的运用。第一联写诗人客游他乡，登临郢城故地的动作，引入怀古的主题。接下来的十五联，描写作者所见的郢城故地的景象，联想起楚地前代史事。最后两联是作者激发出的怅惘、悲伤的情感反应。除了首联，其余十七联都采用了对偶的形式。其次，中间部分沿用《芜城赋》古今对比的模式。第二联“林泽”两句，写作者游览的景色，第三联“王公”二句开始至十二联“无复”二句结束，重述楚国兴起、称霸及被秦国所灭的历史，这是古代的时空维度。第十三联“鄢郢”二句至十六联“阵云”两句结束，写当下所见楚都郢城废墟的形象，这是现代的时空维度。李百药以写景与用典的手法把时间大幅度延长，连接居于若干时间点的地理空间，时空的交织汇就宏大的审美空间，导向超乎个人生命把握的审美存在。

左思《咏史》八首中也曾大量运用对比结构，不过这种结构涵括面主要体现在较小的层次，或是自然物的对比、士族与寒士的对比、得志与困窘的对比，而前代历史人事与左思现实人生的对比结构虽然存在，却以较含蓄的方式存在。《郢城怀古》将以古今对比的技巧，引时间、空间两个维度入诗歌结构，大大扩充了怀古诗的审美兴发力量，能将诗人个体生命的感性存在澄汰与升华，移入宇宙大化的合一之流。这种诗学技巧与审美经验，在怀古诗高手陈子昂那里得到继承与发展。陈子昂诗歌的律化程度低于同时期的大部分诗人，而更接近于初唐前期诗人的平均水平。这种情形的形成或许可以从两方面予以解释：宫廷诗的技巧训练与儒家政治诗学的影响。

首当其冲的是，陈子昂的成长轨迹远离当时宫廷政治的中心，较少得到齐梁诗至宫廷诗以来的诗歌技巧训练。陈子昂生长的四川，较远离汉朝以来以洛阳、长安为中心的文化中心地区。一般说来，由于能够更方便地参与文人集团的文学活动、获取更多的文学典籍、接受最新的文学经验，当时首都区域的诗人掌握前代声律技巧的机会更多，宫廷诗人的律化水平总是要比地方诗人的要略高一些。王绩虽然没有主要活动于宫廷政治中心，但他出身官宦世家，父兄或为朝中官员，或为名士大儒，家族世代都有较高的文化修养。王氏家族诞生王绩、王勃这两位大诗人并非意外之事。陈子昂出身庶族，家境殷实，父、兄也小有名气且入仕途，不过主要在远离京城的地方上做小官，显然家族本身传承的文化资源要稍薄弱一些，而他 21 岁方游长安入太学，得以受到最高水平诗艺的沾溉是较晚的事。

不过，尽管陈子昂可能是较晚才受到先进声律技巧的训练，但是他的诗歌律化水平比起初唐诗人仍属较高，甚至与上官仪大致相当。陈子昂入京为官后，多次参加宫廷诗人的文学活动，与沈佺期、宋之问等诗人常有诗歌酬唱，假设他至此仍未能掌握宫廷诗传统的基本技术，以及当时流行的律诗体式，是不符合实际的，这样无法解释他那些优秀的近体诗作品。他的诗歌“对比”、“粘比”、“律诗比”数据偏低，更多的是一种有意识的诗学选择，是他所坚持的复古诗论的影响体现。但是陈子昂诗学革新的领袖印象与大力创作古体诗的文学实践，很容易让人们忽略了他在律诗形式美学演进中的地位与意义。

仅从怀古诗这一题材看来，陈子昂就对李百药《郢城怀古》的诗歌模式有很大的发展。陈子昂以古体诗创作与提倡而知名，但他既然处于律诗定型成熟的时段，律诗诗体的基本格式与基本技巧也同样被他掌握与吸收。陈子昂的古体名作《登幽州台歌》“前不见古人，后不见来者。念天地之悠悠，独怆然而涕下！”寥寥几句即将绵延广阔的时间意识引入，境界宏大。在近体怀古诗中，陈子昂将律诗形式美学的同样发挥得淋漓尽致。如以下两首诗：

白帝城怀古

日落沧江晚，停桡问土风。　（仄仄平平仄，平平仄仄平。）
城临巴子国，台没汉王宫。　（平平平仄仄，平仄仄平平。）
荒服仍周甸，深山尚禹功。　（平仄平平仄，平平仄仄平。）
岩悬青壁断，地险碧流通。　（平平平仄仄，仄仄仄平平。）

古木生云际，归帆出雾中。　　(仄仄平平仄，平平仄仄平。)
川途去无限，客思①坐何穷。　　(平平仄平仄，仄仄仄平平。)

岘山怀古

秣马临荒甸，登高览旧都。　　(仄仄平平仄，平平仄仄平。)
犹悲堕泪碣，尚想卧龙图。　　(平平仄仄仄，仄仄仄平平。)
城邑遥分楚，山川半入吴。　　(平仄平平仄，平平仄仄平。)
丘陵徒自出，贤圣几凋枯。　　(平平平仄平，平仄仄平平。)
野树苍烟断，津楼晚气孤。　　(仄仄平平仄，平平仄仄平。)
谁知万里客，怀古正踟蹰。　　(平平仄仄仄，平仄仄平平。)

这是两首排律，律句格式都是 aB · bA · aB · bA · aB · bA。显然，陈子昂的这两首怀古诗，延续了李百药《郢城怀古》的诗歌模式或谓之抒情技术，三部式与古今对比、时空交织都被采用，同时陈子昂又采用了当时流行的近体诗格式，这本身就是一个崭新的形式实验与审美体验。这两首诗都是六联，属排律格式。比之《郢城怀古》的十八联，诗的文字长度大大压缩，与之相应，诗的形式密度增强。三部式的诗歌结构中，诗的第一联是用来介绍诗人的行动与场景来引入主题，最后一联是呈示诗人的情感反应，古今对比、时空交织的部分只能放入中间部分描写。《白帝城怀古》首联写诗人于白帝城下停舟登岸，寻访名人古迹，《岘山怀古》首联写诗人驱马登临襄阳城外旷野中的岘首山，水到渠成地引入两个场景的描写，末联都是抒发游子于历史古迹中感怀历史的孤独与落寞。中间两联是写景与怀古的重点，每首诗各有四联，用严格的对仗格式写成。这两首诗中间两联的写法各有特点。

《白帝城怀古》的四联中，前两联写古迹，后两联写景。“城临巴子国，台没汉王宫。荒服仍周甸，深山尚禹功”四句，历史时空

① 思作动词“想念”义及语助词时为平声，作名词“心绪、情怀”义时为去声。王力主编：《王力古汉语字典》，中华书局 2000 年版，第 309 页。《汉字古音手册》未作分别，据本诗声律应从王力说。

以典故的形式出现，巴子国为周代小国，汉王宫指三国蜀汉的永乐宫，周甸指此处原是周代的疆域，禹功指本地流传的大禹治水的传说。从三国蜀汉、周代溯及三皇五帝之时代，陈子昂写城、台、荒野、深山都极力与久远的传说结合，放入极度伸展的时间维度，同时又将地理空间从眼前的白帝城尽力展开，拓向广袤的蜀地山川，时空两维在四句中即有四个交集。写景的两联“岩悬青壁断，地险碧流通。古木生云际，归帆出雾中”四句，诗人将时间与空间交汇于白帝城下，高耸的崇山危岩、险隘的碧波湍流、山顶的苍劲古木、近处的舟楫旅客，一一尽收诗人眼底。诗人于仰观俯察、远眺近睹中，以自然意象为载体，作了两次回复往返的节奏运动。

《岘山怀古》的中间四联，仍然用古今对比的程式，而写法更为丰富。四联有两次古今对比结构的交替。“犹悲堕泪碣，尚想卧龙图”句中两处用典。“堕泪碣”是后人为纪念西晋时平吴有功的襄阳太守羊祜所立，羊祜常登岘山，有次与随从登山时感叹说：“自有宇宙，便有此山，由来贤达胜士，登此远望如我与卿者多矣，皆湮灭无闻，使人悲伤！如百岁后有知，魂魄犹应登此山也。”①羊祜碑被称为“堕泪碑”，是接替羊祜镇守襄阳的大将杜预所为，杜预曾刻两碑，内容以铭山记水、抒怀言志为主，分别沉于万山与岘山脚下的深水中，并说“高岸为谷，深谷为陵”，“焉知此后不为陵谷乎”②，沧海变桑田，水落自然碑现被人所寻获。羊牯与杜预之言语都是晋代名言，六朝士人沧桑凝重的时间意识与个体自觉的生命意识展露无遗。“卧龙图”引三国争雄时诸葛亮的军政谋略与事迹，襄阳县西二十里的隆中，传说是孔明与刘备纵论天下大策作《隆中对》之处。“城邑遥分楚，山川半入吴”一联写景，是以鸟瞰之角度写襄阳的地理形势：处汉江之侧，靠近长江、汉水交汇的地方，长江自兹处至入海将大地分为南北两界，那是古时楚国、吴国的故地。“丘陵徒自出，贤圣几凋枯”又回到历史的怀想与感叹，襄阳作为兵家必争之地曾有多少贤人名士留下行迹，长江天堑两岸又曾

① (唐)房玄龄等：《晋书》卷34，中华书局1974年版，第1020页。

② (唐)房玄龄等：《晋书》卷34，中华书局1974年版，第1031页。

发生多少战争征伐，如今都已不存。“野树苍烟断，津楼晚气孤”回到近景的描写，写的是荒野、丛林、渡口、楼台在傍晚的烟岚中萧索的景象。汉水与白水襄阳古城东南汇流，白水边的白水村是东汉光武帝刘秀的故乡，后人望气以为有帝王气之处，如今襄阳周围的颓败晦暗与古时帝王争霸的辉煌灿烂形成一个鲜明的反差，此处暗用刘秀典。写史事与写景物的两部分，各自也有对比。景物的描写仍然采用近睹、远眺的两部分写法。写史事的部分，“犹悲”一联用了三个清晰可辨的历史典故，“丘陵”一联则泛指前代发生于襄阳、岘山周围的史事、典故，一具体一概括，同时丘陵尚存的景象又勾连羊祜与杜预的警句，显现出强烈的时间维度。

时空的无限延展是没有边界的，诗人由眼前之景色召唤起过去之故事、他乡之景象的回忆与想象，再以用典、意象为载体将这些要素形式化，凭借对比结构，诗人构建起往复两极之间的形式运动。这种结构又与律诗平仄对比的音声结构叠加在一起，愈加显得工整、细密与肃穆。三部式的诗歌结构，行为(主题)、场景描写、情感反应三者间性质不同，在诗歌结构中功能各异，如何妥帖自然地安排语言，将三者水乳交融般整合为一，需要诗人的费心考量。初唐前期的诗人重视对偶的作用，以对比的循环粘合全篇。《郢城怀古》中，用从头至尾的对偶将三部分串联起来，整体性、同质性加强，却落下呆板的毛病。《白帝城怀古》中，陈子昂仍然沿袭着从头到尾对偶的模式，《岘山怀古》中最后一联的情感反应部分已经放弃对偶，但是全诗完整性却比《郢城怀古》更加致密。平仄交替、联句相粘造成两种诗联的循环往复，配合韵脚的呼应，既有变化又造成基本的二元节奏，创造了完美的声音模式。尾联放弃对偶，并不妨碍全诗结构的完整，故而，后来的律诗中，对仗简化为只是中间部分而非全篇的基本要求了。

与《白帝城怀古》、《岘山怀古》相同的诗歌模式也出现在杜审言的《登襄阳城》诗中。

登襄阳城

旅客三秋至，　　　　(仄仄平平仄)

层城四望开。　　（平平仄仄平）
楚山横地出，　　（仄平平仄仄）
汉水接天回。　　（仄仄仄平平）
冠盖非新里，　　（平仄平平仄）
章华即旧台。　　（平平仄仄平）
习池风景异，　　（仄平平仄仄）
归路满尘埃。　　（平仄仄平平）

这首律诗的律句格式为：首联写诗人旅游途中登临襄阳古城，颔联写所见的风景，上句写山、下句写水，颈联引用两个典故引入时间维度与历史感①，尾联写游人从习池游览回程中车马喧嚣的景象，蕴含意犹未尽之感。颔联两句是山水的对比结构，颈联状写眼前古迹而串联起历史传说，近于古今对比的用典结构，自然地理与人文历史织成时空交汇的织体。

古今对比的诗歌结构模式可以溯源至《芜城赋》，历史典故的形式化来自左思的创造，景物描写的山水成对以及远近俯仰的节奏流动可以从谢灵运的山水诗中寻得，音声对比的声律原则可以追溯至永明诗歌，唐人有机地将四者糅合为一，成功地创造近体律诗的形式。一首诗中，有相同字数的整齐诗句、联句对仗造成的建筑美，有时间线与空间点的多次交集，有远近高低意象之流的往复与汇合，有平声、仄声的循环、对比，有韵脚字音的规律呼应，绵延久远的时间意识与宏大辽阔的空间感受交错纵横，织成时空对比的诗歌结构。这是人工创造的审美织体，有着类似于时空三维中展开的自然宇宙，展现着音乐般的高度和谐。个体的当下感伤与历史现实的关注，转化为形式的游戏，淡化了现实功利，澄汰了强烈情感，升华为超越的和谐之思。本书此处讨论的三首诗的结构模式，在初唐四杰、文章四友、沈、宋的宫廷应制诗中已经有构成要素的

① 汉末达官贵人云集宜城山下之庙，他人因此处繁盛称为冠盖里。章华台为楚灵王所建，古称华丽。故地曾经繁华喧嚣，而今却颓败冷寂，今非昔比。

存在，但是宫廷应制的狭隘主题极大地限制了诗歌审美空间的开拓。当诗人走向广阔的社会，观照真实的世界，将自然、社会、历史的存在语言形式化进而融入律体，这种诗歌形式的审美能量惊人地爆发出来。《白帝城怀古》、《岘山怀古》、《登襄阳城》是能够代表时代的美学经典。

方回在《瀛奎律髓》中高度评价《白帝城怀古》的成就："此一篇置之老杜集中，亦恐难辨，乃唐人律诗之祖。"①方回还提出，沈佺期、宋之问、杜审言、陈子昂四家，"盖皆未有老杜以前律诗"②，是代表盛唐之前律诗成就的四大家，换个角度说，唐代律体第一的杜甫正是他们全部诗歌技术与审美经验的最优秀传承人。杜甫，则带领了唐诗下一个美学高峰的到来。

三、七言律诗美学的拓展

本书在还原中古诗歌的律化运动时，以五言诗为主体，这是因为自汉末《十九首》以来，直至唐初，七言诗创作虽代不乏人且间有名作，但是五言诗一直是文人徒诗的重心所在。钟嵘《诗品·序》说"嵘今所录，止乎五言"③，直至梁代，七言诗仍是不被理论家看重的诗歌形式。

关于七言诗的起源，胡应麟提出源于古歌行体、古乐府，可溯至楚辞体，"《南风》、《击壤》，兴于三代之前；《易水》、《越人》，作于七雄之世；而篇什之盛，无如骚之《九歌》，皆七言所自始也"④。顾炎武亦云："昔人谓《招魂》、《大招》去其'些'、'只'即是七言诗。余考七言之兴，在汉之前，固多有之。"⑤而余冠英则提

① （元）方回：《瀛奎律髓》，上海古籍出版社 1986 年版，第 79 页。

② （元）方回：《瀛奎律髓》，上海古籍出版社 1986 年版，第 79 页。

③ （南朝梁）钟嵘著，陈廷杰注：《诗品注》，人民文学出版社 1961 年版，第 4 页。

④ （明）胡应麟：《诗薮》内篇卷 3，上海古籍出版社 1958 年版，第 41 页。

⑤ （清）顾炎武著，（清）黄汝成集释，秦克诚点校：《日知录》卷 21，岳麓书社 1994 年版，第 743 页。

出："原来七言和五言一样在起初都是'委巷中歌谣'之体，五言诗体初被文人应用是在东汉时，并不比七言早些，但因为乐府中所收的歌谣多五言，五言普及得很快，到魏晋已经升格为诗歌的正体了。七言虽早已有人用之于诗，却并未能流行起来。"①似乎七言诗起源很早，至少不比五言诗晚。不过，王力却独辟蹊径，从诗歌格律形式入手，分析了七言诗的起源问题。他首先提出："原来韵文的要素不在于'句'，而在于'韵'。有了韵脚，韵文的节奏就算有了一个安顿；没有韵脚，虽然成句，诗的节奏还没有完。"②汉末魏晋的七言诗作，如张衡《四愁诗》、曹丕《燕歌行》都是每句押韵，也就是七言一句，比之五言诗隔句押韵、十言一句的特点，实际上是更粗朴的早期形式。直至鲍照《拟行路难》隔句押韵七言诗的出现，才有了类似近体诗七言体式的作品，"真正的七言诗(如唐代七言诗的常体)是起于南北朝，约在公元第五世纪"③。

胡应麟曾回顾南朝七言诗史，非常看重鲍照的成绩，他说："元亮、延之，绝无七言，康乐仅一、二首，亦非合作。歌行至宋益衰，惟明远颇自振拔，《行路难》十八章，欲汰去浮靡，返于浑朴，而时代所压，不能顿超。后来长短句实多于此。"④鲍照《拟行路难》是七言古诗的重要革新者，对后世的七言歌行体诗产生深远影响，其部分形式要素也影响了后起的七律。以《拟行路难》之一为例：

奉君金卮之美酒，瑇瑁玉匣之雕琴。
七彩芙蓉之羽帐，九华蒲萄之锦衾。
红颜零落岁将暮，寒光宛转时欲沉。
愿君裁悲且减思，听我抵节行路吟。

---

① 余冠英：《七言诗起源新论》，见余冠英：《汉魏六朝诗论丛》，上海古籍出版社1956年版，第141页。

② 王力：《汉语诗律学》，上海教育出版社2005年版，第16页。

③ 王力：《汉语诗律学》，上海教育出版社2005年版，第17页。

④ (明)胡应麟：《诗薮》内篇卷3，上海古籍出版社1958年版，第45页。

不见柏梁铜雀上，宁闻古时清吹音。

这首诗的前两联罗列奇珍异宝，用相同的赋体句式“……之……”，造成连贯流畅的俳偶句式，四句间为一个意义单元。以下三联，每联一个意义单元，每联句式也用了类似的形式。第三联是工整的对偶，两句都是律句(“平平平仄仄平仄，平平仄仄平仄平”)，虽然尚未做到上下句平仄相对，但句内实现了二、四、六字的平仄交替。第四、第五联，上下句词类、结构相对虽然不是完全吻合，但一联内诗歌的节奏(二二二一)是基本相同的。从古七言诗的句句用韵变革出隔句用韵的新体式(其三、其六两首也是首句押韵、隔句用韵及一韵到底的形式)，由七言一句变为十四言一句，大大扩充了七言诗的形式容量，为使一联的上下句句意更加紧密，鲍照还大量使用对偶，这都为诗人铺排、华丽的描写提供了可能。

鲍照之《夜听妓》之二为：

兰膏消耗夜转多，　　(平平平仄仄仄平)
乱筵杂坐更弦歌。　　(仄平仄仄平平平)
倾情逐节宁不苦，　　(平平仄仄平平仄)
特为盛年惜容华。　　(仄仄仄平仄平平)

许学夷说鲍照《夜听妓》：“语皆绮艳，而声调全乖，然实七言绝之始也。”①但其中四句多不合律。在南朝时七绝仍属罕见，至七言律诗庾信《乌夜啼》，方逐渐显出律诗气象：

促柱繁弦非子夜，　　(仄仄平平平仄仄)
歌声舞态异前溪。　　(平平仄仄仄平平)
御史府中何处宿，　　(仄仄仄平平仄仄)
洛阳城头那得栖。　　(仄平平平仄仄平)

① (明)许学夷：《诗源辩体》卷7，人民文学出版社1987年版，第118页。

弹琴蜀郡卓家女， (平平仄仄仄平仄)
织锦秦川窦氏妻。 (仄仄平平仄仄平)
讵不自惊长泪落， (仄仄仄平平仄仄)
到头啼乌恒夜啼。 (仄平平平平仄平)

这首诗接近于律诗格律格式，除“洛阳城头那得栖”、“到头啼乌恒夜啼”两句外，其余六句都是严格的律句，第一联、第三联做到了句间平仄相对，第一联与第二联用了对式律，第二联与第三联、第三联与第四联间用了粘式律，因此这是一首有意运用了粘对法则的近体律诗之前的律诗形式。前三联对偶工整，第一联、第三联是符合音声对比规则的对仗形式。此外，这首诗用典密集①，前三联引用很多典故、诗句，完全凭用典将六句充实起来。第一联，引《子夜曲》、《前溪曲》说明《乌夜啼》曲的音乐、舞蹈的美，情感的悲，还算巧妙。第二联，引用乌鸦的两个典故是为表达无处栖身的悲哀感，而原典本身实际上并无此情感内涵，似乎是为用典而用典，第三联、第四联用卓文君《白头吟》、苏蕙《回文诗》的爱情之悲写《乌夜啼》之悲。整体看来，这首诗形式游戏的意味较浓，作者对声律、对偶的形式高度关注，而用典被他用做一个重要整合文辞、声律的形式技巧，充分显现南朝宫体诗的特征。刘熙载《诗概》云，

① “促柱”与《古诗十九首·东城高且长》“音响一何悲，弦急知柱促”用典相似，皆引《说苑·尊贤》：“应侯曰：‘今日之琴，一何悲也！’贾午子曰：‘夫张急调下，故使人悲耳。’”“繁弦”引汉蔡邕《琴赋》：“清声发兮五音举，韵宫商兮动徵羽，曲引兴兮繁弦抚。然后哀声既发，秘弄乃开。”子夜指子夜歌，《唐书·乐志》云：“《子夜歌》者，晋曲也。晋有女子名子夜，造此声，声过哀苦。”此句引三个典故，都是取音乐悲哀的意义。前溪曲为古乐府吴声舞曲，《宋书·乐志一》云：“《前溪歌》者，晋车骑将军沉充所制。”第三句典出《汉书·朱博传》：“是时御史府舍百余区……又其府中列柏树，常有野乌数千栖宿其上……乌去不来者数月，长老异之。”第四句典出《后汉书·五行志》：“桓帝之初，京都童谣曰：‘城上乌，尾毕逋。公为吏，子为徒……’”，原典以高城上的摇尾的乌鸦比喻独揽大权的权贵。第五句用司马相如与卓文君故事，相如曾琴挑卓文君，后卓文君又曾作《白头吟》止相如变心。第六句用苏蕙故事，前秦时秦州刺史窦滔妻织锦缀成回文诗止窦滔另娶。

“《乌夜啼》开唐七律”①，从律化运动中七言诗的发展来看，这当是中肯之论。

闻一多云：“五律无疑是唐诗最主要的形式，在那时人心目中，五律才是诗的正宗。沈宋之被人推重，理由便在此。”②七言近体律诗的兴起是五言律诗的伴生现象，七律的格律从五律衍生而出，七律的律句是在五言律句前再加两字，造成一个平仄的节奏变化，而粘对规律与五律完全相同，如王力所云：“七律的句子就是五律句子的延长，只是句首加上两个字，仄头加成平头，平头加上仄头，就成为下列的四种形式。”③王力还提出：“七言在平仄上是五言的延长，在意义上也可认为五言的延长。多数七言句都可以缩减为五言，而意义上没有多大变化，只不过气更畅，意更足罢了。”④不过七言律诗的长期历史发展中仍然形成了自己的特殊韵律，这表现在首句是否用韵上。五言诗自《古诗十九首》起就是十字一整句，偶数句才押韵，因此五言律诗首句一般不入韵，而七言诗自魏晋以来句句入韵很为平常，自鲍照后才变出隔句押韵形式，因此，七言诗以首句入韵为常见现象。

七言律诗的发展，直至初唐沈、宋的大力提倡，才取得很大成就。七言律诗，沈佺期有 16 首，宋之问有 5 首，杜审言有 5 首，李峤有 4 首。沈佺期的诗作，在数量与质量上都臻于大成，《旧唐书·沈佺期传》云，他“尤长于七言之作”⑤。沈佺期七律以宫廷诗为主，16 首中以“奉和”、“应制”为题及实际上为应制诗就有 13 首。此类诗歌主题虽流于歌功颂德、夸耀升平，但却音韵谐和、对偶精致、词语华丽，足为格律典范。唐中宗时设修文馆，诸诗人常陪驾随行，奉和赋诗，今存有春日望春宫应制七律诗 15 首，有崔

---

① （清）刘熙载：《艺概》卷 2，上海古籍出版社 1978 年版，第 57 页。

② 闻一多：《四杰》，见闻一多：《唐诗杂论》，上海古籍出版社 1998 年版，第 26 页。

③ 王力：《汉语诗律学》，上海教育出版社 2005 年版，第 75 页。

④ 王力：《汉语诗律学》，上海教育出版社 2005 年版，第 234 页。

⑤ （后晋）刘昫等撰：《旧唐书》卷 190 中，中华书局 1975 年版，第 5017 页。

日用、崔湜、阎朝隐、韦元旦、李适适、刘宪、苏颋、张说、李乂、岑羲、薛稷、马怀素、沈佺期、郑愔等人应制作品，其中沈佺期之作为佼佼者。诗如下：

奉和春日幸望春宫应制

芳郊绿野散春晴，　　（平平仄仄仄平平）
复道离宫烟雾生。　　（仄仄平平平仄平）
杨柳千条花欲绽，　　（平仄平平平仄仄）
蒲萄百丈蔓初萦。　　（平平仄仄仄平平）
林香酒气元相入，　　（平平仄仄平平仄）
鸟哢歌声各自成。　　（仄仄平平仄仄平）
定是风光牵宿醉，　　（仄仄平平平仄仄）
来晨复得幸昆明。　　（平平仄仄仄平平）

这首诗的粘对、用韵、对仗完全符合律诗规则。首句入韵，五字属庚清合韵。从声律上看，诗句二、四、六字的平仄完全遵守了交替，相对、相粘的规则以及避孤平、三平调。从对仗上看，首联、尾联采用了较自由的形式，中间两联则是工对。颔联依次是名词(杨柳、蒲萄)、数量词(千条、百丈)、名词(花、蔓)、副词(欲、初)、动词(绽、萦)组成的对句，颈联依次是名词(林香、鸟哢)、名词(酒气、歌声)、副词(元、各)、动词(相入、自成)。此诗将三部式与对偶、声律融合为一，首联交代地点、主题，颔联、颈联用对仗形式描写景色，尾联以诗人的情感反应(依依不舍地归去、渴望明日重游望春宫)结束全诗，这可以代表初唐七律的一般体式。明谢榛《四溟诗话》言“七言近体，起自初唐应制，句法严整”①。这次望春宫诗人应制作诗的活动都采用七律形式，说明诗人们已经普遍掌握了七言律诗的形式规则与写作技巧。或许是统治

① (明)谢榛著，宛平校点：《四溟诗话》卷4，人民文学出版社1960年版，第122页。

者于谨严、华美、规则、缜密的诗歌形式格外青睐，宫廷文学活动中的新体诗引领诗坛潮流，有力地促进了律诗声律的定型。又如：

遥同杜员外审言过岭

天长地阔岭头分，　　（平平仄仄仄平平）
去国离家见白云。　　（仄仄平平仄仄平）
洛浦风光何所似，　　（仄仄平平平仄仄）
崇山瘴疠不堪闻。　　（平平平仄仄平平）
南浮涨海人何处，　　（平平仄仄平平仄）
北望衡阳雁几群。　　（仄仄平平仄仄平）
两地江山万余里，　　（仄仄平平仄平仄）
何时重谒圣明君。　　（平平平仄仄平平）

这首七言律诗①在格律、韵律上完全符合近体格律诗的格式，也成功采用了三部式的形式。首联交代了主题，这是沈佺期神龙初年(750年)被贬驩州过大庾岭时所作，不久前杜审言也因被贬去峰州而过大庾岭并在此作诗，沈诗为杜诗和诗。读者很容易察觉《遥同杜员外审言过岭》与《奉和春日幸望春宫应制》显著差异。与上一首诗的典雅诗语相比，《遥同杜员外审言过岭》的语言略显粗糙，本诗中“何”字出现3次，“山”字出现2次，这是体式精密的宫廷诗与律诗较少出现的现象。律诗之首尾两联虽然不要求必须对仗，但字的节奏仍须一致，而这首诗首联上下句节奏不同，上句为二二二一，下句却是二二一二，这都是极为讲究形式谨严的律诗应当避忌的。

脱离了宫廷文学活动的氛围，沈佺期也暂时偏离了宫廷诗的既有模式，除了语言走向平易与口语化，景色也由逼仄的宫廷林苑拓向宏大的真实世界，诗歌的境界也迅速扩展。《奉和春日幸望春宫

① 尾联上句用了七言律句“仄仄平平平仄仄”的一种特殊格式“仄仄平平仄平仄”。

应制》的中间写景两联，也用了对比的基本技巧。“杨柳千条花欲绽，蒲萄百丈蔓初萦”，出句写木本植物，写摇动的柳枝与柳花，对句状藤本植物，写葡萄藤蔓的攀爬，较偏于静。“林香酒气元相入，鸟啭歌声各自成”一联，上句写林中植物芬芳与美酒佳肴的香气的混合，是嗅觉与味觉，下句写鸟鸣声与音乐声、歌唱声的交融，是听觉。颔联以两种植物代众多植物之美，颈联以三种感觉的状写呈示感官的愉悦，对仗不可谓不工，但境界狭隘。《遥同杜员外审言过岭》之颔联“洛浦风光何所似，崇山瘴疠不堪闻”，出句是作者对首都美好风光与优裕生活的回忆和想象，对句是作者当下所见大唐帝国岭南偏远之地的阴森景象，所写之景相距很远、景色迥异，用对仗形式将两者合在一起形成极强烈的反差，体现了诗人褒与贬、喜与惧的内在情感。颈联“南浮涨海人何处，北望衡阳雁几群”，也是在空间维度上的伸展。出句写杜、沈二人要渡大海去交趾赴任，远离中原的高山、大海景色令人陌生，对句用了衡阳雁①的典故，渡海的两人漂泊异地，而北望衡山大雁已经落地栖身，人之处境尚不如动物。想象中的景象，却仍然惊心动魄。

《遥同杜员外审言过岭》在远离了初唐宫廷诗游览、饮宴、咏物等主题的同时，仍然保留了其成熟的形式技巧，当诗人将律诗形式与复兴其他文人诗主题(如贬谪、赠别)结合，并且立足自身改造为更加个性化的表达时，律诗形式所蕴含的审美潜力迅即被开掘出来。

七律的完全成熟，是杜甫完成的，明胡震亨《唐音癸签》云：

> 自景龙始剏七律，诸学士所制，大都铺扬景物，宣诩讌游，以富丽精工，亡论体变未极，声病亦多未调。开、天以

① 古人以为冬季迁徙至南方的大雁到衡阳这里就不再南飞而停留，衡山因此有回雁峰等名胜。班固《西京赋》有“南翔衡阳”，庚信《和侃法师三绝诗》有“近学衡阳雁，秋分俱渡河”，王勃《秋日登洪府滕王阁饯别序》有“雁阵惊寒，声断衡阳之浦”，沈佺期用这个典故意在以人雁相比，含蓄表示自己不愿南行的心情，吐露焦灼的归心。

> 还，喆匠迭兴，研揣备至，于是后调弥纯，前美益畅。字虚实互用，体正拗毕摄，七言能事始尽。①

胡震亨对初唐七律评价很低，将七言律诗经典的创生时间定为盛唐，叶嘉莹在梳理七律发展史时，亦持类似观点②。胡震亨注意到七律形式美学的新变，杜甫律诗不但格律精致且有意用拗体律，并在对偶中打破实字、虚字各自成对的封闭性，创虚字、实字混用的对偶法③。叶嘉莹将杜甫诗歌的形式美学成就归纳为两点："其一是句法的突破传统，其二是意象的超越现实。"④杜甫诗歌句法中因果逻辑顺序的颠倒与松解，字法的自由，都削弱了诗歌语言的线性，强化了其意象性特质。而杜甫七律的美学成就，更集中地体现于他天才地熔炼中古五言诗的律化经验，借由形式要素展开审美游戏，创造出摄人心魄的审美境界。

七言律诗更为阔大的形式容量，杜甫于格律与句法的突破，都为他谱写更为宏大的审美织体搭建了舞台。杜甫《秋兴八首》代表的晚期七律，创造性地吸收五律的成熟形式，在格律、对偶的语言外形下，也就是以对比原则组织的审美形式里，将自然意象、历史意象、时间、空间等形式质料叠加交错，合唱着气势恢宏的交响音乐。杜甫晚期七律，已臻于纯熟、完美的审美游戏境界，同时杜诗所含的深沉历史感，又为其注入生命的力量与人性的尺度。如此：

> 经历了不乏痛苦的游戏式的诗体碰撞、拼合乃至扭曲、裂变之后，杜甫的夔州七律终于脱胎换骨，以对比为基本的游戏

---

①　(明)胡震亨：《唐音癸签》卷10，人民文学出版社1957年版，第78页。

②　参见叶嘉莹：《论杜甫七律之演进及其承先启后之成就》，见叶嘉莹：《杜甫秋兴八首集说》，河北教育出版社1997年版，第1~51页。

③　杜诗虚实对偶的基本技术，可以参见齐文榜：《虚实对偶与杜诗变体》，《郑州大学学报》(哲学社会科学版)1997年第6期。

④　叶嘉莹：《论杜甫七律之演进及其承先启后之成就》，见叶嘉莹：《杜甫秋兴八首集说》，河北教育出版社1997年版，第138页。

> 冲动，祛除景的理念导向和事的现实关注，化自然景物与历史典故为形式材料，并使之成为与律诗平仄、对仗、用韵同工的格律手段，依阴阳对举的规范充分展开苍茫的空间感和厚重的历史感，最终造就一种“意惬关飞动，篇终接混茫”(《寄彭州高三十五使君适虢州岑二十七长史参三十韵》)的时空一体的宇宙感审美织体，这就是作为审美游戏的杜甫夔州七律。从此，七言律诗五十六个规则严谨的词语单元，始能自主地游戏式言情，不必再假借比兴式抒情。中古诗歌运动亦由此在王维山水绝句的纯粹看与纯粹听之后，又借助复杂的格律形式而再次臻于后人难以企及的美学高峰。①

至初唐后期，中古诗歌律化运动已进入尾声，五言诗形式美学的突破也暂告段落。复古诗风激荡下，六朝诗至初唐宫廷诗的诗歌主题、语言风格受到诗人有意的疏离，宇文所安将盛唐诗从初唐诗脱离的趋势概括为五点：贬逐主题的重振，隐逸主题与陶潜模式的复兴，日常应景诗的流行，古体诗风的追求，乐府的创作热等②，基本可以概括此时的诗风所向。其中，五言律诗成为一种基本的中国诗歌体式，不仅在盛唐诸多诗人作品中是重要组成部分之一，而且其美学影响持续至今。而复古诗风中，杜甫率先对六朝以来的诗歌美学与诗歌技术作肯定性评价，并身体力行地整理前代诗歌审美经验，采撷众美、融会贯通，将之与七言律诗的诗体发展结合，终于催生辉煌的七律经典之作。中古五言诗形式美学所探及的历史高度，是杜甫等大诗人美学成就的基石。

---

① 张节末：《作为审美游戏的杜甫夔州七律——以中古诗歌律化运动为背景》，《学术月刊》2009 年第 9 期。

② 参见[美]宇文所安著，贾晋华译：《盛唐诗》，生活·读书·新知三联书店 2004 年版，第 6~11 页。

结　　语

朱光潜在《中国诗何以走上律的路(上)——赋对于诗的影响》中提出，赋对于诗有三点影响："意义的排偶，赋先于诗"，"声音的对仗，赋也先于诗"，律诗与赋都是"意义的排偶也先于声音的对仗"①，准确地观察到赋的结撰技术对五言诗结构的内在影响。汉赋作家常通过铺叙、描写来把握四方的宏大空间性，在描写的语言技巧中，他们喜用对偶来追求对称的形式秩序感。司马相如、扬雄、班固、张衡的赋作中，骈偶化的趋势日渐增强，至曹植《洛神赋》几成通篇俳偶，此后南朝骈赋、唐代律赋是这种形式冲动的极端发展。

文人徒诗诞生后，迁移赋体成熟的对比结构整合五言诗的形式，是自然不过的事情。阴阳对比哲学背景下的象征宇宙的内在冲动，与追求形式秩序感的游戏冲动，同样推动了五言诗的迅速发展。刚刚脱胎于古乐府的《古诗十九首》仍保持着质朴浑融的特色，以时序感为核心，凭时空勾连与情感渲染的技巧编织全诗，在主题、写景、结句时倚重了对比技巧。诗人以典故连接主题，在主题的转折与平列中，实现了时间性与空间性的对比与交织，建构了立体性的审美织体。左思为写赋大家，他熟稔地利用赋体之对比结构纳入丰富的历史典故，成八首《咏史》组诗。组诗中的典故因为可以同时指向左思有关寒士人生思考的心像，具有极强的内比性，减弱了其现实指向性而成一自洽自足的抽象结构。这种诗歌结构与用典技术消解了典故的叙事性，用典故之间的对比相互发明，以其高度抽象的特征支撑了古今对比的意义生成结构，成为近体诗使事类

① 参见朱光潜：《诗论》，上海古籍出版社 2005 年版，第 162~164 页。

用典的基本技术。

汉末以来佛教悉昙学的传入，启发了中国人汉语四声分立的理论，也启迪了五言诗四声分用的永明声律说，并付之于诗歌实验，尽可能地增加诗句音声的多样对比与循环，极大地提升了五言诗的听觉美，也初步建立了内在音乐的内在模型。初唐诗人则将声律的四声对比与循环进一步简化为平仄对比与循环，将永明以来四声二元化的趋势合理化，并且以声律为基础形式，将二元对比模式运用于对偶、自然描写、古今对比等结构，将诗歌的文辞、声律、意象、联句、典故等形式要素纳入一个完整的诗歌形式，臻于完美宏大的内在音乐织体，成为可以象征宇宙存在与内在运动的整体艺术符号。

朱光潜《诗论》特别注意诗自起源时即密切相连的游戏特质。他说，诗自起源时就与三种文字游戏紧密相连：一是“谐”，即诙谐、滑稽、讲笑话；二是“隐”，类似于猜谜游戏；三是“纯粹的文字游戏”，即以文字本身的趣味性排列。① 这种文字游戏起源很早，在后世民间文学与文人文学中都有丰富表现。汉赋也曾受其影响，于“隐”与“纯粹的文字游戏”尤为明显，不过赋中的“隐”，即所谓比兴、政治寄托在汉代辞赋创作中已日渐式微，而文字游戏的精神却日趋浓厚②。这种审美游戏倾向，在以皇帝、贵族为核心的宫廷文学与贵族文学活动中尤为明显，汉武帝麾下梁园文人的赋作可以充分见出汉赋的文字游戏特点。汉末、建安以后，文人集团游宴文学活动复盛，这种统治者主导下的宴会游玩或文人雅集，多有咏物赋诗、联句唱和的诗歌创作。此类以流连声色享受或标榜贵胄身份为宗旨的文学活动，多远离社会政治的直接关注，而致力于文学形式的雕琢与新变，其中，辞藻的华彩、形式的新奇、对偶的铺排、

① 参见朱光潜：《诗论》，上海古籍出版社 2005 年版，第 18~36 页。

② 汉赋铺排文字、隶事用典、状物写景的铺张扬厉文风，与其所具有的政治讽喻功能严重不均衡。扬雄“文人之赋”与“辞人之赋”，即是对赋偏于游戏形式与政治寄托功能的区分，他晚年放弃赋的写作，可以视作是对赋中政治批评意义湮没于形式游戏的一种反应。

用典的繁密、学识的炫耀都是诗人们孜孜以求的审美理想，而其偏于临场创作的特点也易于催生程式化的文学模式。

六朝与初唐的宫廷、贵族文学活动，虽然在很多时候并未写出一流诗作，但在游戏文字的审美氛围下，诗人把关注点集中于诗歌的形式，推崇创新，客观上极大地丰富了五言诗的美学技术，创造了律诗的诗歌形式。唐诗的美学成就奠基于前代诗人的形式创造。从汉末至初唐的约五百年里，诗人于五言诗体形式美学的巨大贡献，尤其是用典美学的成就，实在不能以“文章道弊五百年矣”而一笔抹杀，所以应得到高度的肯定。

主要参考文献

一、著作

(一)中文著作(以著作首字音序排列)

1. 葛晓音:《八代诗史》(修订本),中华书局2007年版。

2. [俄]巴赫金著,白春仁、顾亚玲译:《巴赫金全集》,河北教育出版社1998年版。

3. 胡适:《白话文学史》,百花文艺出版社2002年版。

4. (唐)李百药撰:《北齐书》,中华书局1972年版。

5. (唐)李延寿撰:《北史》,中华书局1974年版。

6. (宋)严羽著,郭绍虞校释:《沧浪诗话校释》,人民文学出版社1961年版。

7. 赵幼文校注:《曹植集校注》,人民文学出版社1984年版。

8. 郑振铎:《插图本中国文学史》,人民文学出版社1957年版。

9. 张节末:《禅宗美学》,北京大学出版社2006年版。

10. 陈世骧:《陈世骧文存》,辽宁教育出版社1998年版。

11. (唐)姚思廉撰:《陈书》,中华书局1972年版。

12. 陈寅恪:《陈寅恪集》,生活·读书·新知三联书店2001年版。

13. 程千帆:《程千帆文集》,河北教育出版社2000年版。

14. [德]W. 沃林格著,王才勇译:《抽象与移情》,辽宁人民出版社1987年版。

15. 聂永华:《初唐宫廷诗风流变考论》,中国社会科学出版社2002年版。

16. [美]宇文所安著，贾晋华译：《初唐诗》，生活·读书·新知三联书店 2004 年版。

17. (宋)洪兴祖：《楚辞补注》，中华书局 1983 年版。

18. 方师铎：《传统文学与类书之关系》，天津古籍出版社 1986 年版。

19. (汉)公羊寿传，(汉)何休解诂，(唐)徐彦：《春秋公羊传注疏》，北京大学出版社 1999 年版。

20. (晋)范宁集解，(唐)杨士勋疏：《春秋穀梁传注疏》，北京大学出版社 1999 年版。

21. (周)左丘明传，(晋)杜预注，(唐)孔颖达正义，《春秋左传正义》，北京大学出版社 1999 年版。

22. 辞海编辑委员会：《辞海(1999 年版缩印本)》，上海辞书出版社 2000 年版。

23. 朱承平：《对偶辞格》，岳麓书社 2003 年版。

24. [俄]维克托·什克洛夫斯基著，方珊等译：《俄国形式主义文论选》，生活·读书·新知三联书店 1989 年版。

25. (晋)郭璞注，(宋)刑昺疏：《尔雅注疏》，北京大学出版社 1999 年版。

26. 钱林森编：《法国汉学家论中国文学——古典诗词》，外语教学与研究出版社 2007 年版。

27. 汪荣宝：《法言义疏》，中华书局 1987 年版。

28. [日]小川环树著，周先民译：《风与云：中国诗文论集》，中华书局 2005 年版。

29. (唐)封演撰，赵贞信校注：《封氏闻见记校注》，中华书局 2005 年版。

30. 石观海：《宫体诗派研究》，武汉大学出版社 2003 年版。

31. 王力主编：《古代汉语》(校订重排本)，中华书局 1999 年版。

32. (清)王夫之评选，张国星校点：《古诗评选》，文化艺术出版社 1997 年版。

33. (清)张玉谷著，许遗民点校：《古诗赏析》，上海古籍出版社 2000 年版。

34. 张清钟：《古诗十九首汇说赏析与研究》，台湾“商务印书馆”1988 年版。

35. 马茂元：《古诗十九首初探》，陕西人民出版社 1981 年版。

36. 隋树森：《古诗十九首集释》，中华书局 1955 年版。

37. 贺扬灵：《古诗十九首研究》，大光书局 1935 年版。

38. 侯健编：《国外学者看中国文学》，“中央”文物供应社 1982 年版。

39.（汉）韩婴撰，许维遹校释：《韩诗外传集释》，中华书局 1980 年版。

40. 简宗梧：《汉赋源流与价值之商榷》，文史哲出版社 1980 年版。

41.（汉）班固撰，（唐）颜师古注：《汉书》，中华书局 1962 年版。

42. 赵超：《汉魏晋南北朝墓志汇编》，天津古籍出版社 1992 年版。

43. 罗长培、周祖谟：《汉魏晋南北朝韵部演变研究》，科学出版社 1958 年版。

44. 萧涤非：《汉魏六朝乐府文学史》，人民文学出版社 1984 年版。

45. 张亚新：《汉魏六朝诗：走向顶峰之路》，广西师范大学出版社 1999 年版。

46. 吴小如等编：《汉魏六朝诗鉴赏辞典》，上海辞书出版社 1992 年版。

47. 叶嘉莹：《汉魏六朝诗讲录》，河北教育出版社 1997 年版。

48. 余冠英：《汉魏六朝诗论丛》，上海古籍出版社 1956 年版。

49. 余冠英选注：《汉魏六朝诗选》，人民文学出版社 1978 年版。

50. 逯钦立：《汉魏六朝文学论集》，陕西人民出版社 1984 年版。

51. 王力：《汉语诗律学》，上海教育出版社 2005 年版。

52. 葛兆光：《汉字的魔力——中国古典诗歌语言学札记》，辽宁教育出版社 1999 年版。

53.（南朝宋）范晔撰，（唐）李贤等注：《后汉书》，中华书局 1965 年版。

54. [法]萨莫瓦约著，邵炜译：《互文性研究》，天津人民出版社 2002 年版。

55. 张双棣校释：《淮南子校释》，北京大学出版社 1997 年版。

56. 戴明扬校注：《嵇康集校注》，人民文学出版社 1962 年版。

57.（唐）房玄龄等撰：《晋书》，中华书局 1974 年版。

58.（后晋）刘昫撰：《旧唐书》，中华书局 1975 年版。

59.（清）陈士珂辑：《孔子家语疏证》，上海书店出版社 1987 年版。

60. 朱谦之：《老子校释》，中华书局 1984 年版。

61.（汉）郑玄注，（唐）孔颖达疏：《礼记正义》，北京大学出版社 1999 年版。

62.（清）何文焕辑：《历代诗话》，中华书局 1981 年版。

63. 丁福保辑：《历代诗话续编》，中华书局 1983 年版。

64.（唐）姚思廉撰：《梁书》，中华书局 1973 年版。

65.（汉）刘向撰，钱卫语释：《列仙传》，学苑出版社 1998 年版。

66. [日]兴膳宏，彭恩华译：《六朝文学论稿》，岳麓书社 1986 年版。

67.（清）吴淇著，汪俊、黄进德点校：《六朝选诗定论》，广陵书社 2009 年版。

68.（魏）何晏注，（宋）刑昺疏：《论语注疏》，北京大学出版社 1999 年版。

69.（汉）高诱注：《吕氏春秋》，上海书店出版社 1986 年版。

70.（汉）毛亨传，（汉）郑玄笺，（唐）孔颖达疏：《毛诗正义》，北京大学出版社 2000 年版。

71. [美]高友工：《美典：中国文学研究论集》，生活·读书·新知三联书店 2008 年版。

72.（汉）赵岐注，（宋）孙奭疏：《孟子注疏》，北京大学出版社1999年版。

73.（南朝梁）萧子显撰：《南齐书》，中华书局1972年版。

74.［英］肯尼迪、布尔恩编，唐其竞等译：《牛津简明音乐词典》，人民音乐出版社2002年版。

75. 杜晓勤：《齐梁诗歌向盛唐诗歌的嬗变》，东方出版社1997年版。

76.（清）彭定求等编：《全唐诗》，中华书局1960年版。

77. 范之麟、吴庚舜主编：《全唐诗典故辞典》，湖北辞书出版社1989年版。

78. 张伯伟：《全唐五代诗格汇考》，江苏古籍出版社2002年版。

79. 韩格平等：《全魏晋赋校注》，吉林文史出版社2008年版。

80. 刘俊文编：《日本学者研究中国史论著选译》，中华书局1993年版。

81.（战国）商鞅、（战国）尸佼：《商君书·尸子》，上海古籍出版社1989年版。

82.（汉）孔安国传，（唐）孔颖达疏：《尚书正义》，北京大学出版社1999年版。

83.［美］宇文所安著，贾晋华译：《盛唐诗》，生活·读书·新知三联书店2004年版。

84. 张相：《诗词曲语辞汇释》，中华书局1953年版。

85. 王锳：《诗词曲语辞例释》，中华书局1980年版。

86.（宋）朱熹集注：《诗集传》，中华书局1958年版。

87.（明）陆时雍选评，任文京、赵东岚点校：《诗镜》，河北大学出版社2010年版。

88. 朱光潜：《诗论》，上海古籍出版社2005年版。

89.（南朝梁）钟嵘撰，陈廷杰注：《诗品注》，人民文学出版社1980年版。

90.（唐）皎然著，李壮鹰校注：《诗式校注》，人民文学出版社2003年版。

91.（明）胡应麟：《诗薮》，上海古籍出版社 1958 年版。

92.（明）许学夷：《诗源辩体》，人民文学出版社 1987 年版。

93.（汉）司马迁撰，（宋）裴骃集解，（唐）司马贞索隐，（唐）张守节正义：《史记》，中华书局 1959 年版。

94. 徐震堮：《世说新语校笺》，中华书局 1984 年版。

95.［美］孙康宜著，钟振振译：《抒情与描写：六朝诗歌概论》，三联书店 2006 年版。

96.（汉）许慎撰，（清）段玉裁注：《说文解字注》，上海古籍出版社 1981 年版。

97.（汉）刘向撰，向宗鲁校证：《说苑校证》，中华书局 1987 年版。

98.（明）谢榛著，宛平校点：《四溟诗话》，人民文学出版社 1960 年版。

99.（南朝梁）沈约撰：《宋书》，中华书局 1974 年版。

100.（唐）魏徵等撰：《隋书》，中华书局 1975 年版。

101.（唐）刘餗：《隋唐嘉话》，中华书局 1979 年版。

102.（清）袁枚：《随园诗话》，人民文学出版社 1982 年版。

103.［美］宇文所安著，田晓菲译：《他山的石头记——宇文所安自选集》，江苏人民出版社 2002 年版。

104.（清）沈德潜选注：《唐诗别裁集》，上海古籍出版社 1997 年版。

105.［美］高友工、梅祖麟著，李世耀译：《唐诗的魅力——诗语的结构主义批评》，上海古籍出版社 1989 年版。

106. 闻一多：《唐诗杂论》，上海古籍出版社 1998 年版。

107. 林庚：《唐诗综论》，人民文学出版社 1987 年版。

108. 马茂元：《晚照楼论文集》，上海古籍出版社 1981 年版。

109. 唐长孺：《魏晋南北朝史论拾遗》，中华书局 1983 年版。

110. 陈寅恪：《魏晋南北史讲演录》，黄山书社 1987 年版。

111. 郭世轩：《魏晋艺术精神研究》，黄山书社 2011 年版。

112.［日］弘法大师原撰，王利器校注：《文境秘府论校注》，中国社会科学出版社 1983 年版。

113. [日]遍照金刚撰，卢盛江校考：《文镜秘府论汇校汇考》，中华书局2006年版。

114. 黄侃：《文心雕龙札记》，上海古籍出版社2000年版。

115.（南朝梁）萧统编，（唐）李善、（唐）吕延济、（唐）刘良、（唐）张铣、（唐）吕向、（唐）李周翰注：《文选》，中华书局1987年版。

116.（南朝梁）萧统编，（唐）李善注：《文选》，上海古籍出版社1986年版。

117. 王元骧：《文学原理》，浙江教育出版社1989年版。

118. 郑临川整理：《闻一多论古典文学》，重庆出版社1984年版。

119.（东汉）赵晔撰、吴庆峰点校：《吴越春秋》，齐鲁书社2000年版。

120. 逯钦立辑：《先秦汉魏晋南北朝诗》，中华书局1983年版。

121.（唐）李隆基注，（宋）刑昺疏：《孝经注疏》，北京大学出版社1999年版。

122.（宋）欧阳修、宋祁撰：《新唐书》，中华书局1975年版。

123. [法]热拉尔·热奈特，王文融译：《叙事话语 新叙事话语》，中国社会科学出版社1990年版。

124.（清）王先谦撰：《荀子集解》，中华书局1988年版。

125. 王利器：《颜氏家训集解》（增补本），中华书局1993年版。

126. 无名氏撰，（晋）葛洪著：《燕丹子》，中华书局1985年版。

127.（汉）郑玄注，（唐）贾公彦疏：《仪礼注疏》，北京大学出版社1999年版。

128.（清）何焯：《义门读书记》，中华书局1987年版。

129.（清）刘熙载：《艺概》，上海古籍出版社1978年版。

130.（唐）欧阳询撰，汪绍楹校：《艺文类聚》，中华书局1965年版。

131. (明)王世贞著，罗仲鼎校注：《艺苑卮言校注》，齐鲁书社 1992 年版。

132. (元)方回：《瀛奎律髓》，上海古籍出版社 1986 年版。

133. 罗积勇：《用典研究》，武汉大学出版社 2005 年版。

134. (清)叶燮：《原诗》，人民文学出版社 1979 年版。

135. (清)姚范：《援鹑堂笔记》，道光年刻本。

136. (南朝梁)刘勰著，黄叔琳注，李详补注，杨明照校注拾遗：《增订文心雕龙校注》，中华书局 2000 年版。

137. (汉)刘向集录：《战国策》，上海古籍出版社 1985 年版。

138. (清)方东树著，旺绍楹校点：《昭昧詹言》，人民文学出版社 1961 年版。

139. 郭绍虞：《照隅室古典文学论集》，上海古籍出版社 1983 年版。

140. 刘师培：《中古文学史 论文杂记》，人民文学出版社 1959 年版。

141. 王瑶：《中古文学史论》，北京大学出版社 1986 年版。

142. 孔祥星、刘一曼：《中国古代铜镜》，文物出版社 1984 年版。

143. 傅佩韩：《中国古典文学的对偶艺术》，光明日报出版社 1986 年版。

144. 袁行霈：《中国诗歌艺术研究》，北京大学出版社 1987 年版。

145. [日]松浦友久著，孙昌武、郑天刚译：《中国诗歌原理》，辽宁教育出版社 1990 年版。

146. [日]吉川幸次郎著，章培恒、骆玉明等译：《中国诗史》，复旦大学出版社 2012 年版。

147. [美]刘若愚著，赵执声译：《中国诗学》，河南人民出版社 1990 年版。

148. [德]W. 顾彬，马树德译：《中国文人的自然观》，上海人民出版社 1990 年版。

149. [日]古田敬一，李淼译：《中国文学的对句艺术》，吉林文史出版社 1989 年版。

150. [日]吉川幸次郎著，陈顺智、徐少舟译：《中国文学史》，四川人民出版社 1987 年版。

151. 章培恒、骆玉明主编：《中国文学史》，复旦大学出版社 1996 年版。

152. 游国恩主编：《中国文学史》，人民文学出版社 1963 年版。

153. 中国艺术研究院音乐研究所《中国音乐词典编辑部》编：《中国音乐词典》，人民音乐出版社 1984 年版。

154. 梁启超：《中国之美文及其历史》，东方出版社 1996 年版。

155. 王钟陵：《中国中古诗歌史——四百年民族心灵的展示》，人民出版社 2005 年版。

156. 刘师培：《中国中古文学史讲义》，上海古籍出版社 2000 年版。

157. (汉)郑玄注，(唐)贾公彦疏：《周礼注疏》，北京大学出版社 1999 年版。

158. (魏)王弼注，(唐)孔颖达疏：《周易正义》，北京大学出版社 1999 年版。

159. 朱自清：《朱自清古典文学论文集》(一、二)，上海古籍出版社 1981 年版。

160. (清)郭庆藩撰：《庄子集释》，中华书局 1961 年版。

161. 叶日光：《左思生平及其诗之析论》，文史哲出版社 1979 年版。

162. 郑训佐、张晨：《左思与左棻》，山东文艺出版社 2004 年版。

163. 徐传武：《左思左棻研究》，中国文联出版社 1999 年版。

(二)外文著作

1. H. C. Colles, *Grove's Dictionary of Music and Musicians*. New York: The Macmillan Company, 1927.

2. Kang-i SunChang & Stephen Owen, *The Cambridge History of Chinese Literature*. Cambridge：Cambridge University Press, 2010.

二、期刊论文

（一）期刊论文（以发表时间顺序排列）

1. 胡适：《文学改良刍议》，《新青年》1917 年 1 月 1 日第二卷第五号。

2. 徐中舒：《〈古诗十九首〉考》，《立达》1925 年创刊号。

3. A. R. Davis, The Double Ninth Festival in Chinese Poetry：A Study Of Variation upon a Them, In *Wen-lin studies in the Chinese Humanities*, Vol. 1, Milwaukee：the University of Wisconsin Press, 1968.

4. [日]吉川幸次郎：《推移的悲哀——古诗十九首的主题（上）（下）》，《中外文学》1977 年第 4、第 5 期。

5. 何伟棠：《永明体向律体衍变过程中的四声二元化问题》，《韩山师专学报》（社会科学版）1986 年第 2 期。

6. 叶幼明：《〈古诗十九首〉在我国诗歌史上的地位》，《中国文学研究》1987 年第 1 期。

7. 王志华：《五言律奠基者旧说应予推翻——重评王绩在诗歌史上的地位》，《晋阳学刊》1990 年第 3 期。

8. 邝健行：《初唐五言律体律调完成过程之观察》，《唐代文学研究》1992 年第 3 辑。

9. 谌东飚：《颜诗用典与诗的律化》，《求索》1994 年第 6 期。

10. 葛晓音：《创作范式的提倡和初盛唐诗的普及——从〈李峤百咏〉谈起》，《文学遗产》1995 年第 6 期。

11. 朱晓海：《"绮错"、"绮靡"解》，《清华学报》1995 年第 1 期。

12. 谌东飚：《唐前诗歌用典考察》，《长沙水电学院社会科学学报》1996 年第 4 期。

13. 萧弛：《论中国古典诗歌律化过程之概念背景》，《中国文哲研究集刊》1996 年第 9 期。

14. 杜晓勤：《从永明体到沈宋体——五言律体形成过程之考察》，见荣新江：《唐研究》第 2 卷，北京大学出版社 1996 年版。

15. 聂永华：《初唐宫廷诗风流变论略》，《南都学坛》1997 年第 4 期。

16. 林家骊：《论沈约的“文章三易”说》，《浙江大学学报》(人文社会科学版)2000 年第 4 期。

17. 张节末：《中国美学史研究法发微》，《浙江大学学报》(人文社会科学版)2001 年第 4 期。

18. [日]松浦友久，黄仁生译：《“七言排律”不盛行的原因——从对偶表现的本质说起》，《中国文学研究》2002 年第 4 期。

19. 邓程：《试论对偶对古代诗歌语言的解放——兼与伍铁平先生商榷》，《河南社会科学》2003 年第 1 期。

20. 易闻晓：《用事辨略》，《修辞学习》2004 年第 2 期。

21. 祁志祥：《中国古代文论中的“用事”说》，《浙江社会科学》2004 年第 6 期。

22. 黄亚卓：《南朝公宴诗与五言诗的律化》，《中国韵文学刊》2005 年第 1 期。

23. 叶烨：《乾坤万里眼，时序百年心——唐宋诗词时空对举句法成因探微》，《中国韵文学刊》2005 年第 4 期。

24. 石观海：《宫体诗派与古诗的律化》，《社会科学研究》2006 年第 2 期。

25. 张节末：《中国诗学中的大传统与小传统——以中古诗歌运动中比兴的历史命运为例》，《文艺研究》2006 年第 6 期。

26. 谌东飚、张志群：《略论谢灵运与诗的律化》，《集美大学学报》(哲学社会科学版)2007 年第 3 期。

27. 陈祥谦：《南朝文人“诗以用事为博”的文化考察》，《武汉科技大学学报》(社会科学版)2007 年第 6 期。

28. 焦亚东：《互文性视野下的类书与中国古典诗歌——兼及钱钟书古典诗歌批评话语》，《文艺研究》2007 年第 1 期。

29. 张节末：《纯粹中国美学话语：何以可能》，《思想战线》2007 年第 2 期。

30. 杨赛：《任昉年谱》，《安庆师范学院学报》(社会科学版)，2008 年第 5 期。

31. 张节末：《中国美学研究的西学化走向难以成功》，《山东社会科学》2008 年第 11 期。

32. 江弱水：《互文性理论鉴照下的中国诗学用典问题》，《外国文学评论》2009 年第 1 期。

33. 欧明俊：《〈古诗十九首〉百年研究之总检讨》，《社会科学研究》2009 年第 4 期。

34. 葛红：《互文性与用典之辩》，《求索》2009 年第 9 期。

35. 张节末：《作为审美游戏的杜甫夔州七律——以中古诗歌律化运动为背景》，《学术月刊》2009 年第 9 期。

36. 袁继锋：《文学传统中的用典与新诗的视野——新诗"用典"问题漫谈》，《现代语文》2009 年第 10 期。

37. 张节末：《古诗十九首的美学技术》，《中外文化与文论》2010 年第 1 期。

38. 阮忠勇：《从魏晋文化审视左思的貌寝与口讷——兼论〈咏史〉中左思的心态》，《浙江海洋学院学报》(人文社科版)2010 年第 2 期。

39. 曾小月：《中国古代诗歌用典的符号学分析》，《重庆大学学报》(社会科学版)2010 年第 3 期。

40. 陈怡：《〈古诗十九首〉用韵研究》，《湖北广播电视大学学报》2010 年第 4 期。

41. 张节末：《古诗十九首的诗学主题及诗学史意义》，《长江学术》2011 年第 1 期。

42. 赵琼琼：《古诗十九首非乐府论》，《浙江学刊》2011 年第 5 期。

(二)学位论文(以发表时间顺序排列)

1. 李翰：《汉魏盛唐咏史诗研究——"言志"之诗学传统及士人

思想的考察》，复旦大学 2005 年中国古代文学博士学位论文。

2. 杨文惠：《五言诗声律的形成》，台湾“清华大学”2006 年中国文学系博士学位论文。

3. 亓文香：《汉语典故词语研究》，山东大学 2008 年汉语言文字学博士学位论文。

后　记

本书是在我浙江大学2012年博士学位论文《中古五言诗形式美学研究——以用典和律化为中心》的基础上修改增益而成的，原论文兼顾用典与律化，本次修订删去较多律化内容，增加第一章，全书以用典为中心展开对中古五言诗形式美学的探求。为了学科建设，同事黄继刚博士热心张罗，我们文学院几位文艺学专业毕业的博士决定一起把博士学位论文修改出版，我也忝列其中。

我于2009年考入浙江大学人文学院，追随导师张节末先生攻读博士学位。适逢彼时张先生做"中古诗歌运动"的课题研究，于是我就做了本选题。师门的学风重师承，选题一般由先生推荐。同时，赵琼琼做缘情诗研究，此前何国平师兄做过山水诗前史，都大致属于同一系列。

对本选题我甚有学术兴趣，也曾发愿将它做好做全，读学位时三年全力攻读，前后付出很多，读书属文常常至于心身俱疲的境地。为此，有时我也很羡慕有些学校的博士生，同样是委培，上了一年课就回家了，挣钱上学两不误；有些学校的博士生上学时好像很闲，天天游山玩水，日日牌九麻将，只是毕业那几个月忙一阵，照样毕业找工作。而我一贯秉持要么不做，要做就尽量做好的信念，对先生交给我的这个选题，虽然因为天资驽钝、学力有限，我还是努力去做好。毕业后，虽然俗事缠身、教学任务繁重，但还是尽量抽时间做后续研究。学位答辩会上王元骧先生"技进于道"的指点也常常引领我的思考。

对于本书现在的面貌我并不满意，它还远未实现预设的研究目标。但人生固然可以追求“泥上偶然留指爪，鸿飞那复计东西”的潇洒，治学终究还需落到实在的文字。就让本书成为这六七年来笔墨耕耘的一个见证吧！

李鹏飞

二〇一六年六月六日